Outros títulos de Lyla Sage:

Feita pra mim
Toda pra mim

UMA HISTÓRIA DE AMOR REBEL BLUE • LIVRO 3
LYLA SAGE

Tradução
DANDARA MORENA

paralela

Copyright © 2024 by Lyla Sage

A Editora Paralela é uma divisão da Editora Schwarcz S.A.

Grafia atualizada segundo o Acordo Ortográfico da Língua Portuguesa de 1990, que entrou em vigor no Brasil em 2009.

TÍTULO ORIGINAL Lost and Lassoed: A Rebel Blue Ranch Novel

CAPA E ILUSTRAÇÃO DE CAPA Austin Drake

PREPARAÇÃO Vitória Soares

REVISÃO Marise Leal e Juliana Cury

Dados Internacionais de Catalogação na Publicação (CIP)
(Câmara Brasileira do Livro, SP, Brasil)

Sage, Lyla
    Só pra mim / Lyla Sage ; tradução Dandara Morena. —
1ª ed. — São Paulo : Paralela, 2025. — (Rebel Blue Ranch ; 3).

    Título original : Lost and Lassoed : A Rebel Blue Ranch
Novel.
    ISBN 978-85-8439-485-2

    1. Ficção norte-americana I. Título. II. Série.

25-269145	CDD-813

Índice para catálogo sistemático:
1. Ficção : Literatura norte-americana 813

Cibele Maria Dias – Bibliotecária – CRB-8/9427

Todos os direitos desta edição reservados à
EDITORA SCHWARCZ S.A.
Rua Bandeira Paulista, 702, cj. 32
04532-002 — São Paulo — SP
Telefone: (11) 3707-3500
editoraparalela.com.br
atendimentoaoleitor@editoraparalela.com.br
facebook.com/editoraparalela
instagram.com/editoraparalela
x.com/editoraparalela

Para todo mundo que leu o capítulo três de Feita pra mim *e na hora torceu por Gus e Teddy. Estou muito feliz por finalmente dividir a história deles com vocês. Obrigada por esperarem.*

E para meu pai, o homem mais orgulhoso do mundo.

Um

TEDDY

Não tem "bom dia" melhor do que cheiro de cigarro velho e cerveja no chão. Entrar no Bota do Diabo à noite era uma coisa; sendo sincera, uma das minhas coisas preferidas. Só que, durante o dia, era um duro golpe nos sentidos. Dava quase para sentir os fantasmas das más decisões grudando na minha jaqueta de camurça (creme, vintage, coberta de franjas, ao mesmo tempo fofa e durona).

Por que eu estava entrando no bar mais podre de Wyoming às sete da manhã de um domingo? Porque minha melhor amiga tinha pedido, e não há nada que eu não faria por ela.

Emmy Ryder e eu éramos amigas desde que tínhamos vindo ao mundo — quase literalmente. Meu pai começou a trabalhar no rancho da família dela quando eu tinha apenas alguns meses de vida e Emmy era só um pouco mais velha que eu. Minha primeira lembrança é de nós duas pulando uma das partes mais estreitas do córrego que corta o Rancho Rebel Blue. Ficávamos indo e voltando, até que Emmy escorregou e caiu no córrego. Ainda consigo ouvir o baque na água e a batida contra as rochas que ficavam no fundo do rio. Seu tornozelo inchou na hora, que nem um balão, e, mesmo tendo apenas cinco ou seis anos, percebi que algo estava errado.

Eu a ajudei a sair da água, e ela se apoiou em mim o caminho todo até em casa.

Desde então, nós nos apoiamos.

Seu noivo, Luke Brooks, era o dono do Bota do Diabo. Ele herdara o lugar do pai havia alguns anos e estava arrasando como proprietário. Brooks tinha muitos projetos para o bar. O maior deles era instalar um touro mecânico — não, não estou brincando —, e era por isso que eu estava prestes a passar meu domingo separando caixas, varrendo poeira acumulada fazia uns trinta anos e sabe-se lá mais o quê para arrumar espaço para o touro.

Mas eu não ligava. Além do mais, eu meio que estava em dívida com ele, já que na noite passada tinha chutado o coitado para fora da cama que ele dividia com Emmy, para podermos fazer uma noite das garotas.

Emmy e Brooks estavam no balcão do bar conversando bem pertinho um do outro. Eu havia saído da casa dos dois mais cedo para tomar um café e lhes dar algum tempo a sós, que provavelmente eles usaram para transar no banho. Sério, que gente mais assanhada.

Às vezes eu queria ter um spray de água para poder espirrar neles (que nem fazem com um gato ou um cachorro que se comporta mal, sabe?) quando a demonstração de afeto em público ficava um pouco intensa demais.

Só que Emmy e Brooks tinham sido feitos um para o outro, e eu amava os dois. Muito. Amava mais minha amiga, claro, mas Luke Brooks havia me conquistado nos últimos anos. E como era lindo ver minha melhor amiga ser amada do jeito que ela merecia.

— Café! — declarei, anunciando minha presença.

Emmy se virou para mim.

— Ai, obrigada, você é minha heroína.

Ela estava usando a regata que eu tinha lhe dado de presente de aniversário — e que dizia ALMOFADAS DO LUKE bem na parte dos peitos — e uma legging preta.

Percebi que provavelmente eu estava arrumada demais para passar o dia fazendo faxina no segundo andar do Bota do Diabo: calça jeans, regata preta e, claro, jaqueta. Só que eu gostava de me vestir bem, e da sensação de quando vestia um look de que gostava, e eu realmente tinha gostado daquele. Roupas eram minha armadura, e uma armadura seria exatamente do que eu precisaria se certo irmão mais velho de Emmy fosse aparecer ali em breve.

Não o Wes. Eu amava o Wes.

Entreguei um copo de café para minha amiga, que o pegou e deu um gole, extasiada e muito grata. A joia de ouro e diamante que agora adornava seu anelar esquerdo cintilava sob a luz. Emmy olhou para o suporte de papelão que eu segurava. Havia mais dois copos nele — meu latte gelado com açúcar mascavo e o café preto do Brooks.

Emmy ergueu uma sobrancelha para mim.

— Engraçado — comentou. — Me lembro de pedir para você pegar um copo para o Gus também.

— Que coisa — respondi, dando de ombros. — Devo ter esquecido.

Gus era o irmão mais velho de Emmy, o melhor amigo de Brooks e, mais importante, meu arqui-inimigo.

Cidades pequenas geravam alguns relacionamentos complicados.

Não é como se eu odiasse o Gus... Bem... na verdade, apaga isso. Eu meio que o odiava, sim. Não lembro como começou (mentira, só não quero perder tempo explicando isso), mas resumindo: sempre senti que ele não gostava de mim, então nunca gostei dele, e o negócio todo acabou virando uma bola de neve, e a coisa foi evoluindo até a gente se provocar o tempo todo, se alfinetando em cada oportunidade possível.

Ele só era muito... rabugento. Devia ser proibido homens bonitos daquele jeito serem tão escrotos. Era propaganda enganosa.

E ele estava piorando com a idade.

Emmy suspirou.

— O que acha de tentar ser legal hoje?

— Não curto muito a ideia — respondi.

Brooks riu de onde estava no bar. Fui até ele e entreguei seu copo.

— Valeu, Ted. — Ele ergueu o café num brinde. — Gus só vai chegar daqui a pouquinho, então você tem tempo para preparar suas ofensas.

— Viu? — falei, olhando para Emmy. — Ele me entende.

Emmy olhou de cara feia para o noivo, mas bastou Brooks dar uma piscadinha para ela que minha amiga se derreteu toda.

— Só achei que seria legal se o nosso padrinho e a nossa madrinha não se odiassem — declarou Emmy.

A palavra "madrinha" me deu uma pontadinha de dor no coração.

Óbvio que eu estava entusiasmada para ser madrinha de Emmy. Eu estava animada com seu casamento, sua vida, tudo. Mas, às vezes, quando o assunto do casamento surgia, eu ficava triste. Não inconsolável ou nada do tipo, mas parecia que tanto a minha alegria pela minha melhor amiga quanto a minha tristeza reivindicavam um lugar no meu peito, uma golpeando a outra com o máximo de força para ver quem seria nocauteada primeiro.

O casamento dela era um lembrete de que estávamos em diferentes fases da vida, e isso me assustava. Emmy sempre precisou de mim. Éramos a prioridade uma da outra. Agora ela tinha Brooks, e eu estava morrendo de medo de ela não precisar mais de mim — de que não precisasse mais de mim do mesmo jeito que eu precisava dela.

— Quem sabe Brooks podia escolher um padrinho que não fosse tão detestável. — Dei de ombros e olhei para ele. — Ela tem dois irmãos, sabe.

Tudo que ele fez foi sorrir e responder:

— Anotado.

Emmy suspirou e deixou aquilo pra lá. Algumas vezes no mês, ela tentava fazer com que eu e Gus convivêssemos melhor. Nunca funcionava, mas eu admirava sua persistência. Minha melhor amiga nunca desistia. Ela pegou um papel no balcão do bar e me mostrou a lista de tarefas daquele dia. O objetivo era simples: tirar todo o lixo do segundo andar e levar tudo que pudesse ser guardado para o porão.

Brooks e Gus assumiriam o porão, o que para mim foi ótimo, porque aquele lugar tinha saído direto de um filme de terror, e eu não estava nem um pouco a fim de ser possuída por um demônio. A não ser que fosse um demônio gato. Aí talvez eu mudasse de ideia. Emmy e eu ficaríamos com o segundo andar. O plano inicial de Brooks para esse espaço era montar um pequeno bar e criar uma área de mesas lá, depois retirar um pouco das mesas do primeiro andar para arrumar espaço para o touro mecânico.

Armadas com sacolas de lixo, luvas e produtos de limpeza, Emmy e eu fomos para a escada caindo aos pedaços que levava ao segundo andar do Bota do Diabo. A porta dos fundos do bar se abriu naquele instante. Gus Ryder passou por ela, e senti minha pulsação acelerar.

Ele usava uma camiseta azul desbotada justa, calça de moletom cinza e um boné que cobria o cabelo escuro, que estava até mais comprido do que eu me lembrava. No ano anterior, ele tinha começado a ostentar um bigode em vez da barba curta e bem aparada que havia adotado desde os vinte anos. O bigode ainda estava firme e forte, e, mesmo que achasse que ficava bom nele, a primeira coisa que saiu da minha boca foi:

— Ih, chegou o ator de filme pornô. Bondade sua se juntar a nós.

— Vai se foder, Theodora — respondeu ele, sem nem olhar na minha direção, com um tom de voz entediado.

Rangi os dentes ao ouvi-lo usar meu nome, não meu apelido.

— Você roubou essa camiseta do guarda-roupa da Riley, foi? — perguntei.

Aquela camiseta estava tão colada ao peito e aos bíceps de Gus que pelo visto era muito pequena até para Riley, a filha de seis anos dele.

— Sabe — falou ele, finalmente lançando os olhos esmeralda para mim —, você está me deixando desconfortável me encarando desse jeito.

— Bem, ver seus mamilos pela camisa está *me* deixando desconfortável — rebati. — Brooks — chamei, olhando para ele. — Não consigo trabalhar nessas condições.

Brooks deu de ombros e falou:

— Reclama com a chefe. — E acenou para Emmy, que observava nossa interação, séria.

Tudo que ela disse foi:

— Gus, você e seus mamilos vão ficar no porão. Ted, vamos.

Eu a segui pela escada, mas me virei e acenei para Gus.

Ele me mostrou o dedo do meio.

Torci para que fosse devorado por um demônio.

Algumas horas mais tarde, Emmy e eu estávamos com dezenas de sacolas de lixo cheias, e eu sentia a sujeira do Bota do Diabo impregnada na minha pele. Eu tinha subestimado demais a porqueira daquele segundo andar. Tive que colocar a jaqueta de camurça numa cadeira e cobri-la com uma sacola plástica na esperança de mantê-la limpa. Olhando pelo lado positivo, eu havia encontrado alguns vinis antigos que Emmy disse que eu podia levar para casa. Mandei mensagem para meu pai e contei que íamos ter uma festa com Tanya Tucker e Willie Nelson naquela noite.

Vasculhando algumas caixas no canto, achei um monte de jornais velhos. Peguei um *Examinador de Meadowlark* de 1965 e vi uma matéria nomeando o Bota do Diabo um dos melhores bares de Wyoming.

— Emmy — chamei.

Ela estava puxando um pano de chão úmido e sujo no outro canto do cômodo e ergueu o olhar.

— Já viu isso? — perguntei.

— Mais jornais?

— Sim — respondi. — Tem mais desses?

Emmy assentiu.

— Achamos algumas caixas no porão — comentou ela. — Luke quer ficar com eles. Acho que quer emoldurar alguns. Você e Ada podem pensar em alguma coisa legal para fazer com eles.

Ada era a namorada de Wes. Ela era designer de interiores e tinha uma criatividade impressionante. Eu gostava de pintar e levava jeito para coisas manuais, então nós formávamos uma boa dupla.

— São bem legais — declarei, folheando os jornais.

Havia matérias sobre o Bota do Diabo e imagens dele ao longo do tempo. Um exemplar do *Notícias de Jackson Hole* o chamava de "o bar mais singular de Wyoming".

— Você leva essa caixa para o porão? Tem uma minidespensa no fim do corredor onde colocamos todas as outras.

— Você sabe o que eu acho do porão — choraminguei.

Emmy riu e falou:

— Acho que essa é a sua chance de viver aquela sua fantasia demoníaca, como a protagonista do livro que você comentou ontem à noite.

Bufei, indignada por vê-la usar minhas recomendações literárias contra mim.

— Tá — murmurei. — Mas se eu for assassinada lá embaixo, ou levada para alguma dimensão do mal, você vai ficar bem triste por te me obrigado a ir até lá.

Vesti a jaqueta. Não queria deixá-la para trás. Além do mais, eu tinha que estar bonita caso o demônio gato resolvesse aparecer.

Emmy pôs a mão no peito.

— Prometo te dar o melhor funeral que Meadowlark, Wyoming, já viu — declarou.

— Não esquece: quero ser cremada e ter as cinzas jogadas aos céus enquanto estiver rolando um monte de fogos de artifício — repliquei.

— Enquanto o KISS canta "I Was Made for Loving You" — acrescentou ela, com um aceno de mão. — Eu sei, eu sei.

Eu havia definido isso quando Emmy e eu estávamos na sexta série. A ideia era partir de um jeito inesquecível, sabe?

Peguei a caixa e desci os dois lances de escada. O porão estava escuro. Era a primeira vez que eu entrava nele, e era realmente esquisito. Onde Brooks e Gus estavam?

O fedor de cigarro e cerveja do século passado não era tão forte no porão. Só tinha cheiro de coisa antiga. Também estava bem mais frio — provavelmente por causa de toda a atividade paranormal rolando. O piso rangia sob meus pés.

Bem quando comecei a relaxar um pouco, um barulho me assustou, e corri para a tal despensa no fim do corredor, para deixar os jornais logo e meter o pé daquele porão esquisito o mais rápido possível — que se danassem os demônios gatos.

Quando entrei na dita-cuja, minha jaqueta enroscou na maçaneta, fechando a porta atrás de mim e me deixando num breu total. Soltei a caixa de jornais e ouvi um grunhido frustrado.

Havia mais alguém na despensa.

Me virei para a porta, tentando puxar a jaqueta em minha direção. Consegui soltá-la, mas senti um rasgo onde uma parte tinha ficado presa na porta, que não abriu.

— Que porra é essa, Theodora? — Uma voz profunda e brava soou bem atrás de mim.

E foi assim que me tranquei numa despensa ridiculamente pequena com Gus Ryder.

Ah, merda.

Dois

GUS

Eu tinha ouvido as malditas botas dela descendo a escada. Balancei a cabeça, irritado por reconhecer na hora o som e saber de que pés eles vinham. Mais ninguém andava como se fosse dono do lugar — nem Brooks, e ele era mesmo o dono do lugar.

Fugi para dentro da despensa na intenção de evitá-la. Então imagine minha surpresa quando ela adentrou nessa mesma despensa com toda a graciosidade de um tornado, largou uma caixa pesada pra caramba no meu pé e trancou a porta, deixando a gente numa escuridão total.

Ótimo. Totalmente excelente.

Ela estava muito perto de mim. Perto demais. Para o meu azar, Teddy estava sempre por perto — sempre esteve, e provavelmente sempre estaria.

— Abre a porta, Teddy.

Eu a ouvi sacudir a maçaneta e jogar o corpo contra a porta.

— Estou tentando — respondeu. — Não abre.

Jesus. Eu não tinha tempo pra isso.

— Sai — falei, tentando tirar Teddy do caminho com o ombro.

Assim que meu corpo tocou o dela, senti um choque, como se tivesse encostado em uma cerca elétrica, e isso não era uma sensação agradável, caso esteja se perguntando.

Uma das coisas mais irritantes em Teddy? Ela era familiar, mesmo que eu não quisesse que fosse.

Não pense nisso.

Mas ali estava eu, sete anos depois, ainda pensando naquilo. E, para completar a merda do problema: eu nem gostava da Teddy. Nem um pouco.

Teddy Andersen era encrenca. E escandalosa.

— Se não abre comigo, não vai abrir com você — soltou ela, depois murmurou: — A não ser que a porta tenha uma preferência por babacas.

A ofensa chegou aos meus ouvidos mesmo assim.

Ela se afastou, e eu pressionei a mão na porta e tentei virar a maçaneta, mas estava emperrada.

Porra.

— Eu avisei. — A voz de Teddy não estava bem atrás de mim, mas também não estava exatamente ao meu lado. Onde quer que estivesse, ainda era perto demais.

— O que você fez com ela? — perguntei.

Quase ouvi seus olhos se revirando.

— Tá me zoando, né? Essa porta é mais velha do que você — respondeu ela. — Ou seja, praticamente uma anciã... — Sim, eu peguei a indireta. — Então não vem jogar a culpa pra cima de mim.

— Foi você quem a trancou — rebati, já irritado.

Meu pavio parecia sempre ficar mais curto perto de Teddy.

— Não de propósito. A maçaneta enroscou na jaqueta, que agora está com um buraco do tamanho do seu ego. — Meu Deus, ela era irritante. — Isso é camurça vintage — reclamou.

— A gente vai ficar trancado numa despensa no porão de um bar até o fim dos nossos dias e você está preocupada com sua jaqueta idiota?

— Minha jaqueta não é idiota — disse ela. — E não estamos trancados aqui até o fim dos nossos dias. É só ligar pra Emmy ou Brooks.

Era uma boa ideia, mas eu não ia dizer isso. Enfiei a mão no bolso, só que, quando não senti o celular, xinguei baixinho. Eu o tinha deixado no banco da frente da caminhonete.

— Você não está com seu celular, né? — comentou Teddy.

Mesmo que eu não pudesse vê-la, sabia que ela devia ter cruzado os braços, semicerrado os olhos e inclinado a cabeça, o que significava que seu rabo de cavalo estúpido balançava junto com o seu corpo.

Até no escuro eu tinha que lutar contra a vontade de puxar aquele rabo de cavalo ruivo.

— Não — vociferei. — Não estou com o celular. Liga você para eles.

— Bem, Guszinho — falou, e o apelido e o tom enjoado e mal-humorado dela fizeram meu corpo formigar —, também não estou com o celular. Está lá em cima.

Puta merda.

Passei a mão no rosto e soltei um grunhido exasperado. De todos os lugares em que eu gostaria de estar, preso numa despensa apertada com Teddy nem aparecia na lista.

Sei que muita gente daria tudo para estar ali. Embora eu odiasse admitir, Teddy era deslumbrante, e eu tinha levado um tempo para notar isso, claro, porque ela era oito anos mais nova e eu não era um babaca. Só quando a vi com Emmy na formatura da faculdade, com aquele vestido verde-escuro maravilhoso que simplesmente me deixou... Enfim. A questão era que eu sabia que ela era bonita. Linda, até. No entanto, Teddy era linda como uma leoa, um cervo ou qualquer outro animal grande e perigoso. Linda de se olhar, mas evite chegar muito perto, porque ela destroçaria sua garganta, ou te esmagaria, ou o perfuraria até a morte com seus chifres gigantes.

Então é isso. Teddy é linda, admito.

Mas eu não estava a fim de ser devorado vivo.

Comecei a bater na porta e chamar por Emmy e Brooks.

Teddy soltou um suspiro.

— Emmy vai aparecer aqui assim que perceber que sumi por mais de alguns minutos. Relaxa.

— Como sabe disso? — exigi saber.

— Porque conheço a Emmy. Ela não vai me deixar nesse porão de filme de terror. — Ela devia estar certa, mas eu não ligava. Eu a ignorei e continuei batendo na porta. — Nossa, August, se acalma.

— Não me diz o que fazer — rebati.

Só a mera existência dessa mulher me enfurecia como mais nada no mundo era capaz de fazer. Por que Emmy não podia ter uma amiga que não fosse a aporrinhação em pessoa? Uma amiga legal e comum que não fizesse eu querer bater a cabeça na parede?

Ou uma amiga que não fosse sua cúmplice quando Emmy fazia alguma besteira.

— Não me diz o que fazer — imitou Teddy, e eu soltei um grunhido. — Você por acaso tem medo do escuro, Guszinho?

— Não, mas, se me lembro bem, você tem — rebati.

Eu conhecia Teddy desde que ela tinha nascido — literalmente. Seu pai começou a trabalhar para o meu quando ela mal tinha três meses de vida. Eu me lembro do dia em que Hank Andersen chegou ao Rancho Rebel Blue no seu

El Camino dourado com Teddy no colo. Eu tinha sete ou oito anos na época, e Teddy era bem menos irritante — provavelmente porque ainda não falava.

Teddy deu um tapa no meu braço.

— Não tenho, não!

Por que essa mulher não conseguia manter as mãos quietas?

— Então por que você estava correndo no porão igual a um cavalo amedrontado?

— Porque eu estava te evitando, óbvio.

— Parece que não deu muito certo, né? — perguntei.

Ela estava próxima demais de mim. Quando falava, eu sentia sua respiração. Eu me lembrava da sensação dela no meu pescoço.

Porra. Se controla, Ryder.

— Bem, teria dado, se você não fosse um esquisitão que se esconde em despensas escuras. O que você estava fazendo aqui, por sinal?

Eu não podia contar que estava me escondendo dela. Isso a deixaria feliz demais.

— Pode parar de falar? — perguntei. — Está me dando dor de cabeça.

Eu estava mesmo com dor de cabeça, mas, pela primeira vez, não era por causa de Teddy. Eu não vinha dormindo muito naquela semana, e isso estava me atrapalhando.

Teddy estava prestes a falar mais alguma coisa, só que bem naquele momento um rangido alto soou em algum lugar do porão. Teddy arfou. Sua mão encontrou a minha quando ela pulou para perto de mim.

— O que foi isso?

De novo ela estava me tocando. *Senhor.*

— Quem precisa relaxar agora, hein? — perguntei, e

arranquei a mão da dela. Não gostei da sensação que senti ao segurá-la. — É um prédio velho. Tem barulho em todo canto. — Teddy ficou quieta, mas não convencida. — Enfim, achei que você não tivesse medo do escuro.

— Não tenho — respondeu. Ela devia ter se empertigado, porque senti seu peito esbarrar no meu. *Porra.* — Tenho medo do que se esconde no escuro. Tem uma diferença.

— O que você acha que está "se escondendo" — usei aspas mesmo que ela não conseguisse ver — no porão do Bota do Diabo?

— Demônios — falou Teddy. — E não os que são gostosos, acho.

Do que essa mulher estava falando?

— Você é doida — falei.

Levantei a mão para mexer no cabelo, mas esbarrei na cintura de Teddy. Eu a senti paralisar e recolhi a mão na hora.

— E você é um escroto — respondeu, mas não com o tom autoritário de sempre. Sua voz soava quase... ofegante?

Precisávamos dar o fora dali. Comecei a bater na porta de novo. Daquela vez, Teddy se juntou a mim. Acho que ela pensou a mesma coisa.

Depois de mais ou menos um minuto, ouvi a voz de Brooks — graças ao bom Deus — do lado de fora.

— Gus? Por que você está na despensa?

Suspirei.

— Porque Theodora leva o caos para todo lugar que vai.

Teddy bateu no meu braço. Mais um toque e eu ia amarrar suas mãos atrás das costas.

Não, não desse jeito. Que saco.

— Teddy está aí com você? — perguntou Brooks.

— Sim! — gritou Teddy. — E ela gostaria desesperadamente de não estar.

Brooks continuou em silêncio.

— Solta a gente, cara — pedi. — Essa porta idiota emperrou.

— Não sei se é uma boa ideia — respondeu Brooks, e ouvi o sorrisinho na sua voz. *Idiota*. — Posso ganhar alguns pontos com Emmy se eu deixar vocês aí dentro para resolverem seus problemas.

— Não. Ouse. — A voz de Teddy era venenosa.

— Você não vai ganhar ponto nenhum com Emmy se a gente se matar — falei. — E, juro por Deus, Brooks, se isso acontecer, eu vou te assombrar por toda a eternidade.

— Digo o mesmo — acrescentou Teddy.

— Essa é a primeira vez em que vocês concordam em alguma coisa? — perguntou Brooks. Seu tom ficou até mais divertido. Mas essa não era a primeira vez. Houve outro momento em que Teddy e eu concordamos em algo, mas aquilo significava manter a droga da boca fechada. — Parece que o tempo na despensa está funcionando. — A maçaneta sacudiu e, um segundo depois, a porta foi aberta, a luz inundando o pequeno espaço. — Melhor parar enquanto o time está ganhando.

Teddy e eu saímos tropeçando do armário. Estava muito escuro lá dentro, tanto que a luz fraca do porão me fez apertar os olhos diante da claridade.

Enquanto meus olhos se ajustavam, ouvi Teddy dizer "Graças a Deus". Olhei pra ela. Estava ofegante e corada, o que dava a entender que tínhamos feito muito mais do que brigar enquanto estávamos presos naquela despensa.

Cerrei os dentes.

— Como isso aconteceu? — perguntou Brooks, apontando para o cômodo minúsculo.

— O Furacão Theodora aconteceu — comentei, bufando. — O que mais poderia ser?

Teddy jogou o rabo de cavalo por cima do ombro e sorriu como se tivesse acabado de receber um elogio.

— Sabe, ser comparada com um furacão não é uma coisa boa — falei.

— Sério? — perguntou ela, sarcástica. — Será que não? Poderosa, implacável, feroz... — Ela enumerava os adjetivos nos dedos.

— ... destrutiva, devastadora... — contra-argumentei.

— Devastadoramente linda? — corrigiu Teddy, sem me deixar terminar.

Revirei tanto os olhos que achei que eles nunca mais voltariam para o lugar.

Abri a boca, mas a fechei logo em seguida. Não consegui pensar em nada para retrucar, o que era a pior coisa que poderia acontecer numa discussão com Teddy.

— Não tem problema, Guszinho — sussurrou ela. — Não vou dizer a ninguém que você me acha linda. Mas é melhor ficar de olho nesse fofoqueiro aqui.

Ela acenou com a cabeça na direção de Brooks, que parecia estar prestes a negar a acusação, mas então a voz de Emmy soou das escadas.

— Ted? — chamou Emmy. — Você está bem?

— Tô! — gritou Teddy de volta. Ela se virou para mim de novo. Achei que ia dar o golpe final, mas então passou direto por mim. Ela apontou um dedo para o meu peito e falou: — O que é isso?

Baixei o olhar, e Teddy me deu um peteleco no nariz.

Merda. Eu caía nessa brincadeira toda santa vez.

Sua risada irritante ecoou pelo porão enquanto ela subia a escada.

Três

TEDDY

— Porcaria estúpida pra cacete — gritei para a máquina de costura, uma Brother Coronado vintage, que até aquele momento era meu orgulho e minha alegria.

Eu estava tentando consertar o rasgo enorme (oito centímetros) que a maçaneta do Bota do Diabo tinha feito na minha jaqueta favorita, mas a máquina de costura verde-menta se recusava a colaborar.

— Achei que você queria correr *dos* demônios — tinha dito Emmy, rindo, quando contei o que acontecera no porão. — Não ir direto para os braços dele.

— Beleza, primeiro de tudo, eu não estava nos braços de *ninguém* — mesmo que fossem braços irritantes de tão bonitos —, e acho importante deixar isso bem *claro*, já que você está noiva do maior fofoqueiro de Meadowlark. E, em segundo lugar, você está finalmente admitindo que seu irmão Gus veio direto do inferno?

— Do inferno mesmo? Não — respondera Emmy, com um sorrisinho. — Mas do seu inferno pessoal? Talvez.

Eu não sabia o que era pior: ter ficado presa num armário com Gus ou a máquina de costura estar quebrada. Toda vez que eu pisava no pedal, o fio se empilhava, ficava emaranhado e criava algo parecido com um ninho de passarinho do outro lado do tecido. Já tinha feito de tudo: enfiado a linha na máquina mais uma vez, trocado o carretel de linha, verificado se a bobina estava colocada de forma correta, reiniciado as configurações de tensão, mas nada adiantou.

Eu me esparramei na mesa de costura, desolada, e minha cabeça fez um baque surdo ao encontrar a madeira. Eu podia tentar costurar o rasgo à mão, mas a camurça vintage era muito grossa para que eu conseguisse o ajuste perfeito sem danificar o tecido, então a máquina era minha única opção.

A ideia de não conseguir consertar a jaqueta levou lágrimas aos meus olhos. *É só uma jaqueta, Teddy.*

Mas não era.

Era a minha jaqueta. Eu a tinha desde os dezesseis anos. Eu havia tirado Emmy da cama antes do nascer do sol — sendo que ela não era uma pessoa matinal — e ido de carro até Cody, uma cidade grande comparada com Meadowlark. O verão estava no fim, então todos os trabalhadores de temporada haviam deixado vários itens nos brechós, e algumas peças eram muito boas. Vasculhamos caixa atrás de caixa. Encontrei várias roupas com manchas questionáveis, e Emmy quase saiu no tapa com uma mulher mais velha por causa de um colete jeans com o caubói da Marlboro costurado nela.

Mas aí achei a jaqueta. Eu a lavei. Cuidei dela. Garanti que não ficasse com um cheiro estranho ou de coisa velha.

Dei uma nova vida para ela.

Eu amava aquela jaqueta. Ela era atemporal, era única, e... era eu. E agora eu não sabia se daria para usá-la de novo sem estragá-la ainda mais.

Eu queria poder culpar Gus por isso, mas era eu quem estava correndo dos demônios no porão.

Lágrimas pinicaram o canto dos meus olhos. Sabia que soava ridiculamente dramático chorar por causa de uma peça de roupa, mas aquela jaqueta era muito mais do que isso. Eu estava chorando por causa do que ela significava para mim, da lembrança que ela me trazia, de um dos muitos momentos em que Emmy e eu éramos inseparáveis, como se fôssemos a extensão uma da outra. Cúmplices. E eu não sentia isso havia um bom tempo.

Eu tinha ficado muito empolgada quando Emmy voltou para casa, mas não consegui aproveitar muito esse momento, porque ela e Brooks grudaram um no outro quase na mesma hora.

Emmy era minha melhor amiga, então fiquei animada por ela, mas era estranho testemunhar como nossa amizade mudara — para mim, não para ela — nesses dois anos desde que ela voltara de Denver. Ainda estou me ajustando a essa nova realidade, em que não somos mais eu e ela contra o mundo.

Na verdade, Emmy não me procurava mais, eu que ia até ela. A maior parte do tempo que passávamos juntas agora era na sua casa — às vezes éramos só nós duas, às vezes Brooks estava lá, o que em geral não me incomodava. Só que nossa dinâmica não era mais a mesma. Eu passei a fazer minhas coisas sozinha e, quando queria passar um tempinho com Emmy, ia até onde ela estava, em vez de priorizar os lugares em que eu queria estar, como num brechó em Cody, por exemplo.

Ficar em paz com isso tinha sido muito mais difícil do que imaginei. Eu estava feliz pela minha amiga, mas, ao mesmo tempo, triste por mim.

Era uma sensação esquisita.

Mas as pessoas são complicadas e essas coisas todas.

Agora parecia que essa jaqueta era apenas outra parte da minha vida que ia ficar para trás, outra parte de mim que ficaria esquecida no armário.

Outro dia, uma das garotas com quem eu trabalhava na butique anunciou que estava grávida, e meu primeiro pensamento foi que não tínhamos idade para engravidar — ainda mais de propósito.

Depois, pensei em perguntar se ela sabia quem era o pai.

E então lembrei que estávamos beirando os trinta anos e que ela era casada havia quase cinco.

Simplesmente sentia que todo mundo estava seguindo em frente... menos eu. Até Luke Brooks — um mulherengo inveterado — tinha sossegado, pelo amor de Deus. E ali estava eu, com vinte e oito anos, trabalhando na mesma butique desde os vinte e dois, na mesma cidadezinha em que cresci, sem nenhuma perspectiva de mudança.

Quando eu era mais nova, sempre estive à frente de todo mundo. Criei meu próprio caminho e o trilhei sem medo. Eu estava no comando da minha própria vida.

Na quarta série, achei que era uma palhaçada só termos pizza a cada duas sextas-feiras no refeitório, então organizei uma greve como forma de protesto — quase toda a minha turma, tirando Kenny Wyatt, um idiota covarde, ficou do lado de fora quando o sinal tocou, até que o diretor concordou em ouvir minha reclamação. Foi preciso uma petição, que depois guardei atrás do meu fichário de matemática, e uma limpeza do refeitório, mas, no ano seguinte, tivemos pizza *toda* sexta-feira.

Decidi que gostava de moda no ensino médio e mergulhei de cabeça nisso. Aprendi sozinha a costurar. Eu passeava com o cachorro das pessoas e trabalhava como babá, e foi assim que guardei dinheiro para comprar os materiais necessários. Quis aprender sobre esse tipo de arte e, com o tempo, me tornei ótima nela.

Eu era a garota que todas as outras procuravam atrás

de conselhos — o que vestir (todas amavam meu estilo), se deviam terminar com o namorado (quase sempre sim), como convencer o xerife a não telefonar para seus pais se fossem pegas numa festa (chore, chore muito). Era meu jeito de cuidar das pessoas ao meu redor e de assumir a liderança.

À medida que crescia, o objetivo de Emmy sempre fora sair de Meadowlark. Ela se sentia sufocada ali — como se nossa cidadezinha estivesse sentada em seu peito, impedindo-a de respirar. Já eu sentia que ali era o único lugar onde eu podia respirar de verdade. Saí para a faculdade e logo depois curti pela Europa sozinha por um tempo, mas jamais cogitei não voltar para casa. Eu simplesmente... amava isso aqui. Era o lugar que meu pai tinha escolhido para nós, o que era importante para mim.

E, em Meadowlark, eu brilhava. As pessoas me amavam, e eu amava ser amada. Havia apenas uma única Teddy Andersen. E eu sempre estava à frente do nosso tempo.

Então como eu tinha ficado tão para trás?

Sempre fui feliz em Meadowlark, só que, nos últimos meses, vinha me perguntando se tinha começado a me ressentir da cidade. Ao que parecia, o lugar estava dando atenção para todo mundo, menos para mim. Todo mundo que eu amava ali aparentava estar realizando grandes feitos — se casando, reformando suas casas, tendo bebês, se apaixonando. Era um pensamento bobo — achar que o lugar onde eu morava não me dava atenção, mesmo que eu o amasse profundamente —, mas que me magoava mesmo assim.

E então havia alguns detalhes que só agravavam esse sentimento de inadequação, coisas em que eu tinha começado a reparar. Outro dia, na casa de Emmy, notei que ela havia colocado um monte de fotos em porta-retratos, quase todas dela e de Brooks. Os dois em trilhas, de férias, em Rebel

Blue. Percebi que os porta-retratos que eu tinha no quarto eram só de nós duas.

E isso me deixou triste.

A vida tinha começado a ter um gosto agridoce, e parecia que até o momento eu só recebia a parte amarga, enquanto todo mundo desfrutava a parte doce.

Falei para mim mesma que não ia chorar. Eu não gostava de chorar. Não gostava de ver meu mundo embaçado pelas lágrimas.

Não tinha nada errado em chorar. Eu já confortara os outros e dissera exatamente isso milhares de vezes, só que, por algum motivo, nunca consegui seguir o meu próprio conselho.

Exceto em certas ocasiões, como essa de agora.

Não tinha ninguém ali. Éramos apenas eu, a jaqueta e um disco de Bob Seger. Então me permiti chorar, agarrando parte da minha querida peça de camurça. Não sei por quanto tempo fiquei desse jeito, mas foi só quando ouvi meu pai passando pelo corredor que rapidamente ergui a cabeça, respirei fundo e torci para que o sorriso fraco que tentei dar fosse suficiente e não parecesse uma careta.

Ele estava usando a bengala naquele dia, o que significava que se sentia bem o bastante para ficar de pé, e meu coração se aqueceu um pouquinho com essa constatação. Suas duas mãos agarravam a curva da bengala, então as tatuagens nos nós dos dedos estavam à mostra. Numa mão, em cada um dos dedos, as letras que formavam THEO, e na outra, DORA.

Eu amava todas as tatuagens do meu pai, mas aquelas eram as minhas preferidas.

Hank Andersen era fascinante em todos os sentidos da palavra. O cabelo comprido, antes preto, agora estava quase todo grisalho, puxado para trás num rabo de cavalo. Ele vestia uma camisa do Thin Lizzy, calça jeans desbotada e meias azul-claras estampadas com cachorros salsicha.

— Tudo bem, Ursinha? — perguntou ele, se apoiando no batente da porta. Isso tirava um pouco de peso de sua perna direita, a que dava mais problema, provavelmente por ter passado muito tempo atrás de uma bateria. — Bob Seger parou de tocar há uns dez minutos. — Ele indicou com a cabeça o meu toca-discos, onde o álbum *Night Moves* ainda girava e um barulho crepitante saía dos alto-falantes.

Eu nem tinha notado que o álbum havia chegado ao fim, o que significava alguma coisa, já que ele terminava com "Mary Lou" — uma das minhas músicas preferidas de todos os tempos.

— Tudo — respondi. Fui até o toca-discos, levantei a agulha e desliguei a base. — Só tive um dia difícil.

— Parece que você tem tido vários desses ultimamente — rebateu meu pai. Apenas dei de ombros. — Em uma escala de um a dez?

Era assim que falávamos de dias ruins, de dor, de doenças, e de tudo que acontecia na vida.

Refleti por um segundo.

— Estava em seis. — Os olhos azuis gelados do meu pai lampejaram de preocupação. — Mas acho que estamos perto de cinco, agora que vi suas meias.

Ele baixou o olhar para as meias de cachorro salsicha e sorriu.

— E se eu te contar que o canal vh1 está passando As Cem Melhores Músicas dos Anos 1980 hoje?

Funguei um pouco, mas sorri.

— Já desce pra quatro.

— Quer ligar para a Emmy? Ela está por aqui? Podemos pedir o jantar. — Assenti. Meu pai entrou no quarto até ficar bem pertinho de mim. Levou uma das mãos velhas e enrugadas até meu rosto e usou o polegar para limpar as lágrimas represadas nos cantos dos olhos. — Sinto muito que seu dia tenha sido difícil.

Balancei a cabeça.

— Não por muito tempo — respondi. Hank sorriu com a minha resposta. — Posso cuidar do jantar.

Meu pai balançou a cabeça.

— Não precisa. Aggie vai chegar daqui a pouco. É gente demais para comer.

Aggie era a mãe do meu amigo Dusty e uma marceneira muito talentosa. Ela e Hank tinham começado a se interessar um pelo outro nos últimos anos, e Aggie, por vontade própria, passou a fazer parte da nossa rotina e dividir os cuidados com o meu pai. Ela vinhas às sextas-feiras à noite ou trazia comida para ele quando eu estava no trabalho.

Eu amava Aggie. Ela era incrível, engraçada e gentil. Até meu pai — meu pai de sessenta e pouco anos — tinha um interesse romântico, algo novo na vida, algo que o estimulava a seguir em frente e o impulsionava um pouquinho mais a se aventurar. Eu estava grata, claro, mas às vezes era difícil não sentir... uma fisgadinha de dor. Meu pai também parecia não precisar mais de mim tanto quanto antes.

E eu brilhava ao sentir que precisavam de mim.

— Claro, parece ótimo — falei.

— Vou pedir a comida.

Ele se virou e voltou pelo corredor até a cozinha.

Depois que foi embora, liguei para Emmy. Ela atendeu no primeiro toque.

— Minha máquina de costura está quebrada e não consigo consertar o rasgo na ponta da jaqueta — disparei, assim que ela atendeu. Emmy talvez não precisasse mais tanto de mim, mas eu ainda precisava dela. — As Cem Melhores Músicas dos Anos 1980 vai passar no canal VHI hoje. Vem pra cá?

— Ai, queria muito — respondeu ela, e senti meu corpo todo murchar —, mas a mãe do Luke vem hoje aqui jantar com a gente.

Fiz menção de responder, dizer que não tinha problema, que torcia para o jantar deles ser bom, que amava ser vela do meu pai e Aggie, mas nada saiu.

— Te ligo mais tarde? — falou Emmy depois de um instante de silêncio.

— Claro — respondi, engasgada. — Te amo.

— Te amo — disse Emmy, e desligou.

Não chore, Teddy. Tudo vai ficar bem.

Quatro

GUS

— Está tudo bem, Cam — declarei, com o máximo de entusiasmo que consegui reunir. — Sério. Não tem nada com o que se preocupar.

— Tem certeza? — perguntou ela do outro lado da linha.

Conheço bem a mãe da minha filha, e seu tom exalava preocupação.

— Sim — confirmei.

Tudo estava completamente bem. Eu não tinha acidentalmente encolhido todas as minhas roupas e as de Riley na máquina de lavar, ou servido cereal no jantar por três noites seguidas, muito menos deixado uma escova ficar presa no cabelo cacheado dela.

Nada disso tinha acontecido.

— Você parece... — Cam parou por um segundo — ... estressado.

Era um eufemismo dos grandes.

Cam passaria o verão em Jackson Hole, estagiando numa firma de advocacia e fazendo um curso preparatório imersivo para a prova da Ordem. Eu estava feliz por ela. Cam teve um período difícil no ano anterior depois de ter reprovado na primeira tentativa. Não tinha contado a mim ou a ninguém da família e ficou bastante distante de todos naqueles poucos meses. Não respondia às minhas mensagens, nem atendia as ligações a não ser que fossem para falar sobre Riley, o que não teria sido um problema, mas nossa relação de guarda compartilhada era construída sob uma base sólida de amizade, então fiquei aflito.

Ada, a namorada do meu irmão, conseguiu arrancar a informação dela alguns meses depois. Cam contou que se sentiu um fracasso, mesmo que não chegasse nem perto disso. Desde que a conheci, Cam desejava ser advogada, e fiquei contente quando ela decidiu fazer a prova da Ordem de novo. Seu noivo, Greg, era um banqueiro importante que trabalhava com investimentos, então ele achou uma ótima oportunidade ir para Jackson e ficar mais perto de muitos clientes endinheirados por alguns meses.

E, até onde eu sabia, ele não era um grande fã de Meadowlark.

Então encorajei Cam a aproveitar a oportunidade em Jackson, o que significava que eu tinha nossa filha de seis anos toda para mim. Durante os últimos seis anos, Cam e eu havíamos melhorado nossa divisão de responsabilidades, e eu consegui estruturar todas as minhas atividades em Rebel Blue ao redor disso. Além do mais, tínhamos minha família para ajudar, e Cam e eu sempre conseguíamos dar um jeito quando o outro precisava de ajuda.

Eu era um pai solo, mas nunca tinha precisado ser um pai sozinho.

Até agora.

Fazia uma semana e meia que Cam se despedira — ela saíra quarta-feira retrasada. Hoje era sexta, e ela tinha razão. Eu estava estressado.

O verão em Rebel Blue sempre era uma época agitada do ano, mas este ano também era a primeira vez que tínhamos um hotel-fazenda em completo funcionamento adicionado à equação. Logo, eu não só precisava supervisionar quase cinquenta funcionários do rancho, mas, em algumas semanas, teria gente da cidade perambulando por todo o rancho.

E pessoas da cidade eram um saco.

— Gus? — Escutei a voz de Cam novamente, me tirando dos pensamentos. — Está aí?

— Tô, desculpa. Estou bem. Estamos todos bem.

Eu amava minha filha pra caramba. Só tinha que me acostumar com a nossa nova rotina.

— Tem certeza? — indagou Cam.

— Sim, e Riley está ótima. Está fazendo aulas de equitação com Emmy neste instante.

Minha irmã caçula era a pessoa preferida da minha filha. E a minha também.

— Não esquece que ela tem futebol de tarde.

— Eu sei — respondi. — Ela e Emmy ficam juntas depois das aulas, então Emmy a arruma e leva para o futebol, e eu vou pegá-la quando termino o expediente.

— Tá bom... Você me avisa se precisar de mim?

— Aviso.

Mentira.

— Beleza — disse ela. — E eu te aviso se conseguir ligar na hora de dormir.

Torci para que conseguisse. Riley estava começando a sentir falta da mãe.

— Ótimo. Falo com você mais tarde, então.

Algumas horas depois, eu estava dentro das colinas de Rebel Blue, verificando os tanques que usávamos para guardar água da chuva. Depois que eles ficavam cheios, nós os arrastávamos até um pasto para o gado. Eu não tinha planejado trabalhar tanto naquele dia, mas, depois de checar os primeiros tanques, vi que ainda tinha bastante tempo, então continuei.

Menos trabalho para o dia seguinte.

A única coisa que uma pessoa precisa saber sobre ranchos é que estamos sempre preocupados com água — ainda mais no verão. O Oeste é seco e, embora boa parte de Rebel Blue seja irrigada, ainda dependemos da água da chuva para o gado. Ela é usada na irrigação da grama que eles comem, e utilizada para córregos e poças de onde bebem água. Estamos sempre procurando maneiras de usar nossos recursos com mais eficiência e sustentabilidade. É um tema importante para todos nós.

Em geral, Wes e eu checávamos isso juntos, mas não havíamos tido tempo naquela semana, então nos separamos. Dusty — que era uma espécie de peão e também nosso braço direito — costumava ajudar quando podia. Mas, na verdade, eu estava feliz por trabalhar sozinho naquele dia. Foi legal. Silencioso.

Nenhum dos tanques na minha lista já estava cheio. Não era uma surpresa — não teve muita chuva nos últimos dias —, mas ainda me angustiava bastante ver a maioria pela metade.

Andei até o cavalo Scout, que esperava a alguns metros dos tanques, e montei. Scout era bem preto na parte da frente, mas sua parte traseira era manchada de branco. Era um dos cavalos que haviam sido resgatados pelo meu pai. Eu o cavalgava havia quase cinco anos — para um cavalo, ele devia estar no final da adolescência. Era um baita animal. Peguei uma das luvas de pele de veado e fiz carinho no seu pescoço.

Quando olhei para o céu, o sol já estava se pondo. Eu

tinha passado tanto tempo nos tanques assim? O celular vibrou no bolso do colete. Não reconheci o número que apareceu na tela, mas tinha o código de área de Wyoming, então atendi.

— Alô?

— Oi, é o Gus Ryder? — perguntou a voz de uma mulher do outro lado da linha.

— Sim, senhora.

— Oi, sr. Ryder. É Nicole, treinadora de futebol de Riley. Porra. *Porra*. Riley.

— Terminamos aqui há um tempinho e só queria saber se você está chegando.

Minha garganta ficou seca e meu coração despencou.

Tinha esquecido de pegar minha filha no treino de futebol.

— Merda — respondi, ofegante. — Mil desculpas. Perdi a noção do tempo. Alguém vai chegar logo, logo pra buscá-la.

Não tinha como ser eu. Eu estava no mínimo a quarenta minutos dos estábulos, e isso se Scout e eu fôssemos a todo o vapor no caminho de volta.

Eu tinha que ligar para Emmy, Brooks ou meu pai.

— Sem problemas — respondeu Nicole.

Sua voz parecia um pouco empolgada demais depois de comunicar a um pai que ele havia esquecido a filha. Tentei visualizar o rosto de Nicole, mas não consegui. Eu sabia que ela tinha cabelo ruivo, ou melhor, pintado de vermelho. Não era cobre como o de Teddy. Calma, por que eu estava pensando na Teddy?

— Essas coisas acontecem — continuou Nicole. — Sei que Camille está fora da cidade nesse verão. — Cam em geral treinava o time de futebol de Riley. — Uma mudança na rotina pode ser difícil.

Uma mudança na rotina não significava poder esquecer a filha no treino de futebol. Merda.

— Lamento muito mesmo — falei.

— Tudo bem. Vou ficar com ela até você chegar aqui.

— Obrigado — respondi.

Desliguei e entrei em contato com Emmy na hora. Ela morava mais perto da cidade. Rebel Blue ficava a vinte minutos de lá, e a casa de Emmy e Luke, a quinze. Ela atendeu depois de alguns toques.

— E aí? — perguntou minha irmã.

— Pode pegar a Riley no futebol? — A pergunta saiu apressada, minha voz angustiada. Emmy não respondeu na hora.

— Gus, o futebol acabou há meia hora — disse ela, alarmada.

— Eu sei, eu sei. Estava checando os tanques de chuva e perdi a noção do tempo. Scout e eu estamos muito longe, no lado leste do rancho. De jeito nenhum consigo chegar à cidade em menos de uma hora.

— Luke e eu saímos para um passeio. Estamos a uns trinta minutos de lá... — Sua voz foi diminuindo.

— Por favor, Emmy — pedi.

Se ela não tinha como chegar lá, eu precisaria que me ajudasse a encontrar alguém que tivesse.

— Tá bom — respondeu. — Vou resolver isso.

— Obrigado — falei, aliviado.

— Cavalgue com cuidado, beleza?

— Tá — respondi, e desliguei. Deslizei o celular no colete, agarrei as rédeas de Scout e dei uma esporada nele para que fosse mais depressa. — Vamos, garoto. Tenho que chegar em casa para encontrar minha filha.

Cinco

TEDDY

— Oi, Cloma — cumprimentei, com um sorriso. — O que veio fazer aqui tão tarde?

Eu me via às voltas com o inventário, garantindo que todas as vendas daquela semana estavam atualizadas e que tudo no estoque batia com o que tínhamos nos registros.

Eu trabalhava na butique de Cloma na Avenida Principal desde que voltara para Meadowlark depois da faculdade. Tecnicamente o lugar se chamava Renda e Alfazema, o que para mim não fazia o menor sentido, então eu só chamava de butique mesmo. Além do mais, era a única loja desse tipo em Meadowlark, logo era impossível que fosse confundida com outra coisa.

Comecei como vendedora, só que, rapidamente, Cloma reconheceu que meu diploma em marketing de moda podia ser útil para ela. Agora eu comprava na butique e também tinha criado um site e um e-commerce do zero.

As vendas on-line correspondiam a mais de sessenta por cento da nossa renda. Vendíamos roupas estilo caubói únicas e de alta qualidade e enviávamos para vários lugares do mundo. Eu passava mais ou menos metade do expediente na butique e a outra metade em casa, o que era legal. Eu gostava de ficar de olho no meu pai.

Cloma também me deixava produzir meus próprios designs e vender na loja. Havia duas araras de originais Teddy Andersen na frente da butique, e vendiam bem — inclusive, haviam sido as peças mais vendidas naquela semana, de acordo com o inventário que eu tinha acabado de fazer. Eu tinha orgulho do trabalho que estava fazendo ali.

E Cloma era ótima. Tinha cinquenta e pouco anos, não era de Meadowlark, mas morava na cidade havia mais de dez anos. Seu cabelo comprido era pintado de roxo-escuro. Seu delineador estava sempre esfumado com perfeição, e ela sempre usava um xale bem à la Stevie Nicks.

Ela raramente passava ali tão tarde, mas eu estava feliz em vê-la e dei um abraço apertado nela.

— Que bom que te encontrei ainda aqui — comentou, com um sorriso que não chegou aos olhos. — Você tem um segundo pra uma conversa antes de ir?

— Claro — respondi, me sentindo inquieta. Algo em Cloma parecia... diferente. Ela andou até o balcão, e eu a segui. Notei que carregava uma sacola grande de papel pardo. Ela sentou em uma das banquetas atrás do balcão, e eu sentei em outra. — Está tudo bem? — perguntei.

— Está tudo ótimo — respondeu, mas seu tom não foi convincente. — Tenho uma coisa empolgante pra te contar.

Por algum motivo, duvidei disso. Aquela conversa estava estranha. E eu nunca tive uma conversa estranha com Cloma.

— Tá bom...

— Vendi a Renda e Alfazema. Assinei o contrato ontem. Fiquei... confusa. Ela vendeu a butique?

— Tipo o prédio? — perguntei, que nem uma idiota.

O sorriso de Cloma era compreensivo.

— Não, querida. Vendi a butique. O nome. — Pisquei

algumas vezes. Fiquei sem saber o que dizer (o que era raro, eu sei). — Uma marca a comprou. Os direitos do nome — explicou. — Registrei o nome Renda e Alfazema há muito tempo, o que acabou sendo uma decisão acertada. Alguns anos atrás, uma marca entrou em contato e se interessou em comprar. Recusei. Dessa vez, quando ligaram, aceitei. Eu poderia procurar outro nome ou fechar a loja.

— Por quê? — perguntei.

— Por que compraram?

Bem, claro, mas não era isso que eu estava perguntando.

— Não, por que você aceitou dessa vez? — Minha voz saiu mais fraca do que eu gostaria. Eu não sabia como processar o que estava acontecendo.

Algo lampejou no rosto de Cloma. Tristeza, talvez?

— Vendi roupas a vida toda — falou. — É tudo que sempre fiz, tudo que sempre quis fazer, mas você sabe tão bem quanto eu que não é sempre lucrativo. — Era verdade. A margem de lucro na venda de roupas não era... ótima. — E estou ficando velha, sabe? Chegou a hora de seguir em frente. Essa venda me dá uma chance de fazer isso e ficar confortável nos próximos anos.

— E o que isso significa? — *O que isso significa para mim?* era o que eu queria ter dito.

Cloma suspirou.

— Significa que a butique vai fechar.

Merda. Desviei o olhar dela para a parede que estava logo atrás. O prata da fivela de um cinto capturou minha atenção. Foquei ali.

Não chore, Teddy.

— Por que não podemos só mudar o nome? — indaguei. Minha voz estava irreconhecível, até para mim. — Posso fazer isso. Posso fazer tudo. Sei que posso.

Cloma negou com a cabeça.

— Não vale o investimento, Teddy — respondeu. — Não só de dinheiro, mas de tempo e energia. Algumas coisas simplesmente acabam, e você tem que deixá-las ir. Não significa que não valeram a pena e que não foi maravilhoso, só significa que talvez devêssemos experimentar algo novo. — Cloma suspirou. — Está na hora de mudar. Para nós duas.

— Só que vou ficar sem emprego.

Minha voz falhou na última palavra, e odiei o jeito como soou. Minhas emoções andavam à flor da pele ultimamente, e minha capacidade de controlá-las estava cada vez menor.

— Eu sinto muito, Teddy — disse Cloma.

Ela parecia sincera, mas isso não diminuía o buraco no meu coração.

— Quando? — perguntei.

— Vou fechar a loja semana que vem.

Merda. Semana que vem?

— Quero te agradecer, Teddy. Estou tão orgulhosa de você — declarou Cloma. — Você é tão perspicaz. É observadora, criativa, obstinada e tem todas as qualidades necessárias para te levar muito longe. Eu jamais poderia agradecer o bastante por tudo que fez por mim e pela loja, mas vou tentar.

Ela me entregou a sacola de papel que carregava.

Um fato sobre mim? Amo presentes. Amo de qualquer jeito: seja dar, receber ou pensar neles, e Cloma sabia disso. Tinha me dado um monte de presentes ótimos durante os anos: um bracelete Dior vintage, um par de botas de caubói prata feita à mão e meu próprio xale Stevie Nicks. No entanto, eu não sabia se queria receber aquele. Preferia ficar com o meu emprego.

Peguei a sacola mesmo assim. Abri e avistei o couro preto, e o cheiro de hidratante de couro atingiu meu nariz quando estendi a mão para pegar o que estava no interior. Ao puxar o objeto, meu queixo caiu.

Caramba, essa mulher era boa. Ela sabia como seria difícil pra mim ficar com raiva dela tendo essa belezura nas mãos.

Nem sei há quanto tempo eu vinha desejando uma bolsa Coach City, da coleção de 1996, e agora estava segurando uma. Ela tinha um formato perfeito e um fecho simples. Eram itens assim que alimentavam minha esperança de conseguir levar meus bens comigo para a vida após a morte.

— É linda — declarei, tentando entender em que momento o nó na minha garganta tinha se formado.

Não sabia se era por causa do presente ou porque o presente parecia um adeus a algo de que eu não estava pronta para me despedir.

— Venho guardando isso pra você há alguns anos. Peguei numa loja de consignação em Portland — comentou Cloma.

— Não acredito que você guardou por todo esse tempo — respondi, com o máximo de alegria que consegui reunir.

— Também tenho isso pra você. — Cloma tirou do bolso um papel. Um cheque. — É o pagamento adiantado por seis meses. — Balancei a cabeça, mas Cloma continuou falando antes de eu conseguir protestar. — Pegue, Teddy. É o mínimo que posso fazer. Esse lugar é tanto seu quanto meu.

Eu sentia que aquele lugar *era* meu. Talvez por isso deixá-lo doesse tanto.

Ou será que eu estava tão desolada porque tudo estava mudando de uma hora para outra?

— Obrigada — falei, sem conseguir dizer mais nada.

Seria bom ter um pouco de dinheiro guardado. Meu pai tinha feito uma boa quantidade de dívidas médicas no ano anterior, e a cuidadora que ia algumas vezes na semana lá em casa não era barata. Amos, pai de Emmy, nos ajudava como podia — meu pai fora seu braço direito em Rebel Blue por vinte anos —, mas eu tentava tocar tudo sozinha.

— O que vai fazer agora? — perguntei, curiosa de verdade com o que teria feito essa mulher abrir mão de algo que amava tanto.

Cloma sorriu.

— Tenho um neto na Califórnia que quase nunca vejo. Vou começar passando algumas semanas lá e depois vou resolver o resto. Você e Emmy são mais do que bem-vindas para assaltar as araras e as prateleiras esse fim de semana. Você pode pegar o que quiser. — Isso deixou meu sorriso um pouquinho mais genuíno, só não foi o bastante para que ele chegasse aos meus olhos. Mesmo assim, não tinha como recusar essa oportunidade. — Desculpe não ter te avisado com mais antecedência. Não sabia qual seria minha decisão até tomá-la.

— Tudo bem — falei. — Eu entendo. — (Mas não entendia.) — Vou sentir saudade — comentei, com sinceridade.

Cloma se inclinou e me deu um abraço apertado.

— Também vou sentir saudade, Teddyzinha. Foi uma honra trabalhar com uma leoa como você.

Não chore, Teddy.

Quando passei pela porta dos fundos da butique, o sol estava se pondo. Pareceu uma metáfora da minha vida.

Bem, que se dane.

Fitei o céu, respirei fundo, soltei um "puta que pariu" e esperneei algumas vezes, batendo os pés no chão.

Alguma coisa se agitou na lixeira bem atrás do meu Ford Ranger, e, depois de uns segundos, a cabeça de Wayne apareceu. Wayne era o doido de Meadowlark. Sua casa ficava em um vale fora da cidade, e, juro, o quintal do lugar tinha mais lixo do que o aterro sanitário da cidade. Ele era um faz-tudo e podia ser encontrado muitas vezes nas lixeiras em busca de metal, madeira e outros materiais.

Wayne tirou os óculos velhos de esqui que usava e me olhou.

— Tudo bem, dona Teddy? — perguntou, com sua fala arrastada do interior.

Suspirei e dispensei sua preocupação com um aceno.

— Sim, Wayne. Estou bem. Só um dia ruim.

Wayne inclinou a cabeça.

— Tem certeza?

— Sim, tenho certeza — respondi. Apontei para a lixeira. — Achou algo interessante hoje? — Antes de Wayne responder, meu celular vibrou no bolso. — Um segundo. — Eu o peguei. — É a Emmy.

Wayne assentiu.

— Oi, amor — falei ao atender.

— Oi, dona Emmy! — gritou Wayne.

— Oi. E oi, Wayne — respondeu minha melhor amiga, e ouvi o riso na sua voz.

— Ela disse oi — falei para Wayne, abrindo a porta do carona da caminhonete.

— Você está ocupada agorinha? — perguntou Emmy.

— Saindo do trabalho, por quê?

Não estava pronta para lhe contar que era a última vez que fazia aquilo, pelo menos na butique.

— Preciso de um favorzão seu. Você vai querer dizer não, então antes preciso te lembrar que você me ama muito. Você me ama muito, não ama?

— Alguns diriam que até demais — respondi.

— Pode pegar a Riley no treino de futebol hoje? — disparou Emmy, quase sem pausa entre as palavras. — Gus ficou preso na fazenda, e Luke e eu estamos bem longe da cidade agora.

Não era exatamente o que eu estava esperando ouvir.

— Você sabe que ele vai odiar essa ideia. Ele preferiria que Riley pegasse carona pra casa com uma gangue de motoqueiros do que comigo — falei.

— Bem, ele me encarregou de achar alguém para buscá-la, e não conheço nenhuma gangue de motoqueiros — rebateu Emmy. — Então é você.

Eu não me importava de buscar Riley. Amava aquela criança. Sim, ela era filha de Gus, mas também era metade Cam, o que significava que era pelo menos metade legal.

— Tá bom — cedi. — Onde ela está?

— O campo fica atrás da escola.

— Beleza, pode deixar.

— Você é uma heroína. Te ligo mais tarde. Está tudo bem? Sua voz parece meio... desanimada.

Eu não estava esperando aquele comentário, mas acho que deveria. Nos últimos dias mal tínhamos conversado. Respondi a algumas mensagens, mas também não atendi algumas ligações.

— Foi um dia longo — falei, sem me estender no assunto.

— Me desculpe por deixá-lo ainda mais longo — disse Emmy, com franqueza.

— Tudo bem. Podemos culpar o Gus.

Emmy riu.

— Me manda mensagem quando estiver com a Riley, tá bom? Te amo.

— Também te amo.

Seis

TEDDY

Quando parei no estacionamento da Escola Fundamental de Meadowlark, vi Riley sentada na arquibancada com seu uniforme de futebol cor-de-rosa. Uma mulher ruiva e outra garota com um uniforme igual esperavam com ela. Parecia que estavam ali havia um tempo.

Saí da caminhonete e, quando fechei a porta, todas as três cabeças se viraram na minha direção. Acenei, e Riley se levantou para correr até mim, só que a mulher, que reconheci como Nicole James, da época da escola, estendeu o braço para impedi-la.

— Oi! — gritei. — Vim buscar a Riley.

— Oi, Teddy! — gritou Riley de volta, acenando.

— Oi, meu bem.

Sorri. Riley era uma mistura perfeita da mãe e do pai. Tinha o cabelo ondulado e escuro e as sobrancelhas espessas de Cam e os olhos verde-escuros de Gus. Também tinha um par de covinhas exatamente como o pai, mas Gus não sorria muito, então eu não estava convencida de que elas ainda existiam.

— Teddy Andersen, é você? — perguntou Nicole.

Ela era mais velha do que Emmy e eu, talvez da idade de Wes ou Brooks, não conseguia lembrar ao certo. Mas era mais nova que Gus, já que ele é um ancião com trinta e seis ou cinquenta anos, seja lá a idade que tem.

— Sim, senhora — respondi. — Oi, Nicole.

— Você veio buscar a Riley? — indagou.

Por algum motivo ela ainda impedia Riley de se aproximar.

— Isso aí — falei com mais firmeza, considerando que já tinha dito aquilo.

— Liguei para o pai dela, e ele não mencionou que você estava vindo. Disse que viria buscá-la.

Será que detectei um sinal de decepção na voz dela? Ai, meu Deus, aquela mulher tinha uma queda pelo Gus?

Eca.

— Ele ficou preso no rancho, trabalhando, mas prometo que vou levá-la pra casa em segurança.

Acenei com a cabeça para Riley, indicando que era hora de ir embora, e ela captou a mensagem, passando por baixo do braço de Nicole e correndo até mim.

Nicole cruzou os braços.

— Eu não sabia que você e Gus eram tão próximos — disse ela, numa clara alfinetada.

Sim, Nicole *com certeza* estava caidinha por Gus Ryder. Tive que me conter para não fazer uma piada.

— Não somos — falei, colocando o braço sobre os ombros de Riley —, mas Riley e eu somos unidas. Não é, Raio de Sol? — Usei o apelido que usávamos desde que ela tinha nascido.

Riley assentiu.

— Teddy e eu somos tipo assim. — Ela ergueu a mão com o dedo do meio e o indicador cruzados.

— Ainda assim prefiro confirmar com o seu pai, Riley. Fico mais confortável.

Nicole pegou o celular, discou e depois colocou no viva-
-voz. Revirei os olhos, e Nicole com certeza viu.

O telefone tocou e tocou antes de cair na caixa postal
de Gus.

— Ele ainda deve estar voltando a cavalo de onde estava
no rancho... É meio difícil ouvir o celular quando se está na
garupa de um cavalo galopando, sabe? — falei.

Nicole soltou um "hum" insatisfeito.

— Quer tentar a Cam? — perguntei. — Ou está ligando
para o Gus para falar de outro assunto? — perguntei, com
meu tom mais agradável, e vi seus olhos se semicerrarem.

Nicole discou um número no celular. Cam atendeu depois de alguns toques.

— Oi, Nicole... está tudo bem?

— Receio que não — respondeu Nicole. *Sério?* — Estou
com Teddy Andersen aqui para pegar Riley, e queria garantir
que está tudo bem por você antes de mandá-la para casa.

Cam ficou em silêncio por um momento antes de responder:

— Desculpe... é só isso?

— É — confirmou Nicole. A confiança com a qual tinha
falado com Cam no começo se esvaiu um pouco.

— Teddy está na lista de pessoas autorizadas a buscar
Riley — afirmou Cam, e nesse momento lancei um sorriso
doce para Nicole. — E está lá desde que Riley começou a
jogar. Agradeço por você querer checar comigo, mas não tem
problema nenhum deixá-la ir com a Teddy.

— Valeu, Cam! — gritei, e Riley completou com um:

— Oi, mamãe!

— Amo vocês — respondeu Cam. — Tenho que voltar
para o trabalho. Mais alguma coisa, Nicole?

— Não — disse ela, e desligou antes que Cam pudesse

dizer mais alguma coisa. Ela estava realmente me incomodando, uma coisa difícil de fazer a não ser que você seja Gus Ryder. Talvez aqueles dois fossem feitos um para o outro. — Certo, ela pode ir com você — disse Nicole, me dispensando com a mão.

— Valeu, Nikki — falei, a meiguice em pessoa. Não sabia nem se ela usava esse apelido, mas não me importava. — Espero que você tenha uma ótima sexta.

Guiei Riley de volta para a minha caminhonete. Ela acenou para a colega de time.

— Tchau, Sara.

Abri a porta do carona para ela, tinha um macete para fazer isso, e garanti que Riley tivesse colocado o cinto de segurança antes de fechar. Dei a volta na caminhonete e entrei no lado do motorista.

— Como foi seu dia, querida? — perguntei enquanto saímos.

Riley suspirou. Foi um baita suspiro para uma menina de seis anos.

— Longo — respondeu.

Nem me conte, parceira.

— Alguma coisa nova ou interessante? — perguntei, tentando fazê-la se abrir mais.

Ela deu de ombros.

— Não muito. Tive aula de equitação e futebol hoje.

— Que agenda cheia — comentei. Riley era uma criança tagarela, mas estava mais quieta do que o normal. — Me conte uma coisa boa que aconteceu nas aulas.

— Hum... — Ela pensou um pouco. — Me deixaram alimentar a Água-doce hoje.

Água-doce era a égua de Riley. Amos a tinha resgatado no ano anterior. Não estava pronta para ser cavalgada, mas

Riley ajudava Emmy e Amos a cuidar da égua, ganhando o direito de ficar com ela.

— Isso é bem legal — afirmei. — E no futebol?

— Fiz dois gols — respondeu Riley, sem muita animação.

— Escondendo o ouro de mim, querida? Vamos ligar de volta para a sua mãe e contar! Ela vai ficar muito orgulhosa de você.

De canto de olho, avistei os ombros de Riley afundarem. Ah, ali estava o motivo de ela estar tão quieta. Quando paramos no único semáforo de Meadowlark, segurei a mãozinha de Riley.

— Você sente falta dela, né?

Riley não respondeu, só fez que sim. Apertei sua mão.

— Meu papai vai estar em casa? — perguntou ela, baixinho.

— Talvez não quando chegarmos, mas logo, logo ele vai estar lá — respondi. — Você está com fome? — Riley assentiu. — Vou preparar um jantar pra gente enquanto esperamos, tá bom?

Mais ou menos uns trinta minutos depois, Riley tinha terminado a tigela de miojo — Gus estava com um estoque muito baixo de alimentos —, e liguei a TV num programa que sabia de que ela gostava. Atendi uma ligação de Cam alguns minutos depois.

— Oi — disse ela. — Valeu por pegar a Riley. Foi mal pela Nicole.

— Sempre que precisar — respondi. — Cá entre nós, acho que a Nicole tem uma quedinha pelo pai da sua filha.

Cam riu.

— Senti isso quando ela começou a me bombardear com

perguntas sobre ele há alguns meses. Então, no último jogo bem antes de eu ir embora, ela foi para cima dele com uma jogada de cabelo bem estratégica e um toque no braço.

— Ela não parece... muito legal — comentei. — Talvez eles sejam almas gêmeas.

Uma risadinha soou do outro lado do telefone.

— Eu nem sei mais qual seria o tipo dele, porque faz séculos que não vejo o Gus com *ninguém*.

Tentei recordar a última vez que tinha visto Gus com uma garota e não tive sucesso.

Hum. Interessante.

— Enfim — falei, mudando de assunto e indo até a sala de estar, onde Riley assistia à TV. — Ainda estou com Riley, esperando Gus chegar em casa, se quiser falar com ela. Acho que ela está morrendo de saudades de você.

— Eu também estou morrendo de saudades. — Cam suspirou. — Deixa eu falar com a minha bebê.

— Querida — chamei —, é sua mãe.

O rosto de Riley se iluminou. Ela saltou do sofá e pegou o celular. Ao vê-la com o celular na mãozinha, saí da sala para lhes dar um pouco de privacidade.

Fui até a varanda da frente e me sentei em uma das cadeiras Adirondack que Gus havia colocado ali.

Nossa, que lugar incrível. A propriedade ficava no lado oeste de Rebel Blue, bem distante de tudo, a ponto de parecer que o lugar todo era só de Gus. A casa tinha vista panorâmica das montanhas, e um dos córregos que atravessavam Rebel Blue passava bem na frente da construção branca de dois andares.

Fechei os olhos e escutei o fluxo da água, deixando o som lavar todo o peso do dia.

Estava começando a relaxar quando ouvi o ronco da

caminhonete vindo da estrada de terra. Abri os olhos assim que a picape Chevy de Gus fez uma parada brusca na frente da casa. Ele desligou o motor e saiu do carro antes que eu conseguisse piscar.

Gus foi direto para a casa, ainda de luva e chaparreiras, junto com o chapéu escuro de caubói que costumava usar. Ele sempre parecia meio emburrado, mas nunca o tinha visto como agora: estressado, cansado, desgrenhado.

Assim que me viu, parou.

— O que é que você está fazendo aqui? — perguntou, ou melhor, cuspiu.

— Acho que você quis dizer "Obrigada, Teddy, por pegar minha filha no treino de futebol, trazê-la pra casa em segurança e fazer o jantar pra ela" — rebati.

Vi Gus cerrar o maxilar com força.

— Cadê ela?

— Está lá dentro conversando com a Cam — respondi, me levantando. — Deixa as duas conversarem um pouco. Riley sente falta dela.

Não quis soar ríspida, mas foi inevitável.

— Acha que não sei? — replicou Gus, irritado.

Balancei a cabeça.

— Não foi o que quis dizer — expliquei.

Gus tirou as luvas e revirou os olhos.

— Que seja, Teddy. Não preciso que me diga o que minha filha está sentindo ou não.

A irritação que em geral surge na presença de Gus Ryder começou a fervilhar sob minha pele.

— Mas, pelo que parece, você precisou de mim para buscá-la.

— Pedi para a Emmy fazer isso — respondeu Gus, subindo os degraus da varanda.

— Não, ela te explicou que não podia, e você não entendeu, então ela disse que resolveria, e aqui estou eu — afirmei. — Se não queria minha ajuda, precisava ter sido mais específico.

— Ela deveria saber que eu nunca ia pedir para você — resmungou.

Chega. O meu dia tinha sido ruim pra cacete, e eu não precisava escutar as grosserias de Gus. Ele não tinha nem a humildade de me agradecer.

— Bem, pelo menos eu não esqueci a Riley.

Vi a expressão de Gus desmoronar e me arrependi das palavras na hora.

Foi um golpe baixo — até para mim.

— Não foi o que quis dizer — falei depressa, mas o estrago estava feito.

Parecia mais que eu tinha dado um chute no saco dele e uma joelhada em sua barriga, só para garantir que ia destruí-lo.

Ele afundou nos degraus da varanda e passou a mão no rosto. Não disse nada, o que me deixou nervosa.

— Gus — falei. — É sério. Não quis dizer isso, me... — Eu estava mesmo prestes a pedir desculpas ao meu arqui-inimigo? — ... desculpa.

Gus soltou um som que talvez fosse uma tentativa de risada, mas eu não consegui identificar.

— Como foi a sensação de pedir desculpas? — perguntou ele.

— Não muito boa, para ser sincera — respondi, com um suspiro.

— Mas você tem razão — sussurrou. Nunca na minha vida vi August Ryder tão... abatido. Não gostei de como aquilo fez meu peito se apertar. — Eu esqueci, sim.

Sua voz estava trêmula.

— Você está muito atarefado — falei, baixinho.

Gus e Cam eram pais exemplares. Eu apostava que estava sendo bem difícil tocar tudo sozinho. Gus encolheu os ombros, e eu não soube o que fazer. Nem sabia que ele podia *sentir* as coisas desse jeito. Não tinha ideia de como reagir. Sempre fui boa em cuidar e confortar, em ser a pessoa com quem os outros podiam contar e com quem podiam conversar se precisassem, mas não sabia como ser essa pessoa para Gus.

Ele me odiava. E eu também não era sua maior fã.

— Esqueci de pegar minha filha, Teddy. — Nossa, ele soava tão derrotado. — Que tipo de pai faz isso?

Eu não podia só ficar ali parada, então fiz o que faria por qualquer um: me sentei ao lado dele nos degraus da varanda. Gus ficou tenso com a proximidade, mas não saiu do lugar.

— Pelo menos você não a deixou em casa sem querer quando foi viajar para Paris no Natal — falei. — O campo de futebol da Escola Fundamental de Meadowlark costuma ser bem inofensivo.

Torci para que a referência a *Esqueceram de Mim* aliviasse um pouquinho o clima. Quando era mais nova, lembro que esse filme era a primeira escolha de Gus para a maratona anual de filmes de Natal dos Ryder.

Ele não disse nada. Tirou o chapéu e segurou a cabeça com as duas mãos.

— Eu sou um péssimo pai, Teddy?

Ainda que eu estivesse bem ao seu lado, quase não escutei o que ele dissera. Sua voz saiu tão baixa, tão arrasada.

Sem pensar, coloquei as mãos nas suas costas e a acariciei algumas vezes, tentando confortá-lo.

— Você é muitas coisas, August Ryder, e, para ser sincera, algumas não são boas — falei. — Mas um péssimo pai não é uma delas.

Sete

GUS

Riley e eu passamos pela porta do Casarão às oito e meia, o que significava que estávamos trinta minutos atrasados. Devíamos estar cansados, porque dormimos mais do que de costume, e depois ela subiu na minha cama com um livrinho ilustrado e quis lê-lo para mim várias vezes.

Eu não sabia por quanto tempo minha filha ia querer passar as manhãs comigo, então com certeza aproveitaria todas as oportunidades, mas me senti, sim, incomodado por chegar atrasado ao café da manhã de domingo.

Pendurei o chapéu em um dos ganchos na porta e fui até a cozinha — Riley ia na frente saltitando —, de onde vinham as vozes da minha família.

Meu pai construiu o Casarão antes de eu nascer, e foi ali que todos nós crescemos. Ela ficava a mais ou menos um quilômetro da entrada de Rebel Blue, numa pequena colina levemente elevada em relação ao resto do rancho. O Casarão era um dos meus lugares preferidos no mundo. Era uma casa no estilo cabana de madeira que sempre tinha cheiro de hidratante de couro e massa de torta. Havia sempre café fresquinho, comida na despensa e um gancho para pendurar o chapéu.

No momento meu pai era o único que morava ali. Eu

me mudei para a casa em que vivo hoje antes de Riley nascer. Emmy não morava lá desde a faculdade, e agora ela e Brooks tinham um cantinho só deles. Meu irmão Wes foi o último a sair, e se mudou para outra casa dentro da propriedade no ano anterior. Ele e a namorada, Ada, estavam reformando tudo.

Para ser sincero, eu me preocupava com meu pai sozinho ali — Amos Ryder já não era mais tão jovem —, mas todos nós estávamos sempre por perto. Eu não achava que ele era solitário, só que a casa era muito grande — literalmente um casarão — para apenas um morador.

Quando entrei na cozinha, vi meu pai na frente do fogão com um pano de prato no ombro, ainda cozinhando. Wes e Ada estavam olhando algo no iPad dela. Bem, Ada estava olhando algo no iPad — Wes estava olhando para ela com uma cara apaixonada. O cachorro de Wes, Waylon, estava deitado aos pés deles.

Riley foi direto para o colo de Emmy e engatou uma conversa profunda com ela e Brooks, e eu o observei colocar uma mecha do cabelo da minha irmã atrás da orelha dela.

Levei um tempo para me acostumar a ver Brooks e Emmy como um casal. Luke Brooks era meu melhor amigo desde o ensino fundamental. Vi umas crianças implicando com ele — que na época era magrelo, desengonçado e tinha orelhas enormes — e me intrometi. Dei a ele metade do meu almoço e o convidei para passar na minha casa depois da escola.

Ele está por perto desde então.

Emmy e ele começaram a ficar às escondidas depois que ela voltou para casa ao se aposentar da corrida de três tambores alguns anos atrás. Descobri quando vi os dois enfiando a língua na boca um do outro após a última corrida de Emmy.

Digamos que não lidei bem com a situação. E dei um soco na cara dele. Ainda me lembro da sensação do meu punho se chocando contra a maçã do seu rosto. E, pela primeira vez desde que o conheci, Luke Brooks não revidou.

Foi quando eu soube que tinha feito merda.

Ainda assim, toda vez que penso naquele dia, sinto que sou eu sendo nocauteado. Não porque não queria que eles ficassem juntos, mas porque odiei perceber que nenhum dos dois achou que podia me contar a verdade. Eu me orgulhava de cuidar dos meus, e foi difícil ver que as duas pessoas que eu mais amava no mundo não confiavam em mim para apoiá-los.

Brooks e eu nos perdoamos depressa — eu logo admiti que não conseguiria viver sem o idiota —, mas levei um tempo para aceitar que meu melhor amigo e minha irmã caçula estavam com as garupas arriadas um pelo outro. Depois de alguns meses, finalmente parei de me encolher toda vez que ele a tocava — o que acontecia bastante, por sinal. Quem diria que ele era tão grudento?

Mesmo assim, quando olhava para eles, sentia como se tivesse levado um soco no estômago. Não doía mais, era algo diferente. A sensação de que, quando os observava, via o tipo de vida que gostaria de ter.

Emmy olhou na minha direção quando me ouviu entrar na cozinha. Minha filha brincava com o anel de noivado que fora da minha mãe e que agora estava na mão esquerda de Emmy.

— Você está seguindo o Fuso Horário do Brooks agora? — perguntou ela com um sorriso.

Brooks estava sempre eternamente atrasado.

— Foi mal — murmurei. — Vocês podiam ter começado sem a gente.

— Sem chance — gritou meu pai do seu lugar perto do fogão. — Tudo pronto por aqui. Peguem um prato, pessoal.

Todos formamos uma fila para pegar um prato cheio de comida de café da manhã: ovos, bacon, salsicha, rabanada, panquecas — para Emmy, porque ela não gostava da textura da rabanada — e frutas.

Meu pai nunca economizava nas refeições familiares. Herdei o amor pela cozinha dele, mas um desavisado não saberia quanto eu amava cozinhar se olhasse para minha despensa nesse momento. Eu precisava mesmo passar no mercado.

Sentamos na mesa grande de madeira que estava no mesmo lugar desde quando nasci. A mãe de Dusty, Aggie, a tinha feito para meus pais como presente de casamento. Havia uma inscrição sob ela: PARA AMOS E STELLA, UMA HISTÓRIA DE AMOR DURADOURA, 6 DE JUNHO DE 1986. Eu tinha decorado.

Passara bastante tempo embaixo daquela mesa encarando as palavras depois que minha mãe faleceu. Havia sido diagnosticado com dislexia aos seis anos, então levei um tempinho para desembaralhar as letras, só que, quando o fiz, guardei as palavras. E, quando fiquei mais velho e comecei a pensar no tipo de vida que queria para mim, me lembrei da inscrição.

Começamos a passar os pratos. Fiz uma pilha grande no meu e garanti que Riley tivesse bastante comida e uma boa quantidade de frutas no dela.

Brooks falou de como as coisas andavam no bar: o segundo andar estava quase limpo e pronto para Ada trabalhar. Ela, e aparentemente Teddy, iam fazer alguma coisa maneira de arte na parede com alguns dos jornais antigos de Wyoming. Ada era uma design de interiores. Ela e Wes se conheceram quando ela veio para Rebel Blue renovar nosso hotel-fazenda, Bebê Blue.

— Estou tão animada — comentou Ada quando o projeto foi mencionado. — Sempre quis fazer colagem numa parede inteira. Teddy me mandou umas fotos dos jornais. É legal o Bota do Diabo ter tanta história.

— Esses jornais deram bastante trabalho para ela! — Brooks riu, e eu lhe lancei um olhar furioso. — Quando foi deixá-los lá embaixo, acabou presa num armário com o Gus.

Babaca, pensei. Todo mundo riu também. Revirei os olhos.

— Espera — falou Wes. — Você e Teddy ficaram num espacinho confinado e escuro juntos e os dois sobreviveram pra contar a história?

— Quase não sobrevivemos — grunhi.

— Nossa, eu adoraria ter sido uma mosca para ver o que aconteceu — brincou Wes. — O que vocês fizeram lá?

Não respondi. Se havia uma coisa da qual não queria falar era sobre ter ficado preso com a droga da Teddy Andersen naquele armário idiota.

— Então — disse Emmy, mudando de assunto e se dirigindo a mim —, como a Cam está? Está tudo indo bem em Jackson?

— Sim — respondi, sincero. — Ela gosta da firma de advocacia em que está estagiando.

Cam estava ótima. Era eu quem vinha tendo dificuldades com ela longe. *Havia esquecido de buscar minha filha, pelo amor de Deus.*

Minha mente saltou para Teddy, para a maneira como ela tentou me confortar, passando as mãos nas minhas costas, dizendo que eu não era um péssimo pai, e eu acreditei nela.

Nunca tinha visto Teddy daquele jeito, gentil. Mas por que ainda estava pensando naquilo?

— Mas ela sente saudade de mim — emendou Riley.

Emmy sorriu para a sobrinha.

— Claro que sente, Raio de Sol. Quem não sentiria? — Havia um milhão de motivos para eu estar feliz com o retorno da minha irmã, mas um dos principais era vê-la poder passar tempo com Riley, que idolatrava a tia e queria ser uma competidora da corrida de três tambores assim como ela. — E, você — falou Emmy, me encarando —, como está indo?

Revirei os olhos e grunhi.

— Riley — falou Ada de repente —, não vejo Água-doce faz um tempo. Quer ir até os estábulos comigo para me mostrar?

Minha filha se animou e assentiu com animação.

— Posso, pai?

— Pode, Raio de Sol. Mas sem doces, tá bom?

Riley concordou e se afastou da mesa. Pegou a mão de Ada e a puxou pela porta dos fundos.

Wes ficou sentado, o que achei estranho. Ele costumava seguir Ada por aí como um cachorrinho abandonado.

Depois que a porta de correr se fechou, Emmy insistiu no assunto.

— Gus, você está bem? — Ela me observou com preocupação.

— Estou, Emmy — respondi, irritado por ela ter perguntado de novo.

— Filho — começou meu pai —, sei que as coisas têm estado meio complicadas desde que a Cam viajou, e acho que pode ser uma boa ideia procurar alguma ajuda.

Que porra é essa?

— Cam só viajou há duas semanas, pai — afirmei, sem esconder a minha exasperação. — Riley e eu estamos só nos adaptando à nova rotina.

— Eu sei — respondeu ele. — Mas fico com medo de

você ficar sobrecarregado, August. Você não pode estar em todos os lugares ao mesmo tempo e ser pai, filho, fazendeiro, irmão... tudo de uma vez.

Cerrei os dentes. Meu pai estava querendo dizer que eu era um fracasso?

— Você e Cam tinham um esquema muito bom — emendou Emmy. — E a gente acha que seria bom se você tivesse um pouco de ajuda nos dias em que Riley geralmente estaria com Cam.

A *gente*? Minha família vinha falando de mim pelas minhas costas, era isso?

— Estou bem — afirmei de novo, tentando não perder o controle.

Em geral, isso só acontecia perto de Teddy.

— Você está com duas botas diferentes e sua camisa está pelo avesso, homem.

Quem falou isso foi Brooks. Olhei para baixo. *Droga*, ele estava certo. Não tinha reparado.

— E Teddy falou que você nem tem comida em casa. — Porra, Teddy. — E que não está... tão limpa como de costume.

— Não sei como isso é da conta da Teddy— soltei, irado. — Não sabia que ela tinha experiência em cuidar de uma casa e ter um filho. Ah, espera, não tem.

— August. — A voz do meu pai tinha um tom de alerta. Eu o ignorei.

— Cara — falou Wes. Ótimo, estavam todos contra mim. — Qual o problema de ter uma ajudinha? Com certeza Cam ficaria aliviada em saber que você não está fazendo tudo sozinho.

— Não vou colocar uma estranha dentro de casa porque minha família acha que não consigo cuidar sozinho da minha filha — declarei.

62

— Ninguém disse que você não consegue cuidar da sua filha — rebateu Emmy, com gentileza. — Estamos com medo de que você não tenha tempo pra cuidar de *si mesmo*.

— Olha quem fala, Clementine — falei. — Lembra quando você sofreu aquele acidente a cavalo que podia ter te *matado*? E, em vez de contar para a gente e deixar que ajudássemos, você voltou para casa e afastou todo mundo? E ainda começou a se pegar com meu melhor amigo?

Emmy se retraiu um pouquinho, e Brooks se empertigou, pronto para protegê-la. *Longe demais, Gus. Longe demais.*

— Experimenta falar com ela assim de novo, quero ver — declarou Brooks. Ele não tinha revidado quando o soquei havia alguns anos, mas não significava que não partiria para cima de mim se achasse que eu estava sendo um babaca com Emmy, e eu estava. Minha família havia tocado num ponto sensível. — Ela só está preocupada com você, mané.

— Eu. Estou. Bem — grunhi.

— E ninguém mencionou uma estranha — falou Emmy de novo, Brooks acariciando seu ombro. — Eu estava pensando que Teddy podia te ajudar.

Mergulhei em um silêncio atordoado por um minuto. Ela tinha enlouquecido?

— Tá de sacanagem comigo, né?

— Riley a adora, e Teddy seria o mais próximo de um familiar cuidando dela — explicou Emmy. — Conhece Riley desde que ela nasceu e também está precisando de emprego, Gus.

— Pelo que me lembro, Teddy tem emprego.

— A butique vai fechar. E acho que ela seria ótima nisso.

Essa declaração quase me fez rir.

— Nem fodendo. Ela é descuidada, barulhenta e... — grunhi de frustração. — Não quero minha filha perto dela.

— Tinha meus motivos para não gostar de Teddy, e a maioria tinha a ver com o fato de que, toda vez que Emmy se metia em encrencas, Teddy estava por perto, bebendo, fumando, saindo de fininho. Basicamente tudo o que você não quer ver sua irmã caçula fazendo, Emmy fazia. E na companhia de Teddy. Eu não precisava que isso acontecesse com minha filha também.

Meu pai bateu com o punho na mesa, assustando a todos nós.

— *Basta*, August. — Não conseguia lembrar a última vez que ele elevara o tom para falar comigo. Fria e ríspida, sua voz transmitia que Amos Ryder estava falando sério. — Você não vai falar assim na minha casa. Não vou permitir, August.

Eu me recostei na cadeira, envergonhado por meu pai ter acabado de me repreender como se eu fosse um adolescente, e não um homem de trinta e seis anos. Ficamos todos em silêncio.

— Agora — falou meu pai após alguns segundos desconfortáveis de silêncio —, acho que Teddy é uma ótima ideia. Pode ser bom para vocês dois.

— Você não tem o direito de tomar essa decisão, pai — falei, baixo.

Ele estava certo ao reprovar meu comportamento, mas Riley era minha filha, e eu decidia quem era bom o bastante para estar na vida dela.

Não meu pai. Nem Emmy. Somente eu e Cam.

— Não, não posso, August — ele suspirou —, mas, se não conseguir ajuda, então vou ser obrigado a repensar suas atribuições em Rebel Blue até Cam voltar. Você não pode fazer tudo, e não vou deixar você tentar.

Meu queixo caiu. Não, ele não podia fazer isso. Bem,

acho que tecnicamente podia. Ele estava no comando ali, mas, de certa forma, eu também estava, do meu próprio jeito. Olhei ao redor da mesa. Todos pareciam tão chocados quanto eu. Não esperavam esse ultimato também.

— Pai... — falei, tentando encontrar as palavras.

Meu pai ergueu a mão e perguntou:

— Você aprovou os pagamentos na sexta?

Congelei. Claro que tinha aprovado. Não tinha?

— Eu... — Me atrapalhei, envergonhado por meus irmãos testemunharem aquela cena. — Não sei.

Meu pai suspirou de novo.

— Temos quase cinquenta empregados nessa fazenda, August. São cinquenta pessoas e famílias que dependem de nós para receber um salário em troca do trabalho duro deles. — Ele não precisou dizer que dentre essas pessoas estavam meu irmão, minha irmã, meu melhor amigo e minha filha. — E todas essas pessoas vão receber com um dia de atraso na semana que vem. — Engoli em seco com dificuldade, com o rabo entre as pernas. Ele não precisava mencionar que eu chegava atrasado na maioria dos dias desde que Cam viajara ou que nosso cronograma de manutenção estava bagunçado porque me enrolei todo e mandei os vaqueiros para as atividades erradas nos dias errados.

— Não quero censurar você, August, mas sei como é ser um pai solteiro tentando dar conta de tudo sozinho. — A voz de Amos ficou gentil e forte de novo, aquela com que estávamos todos acostumados. A que nos tranquilizava e confortava. — Ninguém aguenta tudo sozinho, filho.

Baixei o olhar para as mãos. Ele tinha razão. Recordei os primeiros dias após a morte da minha mãe. Meu pai tinha tentado com muito esforço esconder como estava arrasado, mas ele precisou da ajuda de Hank e Aggie. Minha situação era bem diferente, mas seu argumento ainda valia: ele também não tinha conseguido fazer tudo sozinho.

Respirei fundo.

— Tá bom — cedi, exausto. — Vou falar com Cam e, se ela estiver de acordo, vou aceitar ajuda.

— Vou falar com Teddy — respondeu Emmy.

— Não concordei com Teddy — revidei na hora.

— Ela pode começar literalmente amanhã, Gus. Você disse que não queria uma estranha. Pode não gostar dela, mas pelo menos ela é uma encrenca que você conhece. E ama a Riley.

— Ela tem razão, Gus — emendou Wes, e o olhei de cara feia.

Suspirei, incapaz de acreditar no que ia dizer. Eu era um babaca teimoso, mas também era uma pessoa pragmática.

— Tá. Fala com ela.

Oito

TEDDY

— Quanto dinheiro você acha que foi preciso pra fazer Cloma vender o nome da butique e decidir fechar de vez? — perguntou Emmy.

Era domingo à noite, e eu tinha aceitado a oferta de Cloma ("você e Emmy podem pegar tudo que quiserem da loja"). Ao longo da última hora, passamos por cada arara e experimentamos todas as roupas.

— Bastante — respondi. — Ela me deu seis meses de salário adiantado, e acho que não teria feito isso se não fosse um valor pequeno perto do total.

— Que doideira — comentou Emmy. Ela tinha acabado de sair do provador. Usava uma calça jeans, uma regata branca e um colete de couro feito à mão. Deu uma voltinha. — O colete é um dos seus, não é?

Sorri.

— Sim.

Tinha feito cinco deles no mês anterior. Bem, seis, se contar o que eu fizera para mim mesma. Três peças de painéis de couro, com cortes perfeitos e costurados com uma corda fina também de couro. O resultado foi uma peça que gritava Velho Oeste, mas que também tinha um ar moderno.

— É incrível. Você é muito talentosa, Ted.

Eu tinha feito e ajustado muitas roupas para Emmy ao longo dos anos, e, independentemente de qualquer coisa, ela sempre fazia com que eu, e as minhas criações, parecêssemos especiais.

— Pena que minha máquina de costura já era desde a semana passada, né? — respondi, irônica.

Emmy me olhou como se eu tivesse acabado de contar que iria morrer no dia seguinte.

— Ainda sem conserto?

Eu nunca tinha ficado tanto tempo sem máquina de costura. Assenti.

— Merda, Ted. Deu ruim mesmo?

— Não sei, mas a autorizada mais próxima para modelos vintage fica em Jackson, e acho que queria a certeza de que ela pode ser consertada antes de fazer todo o caminho até lá. E, se não tiver conserto, vou precisar comprar outra.

— Então a jaqueta...?

— Ainda está no meu armário toda xoxa e capenga.

— Uma consequência do Grande Incidente na Despensa entre Teddy e Gus.

Revirei os olhos ao ouvir isso. Por que nada aconteceu com ele depois disso?

— Seu irmão é um saco — declarei.

Algo perpassou os olhos de Emmy.

— Por falar no Gus... — Ela queria dizer algo, mas estava hesitante.

— Desembucha, Clementine — mandei, gesticulando para que seguisse em frente.

— Bem — começou —, você sabe que Cam está em Jackson, então Gus está com a Riley em tempo integral. — Assenti. — Ele está procurando alguém para ajudá-lo... alguém que possa ficar com Riley nos dias em que ela ficava com a Cam.

— Parece uma boa ideia — comentei.

Não só parecia, como era uma boa ideia mesmo. Considerando o colapso que testemunhei na varanda dele, estava óbvio que Gus precisava de ajuda.

Mas eu não entendi por que Emmy estava me contando isso.

Emmy ficou tão quieta que desviei o olhar de uma pilha de saias, à procura de uma outra (curta, de couro, vermelha) na qual estava interessada havia um tempinho. Minha melhor amiga me encarava como se quisesse me pedir alguma coisa.

E então a ficha caiu.

— Não — respondi na hora. — Nem pensar.

— Ted...

— Não — neguei de novo. — Não. Não. Não. Não. — Gus talvez precisasse de ajuda, mas eu não era a pessoa certa para isso. A não ser que Emmy quisesse viver com a culpa por um homicídio duplo. — Não — declarei, torcendo para que esse último "não" transmitisse minha posição final.

— Teddy. Ele precisa de ajuda, e você, de um emprego. — Os olhos de Emmy eram gentis. — Não é pra sempre. É só até Cam voltar pra casa. Você pode aproveitar o verão para se organizar e decidir qual vai ser o seu próximo passo.

— Não — falei de novo.

Emmy se sentou no pequeno sofá do lado de fora do provador e deu um tapinha no espaço ao seu lado. Grunhi, mas fui até ela.

— Estou preocupada com você, Teddy — disse ela.

Ali estava.

— Eu estou bem — respondi, com o máximo de entusiasmo que consegui.

— Sério? Porque ontem mandei pra você uma foto de uma cenoura que parecia um pau, e você nem reagiu.

— Você está preocupada comigo porque eu não disse nada sobre a cenoura-pênis?

Bem, ela tinha razão, em geral eu teria surtado com a cenoura troncuda, mas parecia que ela estava levando aquilo a sério demais. Além disso, tinha sido a primeira vez em muito tempo que Emmy me mandava uma mensagem primeiro, então não achava justo ela julgar a forma como reagi.

— Não, estou preocupada com o que significa você não comentar sobre a cenoura-pênis.

— Desenvolva.

— Normalmente, quando você está triste, chateada ou algo do tipo, fico sabendo na hora. Você sempre diz que já superou, mas aí a gente fica remoendo um pouquinho mais. Se é muito ruim, a gente vai comprar uns pratos baratos num brechó para quebrar. Ou vamos pintar sua garagem. Mas *fazemos* alguma coisa para lidar com o problema. Mas não dessa vez — continuou Emmy. — Dessa vez, você está agindo como... bem... está agindo como eu, e não gosto disso.

No passado, Emmy tinha sido meu porto seguro, mas nos últimos tempos eu simplesmente não sentia que ela estava disponível para mim. Sentia que minhas emoções estavam muito bagunçadas para sequer começar a entendê-las. E, sendo sincera comigo mesma, não queria magoar Emmy. Não queria admitir que parte do motivo de eu estar triste era ela. Só queria lidar com isso sozinha e superar.

Uau, pareci mesmo com ela agora. Emmy era fechada; guardava tudo para si e tentava resolver sem incomodar ninguém. Eu sabia reconhecer quando alguma coisa estava errada e sabia o momento certo de pressionar e quando deixá-la ficar na própria concha.

Acho que esse era o jeito de Emmy me pressionar. Soltei um suspiro.

— Entendo o que está dizendo, Em, entendo mesmo — falei. — E, sim, não tenho me sentido ótima ultimamente, mas não vejo como cuidar da filha de Gus poderia ajudar.

— Você confia em mim? — perguntou Emmy.

— Dã — respondi, revirando os olhos.

— Então confia em mim nisto: acho de verdade que é uma boa ideia. Você não vai precisar se preocupar em buscar um emprego agora, vai poupar uma boa parte do dinheiro que Cloma te deu e vai poder passar o verão aproveitando Rebel Blue com a Riley.

Tudo parecia maravilhoso, até eu lembrar quem era o pai de Riley.

Eu não queria passar meu verão com August Ryder.

— É um investimento de baixo risco com uma recompensa alta — declarou Emmy, olhando para mim com expectativa.

Foi exatamente o que falei para ela quando surtou ao descobrir que gostava de Brooks, e o olhar que me deu indicou que ela sabia disso.

— Foi uma situação diferente, Emmy — falei, lendo seus pensamentos do jeitinho que vinha fazendo desde quando éramos bebês.

— Sim, mas ainda serve — respondeu. — Onde eu estaria se não tivesse escutado você?

Honestamente, provavelmente noiva do Luke mesmo assim. Eles ainda teriam dado um jeito de se encontrar.

Mordi o lábio e pensei no que Emmy disse.

— Teddy — falou ela de novo, mais séria dessa vez. — Gus está com dificuldades. Ele sempre amou Rebel Blue e sempre foi o pai mais dedicado que já conheci, tirando o meu próprio, mas agora ele está sobrecarregado com as duas coisas, e não posso ficar sentada vendo meu irmão ser esmagado por elas. Ele acha que está fracassando. Se sente culpado. Cam se sente culpada por viajar. Ela ligou para o meu pai depois do episódio do futebol. Está com medo de ter colocado muita pressão em Gus e perguntou se seria bom voltar pra casa. — Eu sabia o que viria a seguir. — E ele nunca vai se perdoar se ela voltar.

E eu nunca me perdoaria se ela voltasse para casa, sabendo que eu poderia ter feito algo para ajudar.

— Não! — falei, erguendo a mão. — Não precisa terminar o discurso, já estou com a consciência pesada, sei para onde estamos indo.

Emmy se aproximou de mim e deitou a cabeça no meu ombro.

— Então, o que acha, Teddy Andersen? Topa um trabalho de verão?

Nove

GUS

Theodora Andersen estava sentada de frente para mim na mesa da cozinha. Seu cabelo estava puxado naquele rabo de cavalo estúpido, e o olhar frio que me lançava fez com que eu me perguntasse se seus olhos sempre tinham sido tão gélidos. Ou tão azuis.

Era cedo, seis e meia. Riley ainda estava dormindo. O que era bom. Muitas coisas podiam dar errado enquanto Teddy e eu resolvíamos as logísticas desse novo acordo.

— Cam ficava com Riley segunda e terça-feira, e a gente trocava em algum momento da quarta, dependendo do fim do meu expediente — declarei.

— E você quer manter essa divisão? — perguntou Teddy.

— Quero. No verão, Riley fica comigo na fazenda às quintas, e com Emmy e Brooks às sextas depois da aula de equitação. Um deles a leva para o futebol... — Engoli em seco, pensando no episódio que desencadeara isso tudo. — ... e eu a pego lá.

Teddy ergueu uma sobrancelha ao ouvir isso, e soltei um grunhido, desafiando-a a me provocar.

— Nada de fins de semana? — indagou, inabalada com meu comportamento.

— Nada de fins de semana — respondi, o que era o plano.

Queria manter esse tempo sozinho com minha filha. — Então você pode continuar aterrorizando a cidade. Ou seja lá o que faz nos fins de semana.

Teddy revirou os olhos. O sol matinal se infiltrava pelas cortinas finas e iluminava o rosto dela. Seus olhos, azuis alguns segundos antes, agora estavam prata.

Ela não se deu ao trabalho de responder à minha alfinetada, o que me irritou. Teddy costumava emanar fogo e caos, mas naquele dia estava fria e estoica.

Por algum motivo, isso me incomodou um pouco, o que era estranho para alguém que passava metade das interações com ela implorando para que calasse a boca. Ainda assim, continuei falando.

— Costumo sair de casa às cinco e meia da manhã... — Cerrei o maxilar antes de dizer a próxima parte. — ... então Emmy sugeriu que seria mais fácil pra você ficar no quarto de hóspedes de domingo a quarta para não ter o trabalho de ir e voltar.

Teddy e Hank moravam do outro lado da cidade, e ela devia levar pelo menos meia hora para navegar as estradas em meio às montanhas no caminho da sua casa até Rebel Blue.

— Você quer que eu fique na sua casa? — Teddy parecia achar graça da sugestão.

— Não — rebati. — Não quero mesmo.

Teddy abriu um sorriso irritante. Ela ia ficar na minha casa, com a minha filha, eu ia pagar seu salário, e ela de algum jeito ainda conseguia sair por cima.

Cacete.

Teddy balançou o rabo de cavalo, e eu tive uma vista privilegiada do seu pescoço.

— Vou avaliar se as acomodações estão à minha altura — comentou, em um tom desinteressado.

Cerrei os punhos na mesa, e ela devia ter visto, porque seu sorriso aumentou ainda mais. Eu estava tentando ficar calmo. Não precisava acordar minha filha porque Theodora Andersen decidiu mostrar as garras tão cedo de manhã.

Ela começou a vasculhar a bolsa atrás de algo, não sabia dizer o quê. Tirou um spray de pimenta, uma faca de bolso, um isqueiro, um pequeno kit de costura, uma garrafa de água pela metade, uma barra de proteína, várias embalagens de chiclete, e, pelo amor de Deus, o que mais ia sair dali?

— Você mora aí dentro por acaso? — perguntei. Por que ela tinha tanta coisa? E por que estava jogando tudo na mesa da cozinha? — O que você está procurando?

— Uma caneta e um papel — respondeu.

Ela continuou vasculhando, agora com o antebraço enfiado na bolsa. Puxou um pequeno objeto retangular rosa que parecia...

— Você carrega um *taser*? — perguntei.

Teddy me lançou um sorriso aterrorizante e apertou um botão na lateral do retângulo rosa-choque, e duas correntes elétricas surgiram entre os pinos de metal do aparelho. Passei a mão no rosto.

Era *àquela* mulher que eu ia confiar minha filha?

Ela tirou uma caneta com a tampa mastigada e um guardanapo da cafeteria da Avenida Principal.

— Então, Guszinho. Vamos falar de dinheiro, certo?

Teddy tirou a tampa da caneta com os dentes e escreveu alguma coisa no guardanapo, virando-o e o deslizando na mesa até mim.

— Está falando sério? — perguntei, bufando.

Ela simplesmente sorriu para mim com a tampa da caneta ainda entre os dentes.

— Você é ridícula — declarei.

Virei o guardanapo e avistei o número que ela tinha escrito, que não era o número que eu tinha passado para Emmy. Era pelo menos o dobro.

Ergui o olhar para Teddy, mas, antes que eu pudesse falar, ela empurrou a caneta para mim e disse:

— Faça sua contraoferta.

— Theodo... — comecei a protestar, mas ela me cortou.

— Faça sua contraoferta ou eu vou embora, August.

Nossa, seu sorriso convencido estava me enlouquecendo.

A contragosto, peguei a caneta e escrevi o número — quinhentos dólares por semana, quantia que eu e Emmy já tínhamos combinado — e deslizei o guardanapo de volta para Teddy, que olhou para o papel e disse:

— Essa é a sua oferta final?

— Você sabe que essa é minha oferta final, Theodora.

— É quanto você acha que eu valho?

— Acho que não quer saber minha resposta. — Eu me recostei e cruzei os braços. Senti o maxilar tremendo.

— Idiota — disse ela, ofegante.

Apontei o dedo para Teddy.

— Cuidado com a boca perto da minha filha.

— Você chamou o Brooks de, abre aspas, "maior babacão da porra do planeta" na frente da sua filha há tipo uma semana.

— Não entendi o que isso tem a ver.

— Alguém já te falou que você não tem muita habilidade social?

— Alguém já te mandou calar a boca?

— Geralmente você — respondeu ela, com um revirar de olhos.

— Cala a boca.

— Viu?

Teddy sorriu, e não pareceu um sorriso malicioso, e sim divertido. Não gostei do que aquilo me fez sentir, então segui em frente.

— Quinhentos dólares por semana, de segunda a quarta, e nada de me chamar de idiota na frente da minha filha. Estamos de acordo?

— Posso te chamar de idiota na sua frente? — perguntou Teddy.

— Se Riley não estiver por perto, sem problemas.

Teddy estendeu a mão.

— Fechado.

Estiquei o braço sobre a mesa e apertei sua mão. Era macia.

Foi quando ouvi uma vozinha vindo do corredor.

— Pai? — chamou Riley, a voz ainda sonolenta.

Usava um pijama azul-claro com cavalos, presente de Emmy, e segurava um cavalo de pelúcia, também presente de Emmy. Seu cabelo cacheado estava uma bagunça.

Era a criança mais fofa da porra do planeta.

— Oi, Raio de Sol, bom dia.

Riley foi até mim, e eu a puxei para o meu colo. Quando viu Teddy, sorriu e deu um pequeno aceno.

Teddy piscou para ela, e Riley soltou um risinho. Por mais que odiasse admitir, Riley gostava mesmo de Teddy — achava que ela era engraçada.

— Dormiu bem? — perguntou Teddy.

Riley assentiu. Ela era quieta de manhã, mas, depois das dez, era um Deus nos acuda.

— Teddy vai ficar com você hoje, Raio de Sol.

Eu tinha conversado com Riley sobre isso na noite passada, falei que Teddy ficaria ali alguns dias da semana com ela enquanto eu estava trabalhando.

Minha filha ficou radiante, o que me enfureceu.

Olhei para o relógio na parede. Já eram sete e pouquinho.

— Tenho que ir. — Beijei a cabeça de Riley, e ela se aconchegou no meu peito por um instante, ainda sonolenta. Olhei para Teddy. — Tem comida pra vocês no forno e café na cafeteira. — Gesticulei para o caderno sob a mesa. — Escrevi a agenda da Riley aí. Costumo chegar em casa perto das seis horas.

Eu me levantei, ainda segurando Riley, o que me fez ganhar outra risadinha. Dei uma apertadinha nela e um beijo em sua bochecha antes de dar a volta na mesa e colocá-la nos braços abertos de Teddy. Ver Teddy pegá-la no colo pareceu tão... natural. Que sensação mais estranha.

Eu me afastei das duas, mas arrisquei olhar para trás. Riley estava com a cabeça no ombro de Teddy, que a ninava gentilmente na cadeira da cozinha. Vê-las assim — tão confortáveis — quase me convenceu de que aquilo era uma boa ideia.

Só que, antes de sair, ouvi Teddy perguntar:

— E aí, quando foi a última vez que você foi presa?

— Nunca? — respondeu Riley.

— Bem, amanhã você vai dizer ontem — replicou Teddy. — Sorte que sua mãe é advogada.

Jesus do céu, o que eu fiz?

Dez

TEDDY

— Como está indo? — perguntou Emmy no celular enquanto eu lavava a louça.

Depois de uma manhã tranquila com Riley no sofá, peguei o café da manhã que Gus havia deixado dentro do forno, panquecas e bacon, e comemos juntas. Não sabia se ele preparava o café da manhã todo dia antes de sair, mas, se fosse, eu poderia facilmente me acostumar com isso. Pelo jeito, ele tinha herdado as habilidades culinárias de Amos, e eu amava a comida de Amos.

— Bem, considerando que só estou aqui há duas horas, está tudo ótimo — respondi.

— Como está a casa? — indagou Emmy.

Da última vez que estive ali, depois de buscar Riley no treino de futebol, a casa de Gus parecia uma zona de guerra, o que era tão atípico que realmente me senti *mal* por ele. Ele amava organização e rotinas, e sua casa costumava refletir isso. Toda vez que estive ali, exceto pelos brinquedos espalhados de Riley, o lugar estava imaculado. Os cobertores eram dobrados com tanta simetria que poderiam ter sido retirados de dentro de uma loja de lençóis.

O interior da casa em si era simples e aconchegante, então as tendências de arrumação esquisitas de Gus não deixavam o ambiente frio ou impessoal — era meio difícil mesmo ser impessoal quando os desenhos de Riley estavam pendurados nas paredes da cozinha. O lugar simplesmente tinha a cara de Gus.

— A casa está mais organizada. Acho que *você* dizer pra ele que estava uma zona provavelmente o abalou — falei com uma risada.

Eu não era nem um pouco viciada em limpeza, mas Emmy era outro nível. Ela tinha uma queda por bagunça. Não tinha ideia de como ela achava qualquer coisa, mas sempre parecia encontrar o que precisava na própria zona — mesmo que estivesse atrás da mesinha de cabeceira, enroscado em uma meia.

O oposto de Gus.

Eu já tinha xeretado a despensa e a geladeira, e me perguntei o que aconteceria se eu quebrasse a etiquetadora dele. Acho que o coitado ia morrer. Guardei a imagem de Gus morrendo por causa de uma etiquetadora para mais tarde, só para o caso de eu precisar me divertir com alguma coisa.

— Ele comprou comida? — perguntou ela.

— Sim — respondi —, tem comida. Já pensou em achar um emprego de investigadora?

— Cala a boca, sabe que estou preocupada com ele.

— Ele vai ficar bem, Em. Estava arrumadinho hoje cedo, com uma camisa limpa e tudo, e conseguiu se controlar e não reagir à maioria das minhas alfinetadas.

Emmy suspirou.

— Vocês deviam se dar uma trégua. Não cansam de ficar brigando o tempo todo?

— Não — respondi.

E então Riley entrou na cozinha de novo. Ela tinha tirado o pijama e estava arrasando num vestido de princesa e botas de caubói. Tirei o celular do ouvido e o coloquei no viva-voz.

— Emmy, diz oi pra Riley.

— Oi, Raio de Sol — cumprimentou Emmy, em um tom de voz bem diferente do que estava usando para falar comigo e me mandar ser legal com Gus.

— Oi, tia! — gritou Riley, e acenou, mesmo que Emmy não pudesse vê-la.

— Você já mostrou o quarto da Teddy para ela? — perguntou Emmy.

Certo. Eu ia ficar ali. Toda hora me esquecia disso, embora eu e Emmy tivéssemos discutido o assunto por horas. Ela tinha razão, sem dúvida seria mais fácil e conveniente ficar ali alguns dias, mas eu ainda ficava preocupada com meu pai.

Em geral, se eu fosse ficar mais do que algumas horas fora, montava um plano. Eu não tinha o costume de fazer planejamentos, preferia deixar rolar, mas não quando se tratava de cuidar do meu pai. Eu combinava com enfermeiras, pedia a Amos para dar uma passada lá em casa ou algo do tipo.

Quando Emmy sugeriu essa ideia na noite anterior, e eu, por algum motivo doido, decidi concordar, não tinha organizado nada disso ainda, só que, quando conversei com meu pai, ele não pareceu nem um pouco perturbado. Só falou: "Parece um ótimo jeito de passar o verão" e voltou a fazer suas palavras cruzadas.

Odiava deixá-lo sozinho. Sempre temia que algo fosse acontecer quando eu não estivesse lá. Enterrei essa angústia e foquei na minha melhor amiga no telefone.

— Ainda não — respondeu Riley para Emmy.

— Acho que pode ser uma boa ideia — afirmou Emmy. — Sabe, Teddy é minha melhor amiga, então preciso que você tome conta dela, tá bom?

— Vou tomar — declarou Riley. — Prometo.

— Bom. Tenho que ir, Raio de Sol, estou vendo seu pai e Scout chegando. Amo vocês!

Riley e eu mandamos um "te amo também" e desligamos.

Peguei a mão de Riley e a fiz dar uma voltinha.

— Uma escolha de roupa incrível — comentei. — O que você quer fazer hoje, Vossa Majestade?

Riley sorriu.

— Vou te mostrar seu quarto. — Riley começou a me arrastar para o corredor. — Meu quarto e a academia do papai ficam lá em cima.

Ela apontou para as escadas no começo do corredor. Eu sabia disso, e também sabia que seu quarto tinha um sofazinho fofo e uma montanha de bichos de pelúcia, só que eu não ia estragar o momento da rainha, sabe?

— Eu não tenho permissão pra ir à academia porque uma vez derrubei um peso no meu pé e doeu muito — comentou Riley, colocando o papo em dia.

Passamos da escada. Riley pulou a primeira porta à direita, mas eu sabia que ali ficava o banheiro, e então chegamos a uma porta à esquerda. Meu quarto. Olhei para a última porta à direita: o quarto de Gus.

Próximo demais para meu gosto, mas tudo bem.

A porta do meu quarto estava aberta, e Riley me puxou para dentro. Como o restante da casa, o cômodo tinha piso de madeira, só que aquele estava coberto por um tapete luxuoso, na maior parte do quarto. As paredes eram de um tom de creme, e pela janela grande era possível ver as montanhas.

A cama era um sofá-cama que tinha sido aberto e preparado. Os lençóis e o edredom eram de uma combinação inusitada de verde, mas que me agradou. E pode apostar que os cantos do lençol estavam muito bem arrumados e alinhados. A ideia de Gus tendo que preparar aquela cama para mim e sendo incapaz de fazer de forma meia-boca me fez sorrir.

Ele tinha trazido uma mesa de canto para servir de mesinha de cabeceira. Havia uma jarra sobre ela com água e flores silvestres. Isso foi... legal.

— Aqui costumava ser o meu quarto, mas eu cresci — afirmou Riley.

— Eu lembro — respondi.

Se a minha memória não falhava, o quarto de Riley lá em cima era muito mais espaçoso, só que aquele ali ainda era legal. E a vista era incrível. Minha vista em casa não era ruim, mas as de Rebel Blue não tinham nem comparação.

Riley e eu fomos até a minha caminhonete e pegamos a mochila e a mala que eu tinha trazido — roupas, cosméticos, alguns livros. O essencial. Ela me ajudou a desfazer a mala, e estava tagarela. Me contou que o pai tinha passado o dia anterior inteiro fazendo faxina (o que ela odiava) e que depois os dois foram ao mercado, mesmo que já tivesse passado da sua hora de dormir (o que ela amava). Também aprendi que o vestido de princesa não foi sua primeira escolha, mas ela não sabia onde estavam as suas outras roupas.

Depois de fazer alguns sanduíches para o almoço, fui até a lavanderia que ficava atrás da cozinha e rapidinho resolvi o mistério das roupas.

As pilhas de roupa de Gus estavam maiores do que as de Emmy, mas muito mais organizadas. As roupas de Riley estavam em cestos rosa, e as dele em cestos brancos. Logo joguei um dos cestos rosa na máquina de lavar e cronometrei no celular para garantir que as colocasse a tempo na secadora.

O resto do dia foi bom, mais fácil do que o esperado. Caminhamos por uma das trilhas perto da casa — eu queria sondar alguns lugares de piquenique — e avistamos algumas ovelhas. Riley tirou um cochilo, dobramos suas roupas limpas e estávamos sentadas na varanda dos fundos jogando *Quem Sou Eu?* quando Gus chegou em casa.

Olha, eu não era nenhuma fã de Gus Ryder, mas ver Riley se iluminar e sair em disparada feito um foguete quando ouviu a porta da frente se abrir estava entre as cinco coisas mais fofas que já vi — mas ainda bem atrás do jeito que ela se aconchegou no peito dele nessa manhã. Eu praticamente ouvi meus ovários fazerem *bum*, e nem gostava dele. Imagina se Gus fosse legal e eu testemunhasse essa cena... Eu nunca me recuperaria.

Não sabia bem o que fazer — cumprimentá-lo ou ficar onde estava —, então fiquei onde estava. Eu me recostei na cadeira e fechei os olhos, saboreando o brilho do sol do fim do dia. Ele chegou mais tarde do que o esperado. Já passava das seis.

Uma curiosidade sobre os caubóis? Depois que trabalharam o dia todo, você consegue ouvi-los chegando, então soube que Gus estava se aproximando. Chaparreiras de couro e todas as suas fivelas não são silenciosas.

— Oi — cumprimentou, saindo pela porta dos fundos. Não me virei para olhá-lo.

— Oi — respondi.

Uma sombra bloqueou o sol, e abri os olhos.

Nunca deixaria de ser a coisa mais irritante do mundo ele ser tão lindo.

— Como foi hoje? — perguntou, tirando a camisa de botões estilo Velho Oeste que vestia. Não que eu estivesse reparando.

— Ótimo — falei. — Sua filha é muito mais agradável do que você.

Ele deu de ombros como se já soubesse disso. Tinha desabotoado a camisa toda, e a regata branca estava grudada ao seu corpo.

— Obrigada por preparar o quarto — comentei, numa tentativa de me distrair do fato de que ele estava tirando as chaparreiras.

Ele arqueou uma de suas sobrancelhas espessas e escuras para mim.

— Acho que nunca ouvi você dizer "obrigado".

— Sempre falo "obrigada". Eu tenho modos, sabe. Só não falo pra você — rebati.

— Justo. — Ele colocou as chaparreiras na cadeira ao lado. — Vou tomar banho e aí fazer o jantar. Tudo bem se for frango grelhado pra você?

— Posso sair para comprar comida — falei. — Você não tem que preparar nada para mim.

Gus revirou os olhos.

— Nunca na vida vi você rejeitar comida de graça — apontou. — Você entrou em todas as competições culinárias na feira do condado uns anos atrás só pra não precisar pagar por comida o dia todo.

Hum. Não sabia que ele sabia disso.

Mas ele tinha razão.

— Tá — cedi. — Mas não me envenena.

— Não prometo nada.

Onze

TEDDY

O jantar foi... surpreendentemente agradável. Riley contou do nosso dia para Gus detalhadamente. Ele pareceu tranquilo com tudo, até ela contar da roupa lavada. Seus olhos lampejaram de irritação.

Depois do jantar, Gus e Riley assumiram papéis definidos na arrumação. Ele tirou o excesso de comida dos pratos, e ela os colocou no lava-louças. Tentei ser útil limpando a mesa e colocando as sobras na geladeira, mas Gus balançou a cabeça.

— Deixa comigo. Você está livre por hoje.

Naquele momento, o clima entre a gente estava meio formal, engessado, como se não soubéssemos muito bem como nos comunicar sem brigar e xingar um ao outro. Só fiz um aceno de cabeça e fui para o quarto.

Meu celular vibrou com uma mensagem do meu pai.

> **HANK (NÃO O WILLIAMS)**
> Como foi o primeiro dia?

> **TEDDY**
> Bom. Fácil.

> Catherine está aí com você?

Catherine era uma das enfermeiras do meu pai. Ele tinha duas, ela e Joy. As duas iam algumas vezes na semana enquanto eu estava no trabalho.

> **HANK (NÃO O WILLIAMS)**
> Não, Aggie está aqui, então dispensou Catherine. Aggie está cuidando bem de mim.

Não sabia como me sentir em relação a isso. Em geral, coisas assim eram decisão minha. Talvez eu só estivesse estranhando a situação porque não lembrava a última vez que tinha ficado longe do meu pai numa segunda-feira, mas, ao que parecia, ele estava indo bem sem mim.

> **TEDDY**
> Seu malandro.

> **HANK (NÃO O WILLIAMS)**
> Posso não ter banda de rock, mas ainda sou um rockstar.

> **TEDDY**
> Verdade.

> Estou com saudade.

> Tenha uma boa noite.

> **HANK (NÃO O WILLIAMS)**
> Saudade também. Dá um oi pro Gus e pra Riley por mim.

> **TEDDY**
> Vou dar pra Riley com certeza.

HANK (NÃO O WILLIAMS)
Seja legal, Teddy.

TEDDY
BOA NOITE TE AMO!

Joguei o celular na cama e olhei ao redor do meu novo quarto. Meus olhos pousaram nas flores silvestres de novo, e tentei imaginar Gus as colhendo e colocando ali. Não parecia algo que ele faria.

Meu dia com Riley tinha sido bom. Eu sentia paz naquele quarto. Naquela casa. Estava cansada, mas relaxada, de uma forma que não sentia havia um tempinho. Eu não contaria a Gus, mas estava grata por isso.

Achei que aquele seria um bom momento como qualquer outro para tomar um banho — já fazia um tempo desde que lavara o cabelo e, embora me sentisse estranha por tomar banho na casa de Gus, imaginei que seria melhor fazer isso de uma vez.

Quando saí do quarto — com a minha nécessaire —, a casa estava silenciosa, o que significava que Gus estava com Riley. Eu realmente não sabia como aquela parte do acordo funcionaria — nós dois sozinhos em casa enquanto Riley estava dormindo. Eu iria ficar trancada no quarto com um livro para não ter que lidar com ele? Ele me ignoraria se estivéssemos num espaço comum como a cozinha ou a sala? Ou seríamos obrigados a conversar?

O banheiro de hóspedes era igualzinho aos outros cômodos da casa de Gus: simples e arrumado. Havia uma pia, uma mistura de banheira e boxe com uma cortina verde-escura e um tapete da mesma cor. Verde era uma cor recorrente nas escolhas de decoração de Gus. Combinava com ele.

Até então, estar em território inimigo não estava sendo tão ruim quanto achei que seria.

Doze

GUS

Riley foi para a cama com menos relutância do que de costume. Devia ter se cansado bastante tagarelando no meu ouvido durante o jantar e o banho.

Teddy isso, Teddy aquilo. Teddy e eu vimos uma ovelha fazer cocô na cabeça de outra ovelha hoje. Teddy gostou do meu vestido de princesa. Teddy fez um sanduíche para eu almoçar hoje. Teddy me chamou de Vossa Majestade o dia todo, Teddy, Teddy, Teddy.

Era Teddy demais para o meu gosto.

Só que eu estava feliz por ver que o dia dela tinha sido bom. Estava feliz por ela ter tagarelado no meu ouvido. Riley andava estranhamente quieta nos últimos dias.

Ainda assim, era Teddy demais.

E isso se confirmou quando, ao descer para a sala com uma pilha de livros ilustrados do quarto de Riley, encontrei Teddy sentada no meu sofá. Aquilo era pior do que estar preso numa despensa com ela, porque eu não tinha para onde fugir nem na minha própria casa.

Ela devia ter tomado banho, porque o cabelo ruivo estava úmido e solto. Teddy usava uma camiseta gigante com um lobo uivando para a lua e estava com um livro nas mãos. E, sério, ela não estava usando nada por baixo? Fitei suas pernas compridas e as unhas do pé pintadas de vermelho.

Ela ergueu o olhar para mim e ajeitou a posição. Movi os olhos para suas coxas e avistei a barra de um short preto se espreitando para fora. *Obrigado, porra.*

— Ela dormiu rápido? — perguntou Teddy.

— Sim — respondi. — Raro pra Riley. Ela é uma corujinha.

— Igual à Cam. — Teddy sorriu, não o sorriso ameaçador que costumava me dar, mas um legal e caloroso. — Mas, diferente de vocês dois, ela gosta de falar.

— Nem me fale.

Riley sempre tinha alguma coisa para falar, e eu torcia para que nunca parasse de fazer isso.

— Você... — comecei, e depois parei. Engoli em seco. — ... teve um bom dia?

Teddy deu uma risadinha.

— A gente realmente se odeia tanto assim a ponto de você nem conseguir me perguntar como foi meu dia sem dificuldade?

— Parece que sim — murmurei.

Ela balançou a cabeça.

— Tive um bom dia. Gosto de estar aqui. — Algo em mim... ficou um pouco satisfeito por ela ter gostado do dia em Rebel Blue. Na minha casa. — E você?

— Foi legal — respondi. Observei Teddy, que me olhava como se esperasse que eu falasse mais. — Tem muita coisa acontecendo.

Dei de ombros.

— Tipo o quê? — Ela parecia genuinamente interessada.

— Só dor de cabeça — falei.

— Você não está me ajudando, August — rebateu, e estava certa, mas eu não sabia como conversar com ela sobre aqueles assuntos.

— Estamos crescendo mais a cada ano: mais gado, mais cavalos, mais ovelhas, mais funcionários e vaqueiros, e agora temos o Bebê Blue na soma — explicou ele. — E é coisa demais para administrar.

— Achei que Wes estivesse no comando do Bebê Blue — comentou Teddy.

— Ele está — admiti. — Mas preciso estar envolvido.

— Precisa mesmo? — Teddy ergueu uma sobrancelha para mim. — Bem, claro que você está envolvido porque tem a ver com o rancho, mas você precisa fazer esse trabalho interno e se envolver em cada tomada de decisão?

Balancei a cabeça. Ela não estava entendendo.

— Preciso estar perto dele. Preciso apoiá-lo e estar preparado se alguma coisa der errado.

— Ele te pediu pra fazer isso? Pra ficar de olho nos negócios dele caso dê errado?

— Não estou de olho nos negócios dele — rebati.

Meu temperamento estava começando a esquentar. Estava só cuidando do meu irmão.

— Meio que parece que está. — Teddy deu de ombros. — Wes é um cara bem capaz, e também é consideravelmente menos teimoso que você e Emmy. Se precisasse de ajuda, acho que pediria sem problemas.

— Ele não teria que pedir — revidei. — Eu já estaria lá.

— Você não precisa estar em todo lugar ao mesmo tempo para ser um bom fazendeiro — declarou Teddy. — Parece que você simplesmente está carregando um peso desnecessário.

— Você não entende.

— Acho que entendo, sim, na verdade — apontou Teddy. — Você acha que não tem problema as pessoas dependerem de você, mas não quer depender de ninguém.

Não gostei do jeito como ela disse isso, como se o ato de

cuidar das pessoas que eu amava fosse ruim, sem contar que eu não queria ter esse tipo de conversa com ela.

Eu me sentei do outro lado do sofá com uma pilha de livros infantis novos que Riley e eu não tínhamos lido ainda. Abri um e vi Teddy me observar com uma sobrancelha erguida. Ela voltou a ler seu livro — que agora eu podia ver que tinha um homem sem camisa vestindo um kilt na capa.

Jesus.

Ficamos em silêncio por alguns minutos, e me concentrei no livro diante de mim. Quando eu era criança, meu pai lia em voz alta para mim, e eu adorava. Queria fazer o mesmo com Riley.

Só que, por ser disléxico, eu tinha dificuldade em ler textos novos em voz alta sem me atrapalhar, o que fazia eu me sentir um idiota. Por isso, quando comprava livros, os lia algumas vezes antes de lê-los em voz alta para Riley. Costumava ajudar.

— Esse é o seu tipo de leitura preferido? — perguntou Teddy do outro lado do sofá.

— Sim — respondi, nem um pouco a fim de explicar por que estava lendo a história de um leitão fazendo amizade com um coelho.

— Escolha interessante — falou Teddy.

— Diz a mulher que está neste instante lendo pornô no meu sofá — zombei. Eu sabia como era a capa de um romance erótico.

— Isso é bem melhor do que pornô — respondeu Teddy, erguendo o livro. — Além disso, não cheguei à parte do sexo ainda. O mocinho e a mocinha estão ocupados demais resistindo um ao outro para perceber que o fato de não conseguirem respirar direito toda vez que se tocam significa que estão apaixonados. — Ela suspirou.

— Nada como morrer sufocado como prova de amor — resmunguei.

Praticamente ouvi Teddy revirar os olhos.

— Sabe — falei, sem olhar para ela ou para suas pernas —, se você ficar revirando os olhos assim, eles vão acabar ficando presos atrás da sua cabeça.

Ela soltou uma bufada que poderia ter sido uma risada, mas eu não sabia como a risada de Teddy era, pelo menos não a genuína. Eu conhecia a risada de vilã maníaca que ela usava comigo, como unhas arranhando um quadro-negro.

— Sim, senhor — respondeu ela com sarcasmo, e eu me enrijeci, tentando impedir o sangue de ir para baixo. Qual era a porra do meu problema?

— Não me chame assim — mandei, irritado.

Teddy riu, a risada de vilã maníaca, e respondeu:

— Por quê? Deixa você todo excitadinho?

Rangi os dentes e não respondi, o que foi um erro, porque Teddy riu ainda mais e disse:

— Deixa, não deixa? É isso que você procura, Guszinho? Uma boa garota pra te chamar de senhor?

— Vai à merda, Teddy.

— Eu sabia que você tinha um lado pervertido — afirmou ela, às gargalhadas.

Fechei o livro de Riley com força e me levantei, torcendo para que minha cueca e a minha calça de moletom disfarçassem o que acontecia abaixo da cintura. Como se Teddy pudesse ficar ainda mais enervante...

— Boa noite, Teddy — desejei entre dentes, e disparei para meu quarto.

— Boa noite, senhor! — gritou ela para mim.

Treze

TEDDY

Eu sempre tinha sido uma pessoa matutina e, mesmo se não fosse, não teria escolha. Meu pai me levava para Rebel Blue todo santo dia antes de eu sequer ter idade para frequentar a escola. Emmy e eu passávamos o dia descalças na grama ou correndo pelas trilhas que atravessavam o rancho. Ainda era uma das minhas coisas preferidas — sentir a terra sob meus pés descalços e fitar o grande céu azul. Rebel Blue era o único lugar onde eu podia me sentir ancorada e estável enquanto também tinha as nuvens sobre a cabeça.

Ah, como era bom sentir essa liberdade de novo.

Então eu acordava cedo. Sempre acordei. O que não mudou quando fui para a casa de Gus, embora meu sofá-cama fosse surpreendentemente confortável. Tudo na casa de Gus era confortável.

Tirando Gus, é claro.

Quando despertei na manhã de quarta-feira e olhei o celular, eram quase cinco horas. Eu costumava correr nas manhãs de quarta, e correr pelo Rancho Rebel Blue — dessa vez de tênis — parecia um bom jeito de começar o dia.

Rolei para fora da cama, enfiei uma legging, um top esportivo e um casaco de moletom, peguei o tênis e, em silêncio, saí pela porta dos fundos.

No fim do quintal, uma pequena trilha levava a um dos maiores sistemas de trilhas em Rebel Blue. Eu não as conhecia tão bem quanto Emmy — nem de perto —, mas conseguia me localizar muito bem.

Quando eu corria na estrada, sempre estava de fone de ouvido e com uma playlist que me deixava tão empolgada que eu me sentia capaz de atravessar até uma parede — no bom sentido.

Só que eu não escutava música quando estava caminhando ou correndo nas trilhas — em parte por causa da segurança, mas também porque nada acalmava mais a minha mente do que os barulhos da natureza.

Corri pela mata, observando o sol nascer, inspirando o ar frio da manhã e escutando as árvores farfalharem com a brisa, até meu celular avisar que tinha batido os quatro quilômetros e já eram quase cinco e meia. Gus sairia em breve, então dei a volta e retornei pelo mesmo caminho.

Levei uns vinte e cinco minutos para chegar à casa de Gus. Andei até a porta dos fundos e tirei o moletom antes de entrar. Eu o joguei na varanda de trás — tinha usado durante toda a corrida, então estava todo suado. E fedido. Eu o deixaria pegar um ar antes de levá-lo para dentro.

Abri a porta com o máximo de silêncio que consegui e tentei fazer o mesmo ao fechá-la. Usei as costas da mão para limpar um pouco do suor do rosto antes de me virar para a cozinha e dar de cara com Gus.

Ele congelou com uma garfada de ovos a meio caminho da boca aberta, seus olhos traçando meu corpo de cima a baixo.

A intensidade com a qual ele me observava me fez querer correr e me esconder.

Só que eu não corria ou me escondia de nada.

Nem de ninguém.

Então fui até a cafeteira, que estava cheia até a boca, e peguei uma xícara de café no armário bem acima dela. Eu tinha me apropriado de uma xícara de um lugar chamado Lago da Lua. Era de um verde-floresta escuro e tinha uma lasca na alça. Eu a escolhia todas as manhãs desde que cheguei.

— Café? — perguntei a Gus, ainda de costas.

— O que está vestindo? — resmungou Gus.

— Roupas de correr — respondi, num tom que torci para transmitir que eu tinha achado aquela a pergunta mais idiota da história da humanidade. O que é que parecia que eu estava vestindo?

— Você correu pelo rancho assim?

— Corri — falei, sem me incomodar em mencionar o moletom.

Não importava. O que eu estava ou não vestindo não era da conta dele. Eu sabia com qual faceta do Gus eu estava falando no momento. Era o mesmo que tinha socado Brooks na cara quando o viu beijar Emmy. De todos os Gus, esse era o meu menos favorito. Todos eram bem ruins, mas esse acendia um fogo em mim que me deixava desesperada para fazê-lo queimar também.

— Você está praticamente nua — declarou, com raiva.

— Deus me livre alguém ver minha barriga. — Revirei os olhos. — Estou bem longe de estar nua, e adivinha, Guszinho? Se eu quisesse correr pela fazenda como vim ao mundo, seria meu direito, não seu.

— Você está no meu rancho, Theodora.

— Não, o rancho é do seu pai, August. — Ele tensionou o maxilar. Recordei a conversa que tivemos umas noites atrás. Estava óbvio para mim que o homem precisava aprender a delegar. — E se você continuar cuidando dele do jeito que faz agora, vai surtar aos quarenta, e aí o rancho nunca vai ser seu mesmo, porque seu pai não vai deixar o trabalho da vida dele para alguém que não consegue dar conta do serviço.

— Você não sabe merda nenhuma do que está falando — rebateu.

— Pelo menos sei pedir ajuda — respondi, mesmo que não soubesse, mas ele não precisava saber que era o sujo falando do mal lavado.

— Não. Preciso. De. Ajuda — declarou, enfatizando cada palavra.

— Então por que estou aqui? — perguntei, resistindo à vontade de me aproximar dele.

— Porque pelo visto fui um assassino ou alguém que chutava filhotinhos na vida passada, e o universo resolveu me castigar.

Eu me recostei na bancada, dei um gole no café e observei seus olhos me sondarem de novo. Mesmo que ele estivesse com raiva, seu exame minucioso não estava.

Estava... caloroso. Intencional. Fascinado.

Ele baixou o garfo e andou na minha direção até estarmos quase nos tocando. Minha respiração ficou irregular, e vi suas narinas se inflarem.

Isso me lembrou de algo que eu tentava esquecer — algo que Gus claramente já tinha esquecido. Eu desejava conseguir também, já que estava óbvio que não tinha significado nada.

Mas não recuei. Sustentei seu olhar, desafiando-o a me provocar. Ele estendeu o braço, e senti como se alguém tivesse tirado o meu equilíbrio.

Achei que fosse tocar meu rosto ou puxar meu rabo de cavalo. Em vez disso, ele levou o braço até o armário atrás de mim e pegou uma xícara.

Então colocou a mão enorme na minha cintura e me empurrou suavemente para o lado, para poder enchê-la.

Catorze

TEDDY

Sobrevivi à minha primeira semana como babá de meio período de Riley quase intacta, exceto por aquela situação estranha na cozinha na semana passada. O olhar voraz de Gus percorrendo meu corpo de cima a baixo ficava surgindo na minha mente não importava quanto eu tentasse afastá-lo. Tinha que balançar a cabeça para me livrar de todas as obscenidades que me vinham à mente com a lembrança.

Era de pensar que, depois de pressionar meu vibrador (sim, levei o vibrador para o trabalho, me deixa em paz) entre as coxas na noite anterior pensando em alguém de quem nem gostava, aquilo ficaria para trás. Não deu certo. Toda vez que meus pensamentos viajavam, eu pensava em suas narinas se inflando, no olhar dele e na sensação de sua mão na minha cintura.

Gus Ryder estava realmente me fazendo pensar em sacanagem? Nojento. Talvez eu precisasse começar a dormir com o vet de novo. O veterinário tinha nome — Jake —, mas era muito mais divertido me referir a ele só como "o vet".

Passei a quinta e a sexta-feira em casa, lavando a roupa suja que tinha acumulado, passando tempo com meu pai, garantindo que ele tinha feito todas as refeições enquanto estive fora e cortando a grama.

Eram seis e pouquinho de sexta quando recebi uma mensagem de Dusty.

> **DUSTY TONTO**
> Jantar?

Dusty era alguns anos mais velho do que eu — da idade de Wes e Cam — e sempre tinha sido um bom amigo. Seu sobrenome era Tucker, mas ele estava no meu celular como Dusty Tonto desde que ganhei um na sétima série.

Depois do ensino médio, ele desapareceu. Partiu de Meadowlark e passou mais de uma década sendo peão pelo mundo. Ele começou em Montana, foi para Utah e em seguida para o Canadá. Alguns anos depois, estava na Argentina, então na Austrália — sempre cavalgando, fazendo trabalhos por temporada, nunca ficando num lugar por muito tempo.

Até o ano passado.

Ele voltara para casa e começara a trabalhar com Gus em Rebel Blue, e até o momento não tinha dado indícios de que iria embora. Algo me dizia, porém, que isso aconteceria naquele outono, depois do casamento de Cam, quando a garota por quem era apaixonado desde os dezesseis anos estivesse oficialmente casada com outro homem.

Respondi à mensagem.

> **TEDDY**
> Jantar em vinte?

> **DUSTY TONTO**
> Precisa de carona?

> **TEDDY**
> Feliz por saber que o cavalheirismo
> não morreu, mas não.

> **DUSTY TONTO**
> Te vejo lá.

Troquei de roupa rapidinho: calça jeans, regata preta com alças grossas e botas de caubói prata, para dar um toque especial. Deixei o cabelo solto, já que tinha tido o trabalho de lavá-lo e penteá-lo naquela manhã.

Eu me olhei no espelho, verificando mais uma vez se o visual que imaginei tinha funcionado de verdade.

Quando fui até a sala, meu pai estava sentado na sua poltrona tocando guitarra, acho que algo do Clapton.

— Vou jantar com Dusty — avisei. — Vai ficar bem?

Meu pai sorriu.

— Teddy, você fez comida suficiente para quase um mês. Estou bem. Eu ainda sou o pai, sabia?

— Um baita pai, aliás — respondi, com um beijo em sua testa. — Volto logo. Ou você quer que eu fique mais tempo fora, pra você e Aggie terem um pouco de privacidade?

Hank soltou uma risada afetuosa que me avisou que eu estava certa.

— Sai daqui, Teddy.

Mandei um beijo para ele e saí pela porta.

O chato de ir até a Lanchonete Meadowlark era que ela ficava de frente para a butique. A placa vermelha de "Aluga--se" na porta da loja era pior do que um chute na canela.

Eu tinha começado a levar a butique a sério — planejado torná-la algo maior do que uma loja de roupas de uma cidadezinha — e sonhava que algum dia, quando Cloma estivesse pronta para se aposentar, ela a deixaria para mim.

E agora eu me deparava com o fantasma do meu sonho toda vez que passava de carro pela Avenida Principal.

Virei no beco que ficava um pouco antes da lanchonete. Havia um estacionamento ali, e entrar pelos fundos significava não precisar passar na frente da butique vazia de novo.

Avistei o Ford Bronco preto de Dusty no estacionamento e parei ao lado. Ele ainda estava dentro do carro, e acenou para mim antes de sairmos das caminhonetes.

— Por que sua camisa está tão apertada? Você parece o Peter Frampton — falei.

Ele passou uma mão pelo cabelo loiro, que estava comprido no momento, batendo um pouco abaixo do queixo.

— Sabe, ninguém com menos de cinquenta anos vai entender essa piada.

— Você tem menos de cinquenta — respondi.

— Sim, mas eu sou eu.

— E graças a Deus por isso.

Dusty jogou o braço por cima do meu ombro e o deixou ali até chegarmos à porta da lanchonete. Ele a abriu, e entramos.

— Oi, crianças! — gritou Betty.

Betty devia estar perto dos setenta. Não era dona do restaurante, mas trabalhava ali desde antes de nascermos. Tinha cabelo preto — pintado em casa — e usava sempre o mesmo batom vermelho-vivo. A própria Betty Boop de Meadowlark.

— Sentem em qualquer lugar!

— Canto? — perguntou Dusty.

— Canto — concordei.

Andamos até a parede de mesas com sofá no canto do restaurante, mas só havia uma sobrando, e era a mesa que tinha um banco estúpido quebrado. Se a pessoa a escolhesse, provavelmente ficaria enjoada antes de receber o jantar, porque o banco estava muito bambo, então Dusty e eu nos sentamos do mesmo lado da mesa.

— Como foi sua primeira semana como babá da Riley? — perguntou ele, pegando o cardápio na mesa.

— Foi boa — respondi. — Não sou a babá, eu só fico alguns dias da semana com ela.

— Tem diferença? — quis saber ele, e dei de ombros. "Babá" parecia bem mais oficial, e eu sentia que só estava passando um tempo no meu lugar favorito com uma criança de que gostava. — Está sentindo falta da butique? A gente não conversou de verdade sobre isso desde que a loja fechou. Como você está?

Fui poupada de responder àquela pergunta impossível quando Betty chegou para anotar nossos pedidos.

— O que vai ser hoje, querida? — me perguntou.

Pedi o de sempre.

— Hambúrguer com pimenta jalapeño, por favor. E batata frita. Pode colocar queijo nelas? E uma Coca zero.

— Sanduíche de carne, por favor, e uma Coca normal — pediu Dusty, e me olhou. — Quer um Arco-íris?

— Ai, meu Deus — gemi. — Quero.

Arco-íris era um doce típico de Meadowlark: uma enjoativa sobremesa adocicada artificialmente e bem melada no topo que vinha acompanhada de sorvete de baunilha.

Betty sorriu.

— De mirtilo pra você... — ela olhou para Dusty — ... e pêssego pra você? — perguntou para mim.

— Sim, senhora. — Assenti.

Betty sorriu de novo e foi embora com nossos pedidos, dando lugar a uma confusão rosa na nossa frente.

— Teddy! — Riley guinchou e pulou no assento ao meu lado.

— Oi, Raio de Sol — falei, rindo. — O que tá fazendo aqui?

— Jantando e tomando milk-shake — respondeu ela. — Meu pai, a treinadora e Sara estão ali. — Riley apontou para uma mesa no meio do restaurante, onde Gus estava sentado com Nicole e a criança que tinha esperado com elas quando busquei Riley.

Vai pra cima, Nicole, pensei. Ela tinha conseguido um jantar — um jantar que Gus devia ter aceitado com relutância, a julgar pela péssima expressão dele, que só piorou quando viu para onde Riley tinha ido.

Os olhos esmeralda de Gus encontraram os meus. Acenei para ele. Gus desviou o olhar para Dusty, que também acenou. A careta de Gus se intensificou um pouco, mas logo retornou ao franzido normal.

Eu não sabia por que ele estava fazendo aquela cara para Dusty — os dois eram amigos. Gus gostava de Dusty muito mais do que gostava de mim.

Estávamos todos conectados na nossa estranha redezinha de cidade pequena, mas a conexão entre Dusty e Gus devia ser a mais curiosa. A mulher por quem Dusty era apaixonado era a mãe da filha de Gus. Será que eles já tinham conversado sobre isso? Provavelmente não. Homens, né?

E agora Gus era o patrão de Dusty e Cam ia se casar com outra pessoa. Acho que a vida não caminha do jeito que esperamos.

Ah, e meu pai namorava a mãe de Dusty. Cidades pequenas eram uma doideira.

— Hambúrguer com jalapeños, batata frita com queijo, sanduíche de carne e dois Arco-íris. — Betty havia voltado à mesa com a comida. — E parece que vocês estão com uma convidada — comentou ela, sorrindo para Riley. — Como foi o futebol, meu bem?

— Bom — respondeu Riley. — Derrubei uma garota.

— Sua mãe ficaria orgulhosa. — Dusty riu, e Betty também. Todo mundo sabia que Cam era bem competitiva.

Betty colocou a comida na mesa.

— Aproveitem, crianças — disse ela, indo depois até Gus para anotar o pedido deles.

— Melhor meter o pé se quiser jantar, meu bem — falei. — Seu pai está te esperando.

Riley suspirou. Era difícil ter seis anos.

— Aff. Tá bom. Tchau, Teddy. Tchau, Dusty.

Depois que ela saiu correndo, Dusty se virou para mim.

— É coisa da minha cabeça ou o Gus está mais rabugento do que o normal?

Olhei Gus, cuja careta tinha piorado de novo.

— Sim, parece mesmo — respondi.

Senti uma onda de decepção. Tínhamos aprendido a coexistir de uma forma mais amigável naquela semana, só que, pelo que parecia, nossa trégua não se estendia além dos limites de Rebel Blue.

— O que está rolando entre ele e aquela mulher? Ela não me é estranha.

— Nicole James. Ela é a treinadora de futebol da Riley — expliquei. — E tem uma queda monstruosa por Gus, com certeza quer ficar com ele e tem uma oportunidade perfeita, porque tem uma filha da idade de Riley e elas parecem se gostar muito. — Minha voz saiu mais amarga do que eu pretendia, não entendia bem por quê, mas Dusty notou.

— Não é muito fã de Nicole, né?

Bufei e joguei uma batata na boca.

Olhei de volta para a mesa de Gus, para ele e Riley sentados diante de Nicole e Sara. Pareciam uma família de verdade.

— Você alguma vez sentiu que estava ficando para trás? — soltei.

Ele franziu as sobrancelhas.

— Como assim? Não sou a Emmy, então você talvez precise desenvolver um pouco mais para eu entender.

Fazia sentido.

— Por exemplo... — Hesitei. — Te incomoda todo mundo estar se apaixonando ou se casando ou tendo bebês ou planejando ter bebês e eu e você sermos as mesmas pessoas que sempre fomos?

— Qual o problema em ser quem sempre fomos? — perguntou Dusty.

— Nada. É só que... achei que já estaria arranjada a essa altura. Não tipo casada ou com filhos, mas achei que... teria uma noção melhor de para onde estava indo.

— Não sei. Tem vezes que imagino como minha vida teria sido se eu tivesse ficado aqui. — Ele estava pensando em Cam, com certeza. — Mas se você não tivesse ido para a faculdade, se eu não tivesse viajado e visto o mundo... acho que nenhum de nós estaria feliz de verdade com o que temos aqui, não é?

Ele tinha razão. Eu amava minha cidadezinha, mas acho que amava em parte porque tinha saído dela por um tempo, visto como era a vida em outros lugares. Meadowlark tinha os mesmos inconvenientes que as outras cidades. Era como um cômodo com teto baixo e sem janelas, mas você não saberia reconhecer que era assim até sair e conhecer como os cômodos grandes podiam ser. A maioria das pessoas que nunca saíram acabou casada com o namorado da escola e teve pelo menos dois filhos antes de sequer se formar na faculdade, o que não era ruim, mas nunca foi algo que desejei para o meu futuro. Não na época, de qualquer forma.

Partir não me fez amar menos Meadowlark. Na verdade, tivera o efeito oposto, me fazendo compreender por que gente como Dusty havia ficado longe por muito tempo e por que outros partiram e continuaram longe.

Aquele não era o meu caso, no entanto. Eu queria uma vida bem ali em Meadowlark. Só que no momento a cidade que eu tinha amado tanto estava parecendo mais desconhecida do que nunca. Eu não me arrependia de nenhuma decisão que tomara, mas era inevitável questionar se eu havia perdido a chance de construir algo maior porque sempre me contentei com o que tinha. As peças que sempre achei que se encaixariam quando eu estivesse pronta — um parceiro para dividir a vida, a família que construiríamos — não me aguardavam mais no horizonte.

— Sim, talvez você esteja certo — respondi, baixinho. Mantive os olhos numa gota de condensação que escorria pelo meu copo.

Dusty pegou sua bebida e deu um gole.

— Mas só porque você achou que já estaria encaminhada a essa altura, seja lá o que significa isso, não quer dizer que tenha ficado pra trás. Talvez o resto é que esteja adiantado.

Assenti, mas não consegui elaborar uma resposta.

Ele bateu o ombro no meu.

— Ei. Você está mesmo chateada com isso, né? — perguntou.

Larguei o hambúrguer depois de umas mordidas.

— Se não estivermos com alguém aos quarenta anos, você quer se casar?

Dusty riu tão alto que ganhamos vários olhares dos outros clientes do restaurante. Inclusive de Gus e Nicole.

— Que jeito sutil de rejeitar uma garota — murmurei. Ele estava rindo, mas eu ainda estava meio séria.

— Eu te amo pra cacete, mas não sou seu tipo, e você não é o meu — respondeu Dusty, ainda rindo.

Eu sabia que ele tinha razão. Seria como me casar com meu irmão. Até numa cidadezinha do interior dos Estados Unidos, não pegaria bem.

— Claro — falei. — Esqueci que seu tipo é alta, morena e... noiva de outro homem.

Dusty baixou o olhar, mas entrou na brincadeira, sempre tranquilo, levando a mão ao coração e dizendo:

— Assim você me magoa.

Ainda assim, detectei um sinal de incômodo verdadeiro na sua voz.

Fiquei me sentindo mal por mencionar Cam, mas ele continuou falando antes que eu pudesse dizer algo.

— Você vai ficar bem, Teddy. Não vai precisar se casar comigo quando tiver quarenta anos. Além disso, quarenta não é velho. Ouvi dizer que são os novos trinta.

— Bem — respondi, tocando no lado direito do seu pescoço. Havia uma tatuagem ali, um A em fonte gótica. Ele nunca confirmou para mim que era por causa do sobrenome de Cam, mas eu sabia. — Minha oferta ainda está de pé. Podemos falar pra todo mundo que esse A no seu pescoço é de Andersen.

Quinze

GUS

Mais cedo, eu teria dito com convicção que ver Teddy Andersen naquela roupa de corrida idiota era a pior coisa que havia me acontecido desde aquela noite anos atrás.

Não mais.

Pois, naquele momento, Teddy estava sentada a uma mesa na Lanchonete Meadowlark com um sorriso que eu nunca a tinha visto exibir para nenhum outro homem. Eu os vi entrar com o braço de Dusty jogado sobre seu ombro. Não sei por que me incomodou — venho assistindo aos homens lutarem pela atenção de Teddy havia anos.

Teddy flertava com todo mundo, e, pela primeira vez, não quero dizer isso como um insulto. É só quem ela é. Ela tem uma personalidade sedutora. Gosta de atenção. Se regozija com ela.

Só não sei por que vê-la tocar o pescoço de Dusty me deixou prestes a soltar fogo pelas ventas. Talvez seja porque, ao vê-la tocando o pescoço dele, desejei que fosse o meu.

Sempre mantive Teddy distante — exatamente onde deveria estar. Só que agora ela morava na minha casa, comia a minha comida e saltitava ao redor com suas roupas estúpidas que pareciam ter sido criadas para me enlouquecer.

E, acima de tudo, minha filha a amava, o que estava oficialmente mexendo comigo.

Teddy pousou a cabeça no ombro de Dusty e jogou uma batata na boca. O movimento fez a alça branca de seu sutiã escorregar pelo ombro.

Eu odiava ver como aqueles dois pareciam confortáveis um com o outro, e odiava esse sentimento. Não tinha motivo para isso. Dusty era meu amigo, e Teddy era minha babá de meio período. Se queriam trocar *carícias*, ou seja lá o que estivessem fazendo, tinham todo o direito.

Só que aquela alça branca era como uma luz no escuro — igualzinho a alguns anos atrás.

Senti a respiração acelerar. Eu devia ter desviado o olhar antes de Teddy me pegar encarando, mas não desviei.

Quando ergueu a cabeça do ombro de Dusty, seus olhos azuis se prenderam nos meus. Por um instante, ela pareceu confusa, provavelmente se perguntando por que eu a fitava daquele jeito.

Acredite, Theodora, me pergunto a mesma coisa.

Ela sustentou meu olhar e, distraída, subiu a alça branca pelo ombro.

— Gus?

Tinha esquecido que Nicole estava falando. Ela falava bastante, mas não de um jeito que me fazia querer ouvir. Eu sempre ouvia Teddy — na maior parte para poder pensar numa boa resposta para qualquer besteira que ela estivesse soltando.

— Desculpe — pedi. — O que estava dizendo?

Nicole seguiu meu olhar. Teddy não me encarava mais. Estava molhando as batatas fritas no sorvete e rindo de alguma coisa.

Do que será que ela estava rindo?

— Dusty e Teddy estão saindo, é? — perguntou Nicole ao se virar para mim. — Segure-se quem puder!

— Como assim? — indaguei. Meu tom saiu mais ríspido do que eu pretendia.

Nicole deu de ombros.

— Bem, os dois não são muito de se comprometer com as coisas, não acha? Meio irresponsáveis?

— Teddy não é irresponsável — respondi.

Merda, era melhor alguém registrar aquele dia nos livros de história, porque eu nunca tinha dito isso. Nunca nem acreditei naquilo. Só que Teddy começou a ser a babá de Riley e, não sei, eu apenas acreditava agora.

Por mais que detestasse admitir, Teddy Andersen era boa — só não para mim.

Nicole me encarou, confusa. *Idem*, pensei. Por que ela estava naquela mesa comigo, para começo de conversa? Eu tinha ido buscar Riley, e ela perguntou aonde estávamos indo, então contei que daríamos um pulo na lanchonete. Quando me dei conta, seu carro parou logo atrás da minha caminhonete depois que estacionei na rua, e Nicole e a filha entraram comigo e Riley no restaurante. Foi sugestão dela nos sentarmos todos juntos.

— Talvez você a conheça melhor do que eu — respondeu Nicole.

Não gostei do seu tom ao falar de Teddy, nem um pouco.

— Conheço — afirmei, sem pensar. — Quer dizer, ela é a melhor amiga da minha irmã. Conheço Teddy basicamente a vida toda.

A voz de Betty me salvou.

— Milk-shake de chocolate pra você — anunciou ela, colocando um copo grande na frente de Riley, cujos olhos ficaram tão enormes quanto ele, fascinados pelo chantilly e pela cereja vermelha no topo. — E morango pra você. — Ela deixou o meu na minha frente. — E uma batata frita, extra crocante.

Ela colocou as batatas bem na nossa frente.

— A gente ainda não pediu — comentou Nicole, irritada.

Betty sorriu para ela e pegou seu bloquinho.

— Gus e Riley sempre pedem a mesma coisa depois do futebol — respondeu. — E vocês duas, vão querer o quê?

Riley e eu trocamos os milk-shakes depois de darmos os primeiros goles. Sempre dávamos o segundo gole no copo um do outro.

— O de chocolate está delicioso hoje — elogiei, deslizando o milk-shake de volta para Riley.

Ela deu uma risadinha.

— Tem sorvete no seu bigode.

— Tem?

Sorri, passando o dedo pela boca, que, é claro, saiu todo rosa por causa do milk-shake. Lambi o dedo e, por algum motivo, ao fazer isso, voltei a atenção para Teddy, que desviou o olhar assim que fizemos contato visual.

Não tive tempo de pensar sobre isso — graças a Deus —, porque a voz de Nicole atravessou a névoa provocada por Teddy e que vinha nublando meus pensamentos com frequência demais nos últimos tempos.

— Vocês não comem comida saudável? — perguntou Nicole a Riley. — Todo esse açúcar é ruim pra você.

Nada disso. Aquela mulher não ia dar sermão na minha filha de seis anos dizendo que comida ela deveria ou não comer.

— A gente não acha que tem comida boa ou ruim — me intrometi. Aquilo era algo importante para Cam, e eu concordava completamente com ela. — É tudo comida.

Nicole pareceu confusa.

— Não é verdade.

— É na nossa casa — declarei, com firmeza, torcendo para ela entender a indireta.

Olhei para Riley, que estava tomando seu milk-shake de chocolate toda feliz. Ótimo. Talvez conseguíssemos dar o fora dali em breve.

Nicole não tocou mais no assunto, só falou igual a uma matraca sobre a temporada de futebol como se estivesse treinando o time olímpico.

Arrisquei outra olhada para Teddy, que jogou mais uma fatia de jalapeño na boca antes de deslizar para fora da mesa e caminhar até os fundos do restaurante. Dusty a seguiu com a mão na sua lombar, e fui forçado a aceitar o fato de que minha opinião sobre Teddy Andersen estava começando a mudar.

Dezesseis

TEDDY

A semana dois como babá de Riley estava quase no fim. Só mais algumas horas naquele dia, e então eu iria para casa. Não que eu não quisesse passar mais tempo com Riley — muito pelo contrário —, mas já estava na hora de dar um tempo na convivência com Gus pelo resto da semana.

Ele, seus braços, bigode e olhos estavam mexendo com a minha cabeça.

Durante o fim de semana, achei na garagem do meu pai um livro velho chamado *Guia de Plantas Nativas das Montanhas Rochosas*. Levei comigo para a casa de Gus porque gostava de ter coisas para fazer, e imaginei que poderia tentar identificar algumas plantas enquanto Riley estava brincando, só que, quando ela me viu buscando enquanto lanchávamos no pátio atrás da casa na quarta-feira, logo se interessou.

— O que é isso? — perguntou ela.

— É um *Guia de Plantas Nativas das Montanhas Rochosas* de 1998 — respondi. — É para as pessoas aprenderem sobre as plantas das Montanhas Rochosas, a reconhecê-las, conseguirem nomeá-las, esse tipo de coisa.

— Onde ficam as Montanhas Rochosas? — perguntou Riley.

— Bem aqui — respondi, apontando para os arredores. — Estamos nas Montanhas Rochosas.

Riley franziu as sobrancelhas.

— Não, a gente está no Rancho Rebel Blue.

— O Rancho Rebel Blue fica nas Montanhas Rochosas — afirmei. Tentei pensar num jeito melhor de explicar aquilo. — Esse é o nome das montanhas. Você é a Riley, você é você, mas seu sobrenome é Ryder, que você ganhou do seu pai, então você faz parte do seu pai e seu pai faz parte do pai dele.

Eu não era nem um pouquinho boa naquilo, e o olhar confuso de Riley confirmou isso.

— Então as Montanhas Rochosas são o avô de Rebel Blue?

— Mais ou menos — respondi.

Amos Ryder amaria aquela descrição, pensei.

— Quem é o pai de Rebel Blue? — perguntou ela.

Refleti por um instante antes de dizer:

— Deve ser Meadowlark.

As engrenagens estavam se mexendo no cérebro de Riley. Tentei pensar numa explicação melhor, mas então Riley falou:

— Então estamos em Rebel Blue, em Meadowlark, nas Montanhas Rochosas?

— Isso! — exclamei. — Excelente.

Isso aí, ponto pra babá.

Riley estendeu as mãozinhas, e lhe entreguei o livro.

— Podemos encontrar todas elas?

— Talvez não todas, mas provavelmente a maioria.

— Quero encontrar todas — declarou. Ela folheava as páginas do livro, que estavam desgastadas, rasgadas e algumas até grudadas. — Essa aqui — disse quando avistou uma imagem de que gostou. — É rosa.

Eu me inclinei sobre seu ombro para fitar a planta que tinha chamado a sua atenção. O nome científico era *Androsace*, mas eu nem sabia como pronunciar isso, logo falei como alguns a chamavam:

— É o jasmim-das-rochas. É bonita.

Riley passou a mão na foto da flor silvestre.

— Vou pegar uns post-its, e a gente pode marcar todas que a gente quer encontrar primeiro, o que acha? — sugeri.

O sorriso que Riley me deu poderia ter fornecido energia para Rebel Blue durante uma semana. Corri para dentro e vasculhei minha bolsa. Sabia que havia post-its ali. Eu os achei e comemorei internamente.

E eram rosa. Excelente.

Voltei correndo até Riley, que ainda estava esparramada no cobertor que eu havia estendido lá fora. Ela tinha mudado de posição — agora estava de bruços, balançando os pezinhos no ar e folheando o livro sobre plantas.

Meu pai ficaria feliz em saber que sua compra havia muito esquecida estava sendo útil naquele dia.

Riley e eu olhamos juntas as páginas, e lhe entreguei um post-it para colocar na margem das páginas de todas as plantas que queríamos encontrar. Realmente ficamos um bom tempo fazendo isso — Riley me fez ler para ela quais eram os nomes das plantas, onde costumavam ser encontradas, se eram perenes, o que expliquei bem melhor daquela vez. (Elas voltam todo ano, igual ao Papai Noel.)

Ficamos tão absorvidas pelas plantas, por quais queríamos encontrar, por onde íamos procurar, quando começaríamos, que não percebi a presença de Gus até sua sombra recair sobre nós.

Nós duas erguemos o rosto, e Gus sorriu para a filha. O mínimo que ele podia fazer era tirar as chaparreiras *antes* de vir ver o que estávamos fazendo. *Jesus Cristo.*

— Pai! — gritou ela. — Eu e Teddy vamos ser piratas de plantas!

Gus me lançou um olhar que dizia "Que merda é uma pirata de plantas?". Dei de ombros.

— Parece ótimo, Raio de Sol — respondeu ele, e se agachou ao lado dela. — O que é isso? — indagou, pegando o guia botânico lotado de post-its rosa-choque.

— O *Guia de Plantas Nativas das Montanhas Rochosas* de 1998 — respondeu Riley, sem pestanejar.

Havia tantos momentos em que eu via Gus ou Cam de forma tão clara nela, e aquele foi um momento Cam sem sombra de dúvida.

— E o que estamos fazendo com o *Guia de Plantas Nativas das Montanhas Rochosas* de 1998? — perguntou Gus.

— Vamos caçar plantas — respondeu Riley.

Gus assentiu, se esforçando ao máximo para acompanhar e seguir o entusiasmo da filha. Se ele não fosse tão chato, eu acharia adorável. Mas ele era chato. Era irritante quantas vezes tive que lembrar a mim mesma disso nas últimas duas semanas.

Ele ser um bom pai e às vezes te olhar como se você fosse a pessoa mais importante do lugar não significa que não seja um babaca.

Eu o olhei de novo. Estava um pouco... sujo naquele dia. O rosto estava manchado de terra, e um brilho de poeira cobria suas roupas. Era um lembrete de que Gus era um homem trabalhador, e quem não amava um homem trabalhador? Um homem forte que sabia consertar qualquer coisa e devia saber usar as mãos como ninguém, e a língua também... *Jesus, Teddy, se controle.*

— Teddy — chamou Gus, me assustando. Ele me olhava como se soubesse exatamente no que eu estava pensando, mas claro que não tinha como ele saber de nada, então fiz meu melhor para me recompor.

— Desculpa — respondi. — O que você disse?

— Cheguei cedo. Estava querendo saber se você vai ficar para o jantar hoje ou se pretende ir embora.

— Você precisa de ajuda hoje? — perguntei, mesmo não sabendo bem por quê. Sim, a sujeira o deixava gato, mas ele também parecia cansado. — Talvez eu possa fazer o jantar enquanto você tira a noite de folga?

Gus me olhou por alguns segundos, e senti meus batimentos cardíacos acelerarem. Eu não saberia dizer se aquele olhar me fazia querer ficar ou dar o fora dali.

— Estou bem — respondeu ele, por fim.

— Tudo bem — falei, baixinho.

Não sabia o que tinha doído mais: ele não querer que eu ficasse ou não querer minha ajuda. Acho que era hora de ir para casa mesmo.

— Fica, Teddy! Por favor! A gente tem que terminar de olhar as plantas — pediu Riley.

Juro por Deus, essa criança era a única pessoa no planeta que podia me fazer querer passar mais tempo na presença de August Ryder.

— Hoje não, meu bem. Vou passar um tempo com meu pai, tá bom? — falei, puxando-a para um abraço.

Riley fez biquinho.

— Mas quero que você fique aqui — disse. *Bem, por que você não enfia logo uma faca no meu peito, hein?* — Quero falar das plantas.

— Vamos falar das plantas na segunda, tá bom? Prometo.

— Não, quero que você fique.

Riley bateu o punhozinho no chão. Eu já tinha visto aquele temperamento forte surgir algumas vezes. Eu não tinha dito que ela teve um momento Cam mais cedo? Esse era o momento Gus.

— Riley — disse Gus, o tom suave, mas firme. — Teddy já falou. Ela vai voltar na segunda. É importante ela passar tempo com o pai também, tudo bem?

Riley bufou, frustrada, mas então falou:

— Tá. — E se jogou nos meus braços de novo. — Vou sentir saudade.

— Também vou sentir saudade, Raio de Sol. E a gente vai caçar plantas pra caceta na segunda, tá bom?

Gus resmungou alguma coisa entre os dentes, devia estar reclamando do "caceta", mas ele realmente não tinha moral nesse assunto, então o ignorei.

— Tá bom. — Riley assentiu.

Beijei o topo de sua cabeça e me levantei.

— Te vejo em breve — falei para ela, e fui até a porta dos fundos, sem fazer questão de me despedir de Gus.

Dezessete

GUS

Riley e eu íamos jantar na casa de Emmy e Brooks. Depois da minha grosseria com Emmy durante o café da manhã de família, fiquei surpreso por ter sido convidado.

Eu me sentia péssimo com aquela situação — sobretudo porque Teddy na maior parte do tempo tinha se saído bem, e tê-la por perto era na verdade bem útil. Quando ela se ofereceu para ajudar com o jantar na outra noite, eu desejei dizer sim, porque preparar o jantar era a última coisa que queria fazer, só que a linha entre minha aversão histórica a Teddy e o jeito que vinha me sentindo na presença dela já estava tênue demais.

Então teve aquele papo de plantas e quanto Riley estava empolgada em caçar um bando de flores com Teddy, que me deixou com um nó na garganta.

Eu não ia admitir aquilo em voz alta, mas Teddy preenchia algumas lacunas que Cam e eu não conseguíamos. Nenhum de nós dois tinha traços criativos. Éramos lógicos e competitivos — duas coisas que Riley com certeza herdara —, mas ela também gostava de atividades manuais, de criar coisas, e eu não sabia como incentivar isso. Não queria que Riley crescesse achando que só podia ser uma coisa ou que suas únicas escolhas estivessem restritas ao que seus pais ou família eram.

Teddy era boa na parte criativa. Na semana anterior, ela

e Riley deram um pulo na casa de Teddy, pegaram um monte de recortes de tecido e os levaram lá para casa. Passaram o dia todo os pregando em placas de madeira que tinham encontrado, tentando criar paisagens.

Quando cheguei em casa e Riley me contou o que haviam feito, meu primeiro pensamento, que com certeza não falei em voz alta, foi que aquela atividade parecia meio idiota.

Só que Riley achava que era a melhor coisa do mundo. Depois, quando ela realmente me mostrou o que tinham criado, fiquei impressionado. O que elas haviam feito era interessante e... divertido. Quis pendurar em algum lugar. Naquela noite, ligamos para a mãe de Riley e contamos isso. Mais tarde, recebi uma mensagem de Cam que dizia: "Acho que Teddy foi uma boa escolha".

E eu falei que concordava.

Mas Teddy não precisava saber disso.

Emmy e Brooks moravam num pequeno bangalô dentro de um vale atrás do Bota do Diabo. Quando morreu, o pai de Brooks deixara para ele o bar e a casa. Foi a única coisa boa que já fez pelo filho.

Parei a caminhonete em frente ao bangalô, e, antes de desligar o motor, Riley já tinha se soltado da sua cadeirinha no banco de trás, aberto a porta e pulado para fora.

Minha maluquinha.

Quando saí da caminhonete, Riley já estava abrindo a porta da casa, mas então se virou para mim e berrou:

— Minha tia e meu tio estão se beijando!

Claro que estavam. Por sorte, estavam fazendo só isso.

Emmy apareceu na porta um segundo depois e acenou. Subi os degraus da sua varanda e a puxei para um abraço.

— Desculpa pelo café da manhã. Não queria ter sido babaca com você — falei.

120

— Eu sei. — Emmy me abraçou de volta. — Eu só estava tentando ajudar.

— Eu sei.

Suspirei e me afastei. Emmy e eu éramos muito parecidos. Era estranho, porque eu era a imagem cuspida e escarrada de Amos Ryder, logo seria de pensar que Emmy também fosse, só que, quanto mais velha ela ficava, mais se assemelhava à nossa mãe.

— E conseguiu — falei. — Me ajudar.

— Consegui? — Emmy sorriu.

— Conseguiu.

Eu podia ser cabeça-dura, mas minha irmã amolecia meu coração como poucos, e pensar que a fiz acreditar que tinha mandado mal, quando na verdade ela só queria o meu bem, vinha me atormentando nos últimos dias.

— Você me ajudou também — falou ela, me dando um abraço rápido.

— Como?

Ela deu de ombros.

— Teddy precisava disso.

Eu não sabia o que aquilo significava, mas não ia insistir. Meus sentimentos por Teddy — velhos e novos — já estavam bastante complicados sem adicionar qualquer coisa que Emmy sabia à equação.

Emmy e eu fomos para dentro. Da sala ampla se podia ver tudo até a cozinha, onde Riley estava numa escadinha ao lado de Brooks, o ajudando a fazer... sei lá o quê.

— Compramos uma máquina de massa — explicou Emmy. — Ele está obcecado por isso.

— E você também! — gritou Brooks para nós. — Preparar massas é um dos seus hiperfocos agora.

Emmy e eu chegamos à cozinha, e vi que Riley estava ajudando Brooks a moldar uma parte da massa em formas espirais pequenas.

— Você lavou as mãos? — perguntei.

Minha filha me encarou, e quer saber o que a coisinha fez? Revirou os olhos. Ao que parecia, ela estava passando tempo demais com Teddy.

— Sim, pai. Sempre lavo as mãos.

— Só estou checando.

Emmy riu baixinho.

— Sua teimosia e a franqueza de Cam são uma baita combinação, não?

— Você acha que não sei?

— Você dois se resolveram? — perguntou Brooks, olhando por cima do ombro para Emmy e para mim.

— Sim, tudo certo — respondeu Emmy, indo até Brooks e o abraçando por trás. Ele se virou o máximo que conseguiu e beijou a cabeça dela. — Como está indo aí?

— Bem — falou Brooks. — Vamos estar prontinhos em dez minutos.

— Gus e eu vamos arrumar a mesa.

Emmy pegou pratos e talheres. Saímos pela porta da cozinha até o pequeno deque nos fundos da casa. Quando Jimmy Brooks era dono do lugar, estava tudo caindo aos pedaços. Quando fomos ali pela primeira vez depois da morte de Jimmy, as janelas estavam quebradas, a porta da frente estava pendurada pelas dobradiças, os pisos estavam pegajosos iguaizinhos aos do Bota do Diabo. Foi a primeira vez que vi Luke chorar. Mas ele dedicou alguns anos ao conserto da casa, e tinha feito um bom trabalho. Havia construído o deque dos fundos durante uma das reformas, e Emmy havia pendurado pisca-piscas ao redor dele.

Era tão calmo ali. A casa tinha uma boa vista das montanhas, mas também estava na beira da floresta. E havia um pequeno lago ali nos fundos.

Emmy e eu colocamos a mesa e conversamos sobre as últimas semanas. Ela ficou empolgada com os novos cavalos de passeio que tínhamos resgatado e comprado. Havia um chamado Huey de que ela particularmente gostava.

— Bons cavalos de passeio valem o olho da cara — comentei.

— E de alguma forma acabamos com dez deles — respondeu ela. — Tem um, Alrighty, que provavelmente vai ter que ser montado por cavaleiros mais experientes. Ele é ótimo quando a pessoa está montada, mas é um pouco sensível com a traseira, então quem for cavalgá-lo precisa ter um bom balanço de perna.

— Já conversou com o Wes sobre isso? — perguntei.

— Sim, ele estava comigo quando descobrimos a coisa da traseira.

Cavalos resgatados geralmente traziam bagagem. Na maioria das vezes, não sabíamos de onde tinham vindo ou pelo que tinham passado. Aprendíamos com o tempo, construindo uma relação de confiança com eles ao longo do caminho. Emmy era a melhor nisso, igual ao nosso pai.

— Preciso falar com ele — falei. — Nem consigo lembrar como ficou o calendário do Bebê Blue.

Desde que Teddy começara a cuidar de Riley, eu tinha conseguido me atualizar em tudo que havia ficado para trás — e pedido muitas desculpas aos funcionários do rancho e aos vaqueiros —, mas não chegara ainda ao Bebê Blue. Quando pensava nisso, me lembrava do que Teddy tinha dito: que Wes era capaz de gerenciar o hotel-fazenda e que ele me falaria se precisasse de ajuda.

— Ele está cuidando de tudo — declarou Emmy, com confiança, ecoando as palavras de Teddy sem saber. — Você não pode estar em todo lugar ao mesmo tempo.

— Mas preciso estar — rebati, baixinho.

Rebel Blue seria minha total responsabilidade um dia, e eu teria que honrar um legado tão importante quanto aquele. Emmy inclinou a cabeça e me olhou com preocupação. Eu não sabia como parar de me preocupar e de pensar nisso o tempo todo. Pela primeira vez na vida, me perguntei se estava me agarrando àquilo um pouquinho demais.

Antes que ela pudesse se estender no assunto, Brooks e Riley saíram pela porta dos fundos. Riley trazia uma bandeja de pão de alho, e Brooks estava com uma tigela grande de massa com pesto e uma vasilha de salada.

Depois do jantar, o sol começou a se pôr no céu de Wyoming. O cri-cri dos grilos ecoava pelas árvores, e Emmy e Riley estavam sentadas na grama perto do lago tentando avistar peixes.

Brooks e eu estávamos no deque, cada um com uma cerveja.

— E aí, como vai tudo com a Teddy? — perguntou Brooks.

— Tudo bem — respondi, dando um gole na cerveja.

— É tudo que ganho? — perguntou. — Vocês dois passando uma boa parte da semana juntos, na mesma casa, que, até onde sei, ainda está de pé, e tudo que você tem a dizer é que está tudo bem?

— Isso.

Brooks balançou a cabeça.

— Riley está gostando?

— Riley ama a Teddy — respondi.

— Nossa, isso deve ser um saco pra você.

Grunhi.

— Mas é bom, não é? — perguntou Brooks. — Ter uma ajudinha extra?

— Sim. — Suspirei profundamente. Eu estava ao lado do

meu melhor amigo. Se eu não conseguia conversar com ele sobre isso, com quem mais poderia? — É legal, na verdade. — Brooks ergueu uma sobrancelha. — Ela é ótima com a Riley. Está sempre inventado algo para fazerem juntas, é atenciosa. Não sei. — Esfreguei a nuca. — Nunca vi esse lado da Teddy.

— Ou talvez simplesmente nunca quis ver — comentou Brooks, dando de ombros. — Eu nunca tive nenhum problema com a Teddy. Sempre gostei dela. Mas gostei mais depois de ver ela e Emmy juntas. O jeito que tratam uma à outra. Aposto que ela trata Riley do mesmo jeito, como se ela fosse uma versão em miniatura da Emmy.

— Faz sentido mesmo — admiti. — Que bom que ela só fica lá metade da semana, porque do contrário talvez eu nem fosse mais necessário.

Eu não acreditava naquilo de verdade — Teddy gostava demais da minha comida para abrir mão da minha presença —, mas Teddy de fato estava excedendo todas as expectativas. Mesmo que minhas expectativas em relação a ela sempre tivessem sido historicamente baixas, eu as mantinha quase no céu quando se tratava da minha filha.

— Para. — Brooks riu. — Você é um bom pai, Gus. — Brooks ficou quieto por um instante e depois perguntou: — Você acha que eu seria bom? Em ser pai?

— Esse é seu jeito de me contar alguma coisa? — perguntei.

Senti meus batimentos cardíacos acelerarem um pouco. Eles estavam...?

Brooks logo balançou a cabeça.

— Não — respondeu. — Nossa, não. Estamos muito longe disso, mas a gente tem conversado ultimamente... se queremos filhos.

— E querem?

Nunca ouvi Brooks mencionar que queria ser pai. Era um pouco chocante. Bem, eu imaginava que filhos estariam nos planos dele e de Emmy em algum momento, mas não achei que começariam a falar disso tão cedo.

Ou talvez não fosse tão cedo. Talvez fosse o momento certo. Olhei ao redor do pátio, a terra bonita, o cuidado que ele e Emmy tinham com a casa. Às vezes, por mais que eu odiasse admitir, eu sentia inveja da vida que os dois tinham começado a construir juntos. Claro que estava feliz por eles, mas ainda sentia uma pontada estranha no peito ao pensar nisso.

Sempre imaginei que teria uma vida como aquela. Talvez não a coisa de dois filhos e um cachorro, só que, sabe, dividir a vida com alguém. Eu tinha adiado esse sonho quando Riley nasceu. Era mais importante para mim apoiar Cam, e tínhamos criado a nossa própria versão de família que funcionava para nós. Só que agora que Cam ia se casar e nós tínhamos pegado o jeito da coisa de ser pais, eu havia começado a sentir aquelas velhas angústias. De vez em quando, eu me pegava imaginando como seria ter alguém na minha vida e na de Riley. Alguém que pudesse me ajudar a lembrar de ligar a cafeteira antes que eu fosse para a cama, porque às vezes eu esquecia. Ou alguém com quem conversar sobre o meu dia que não tivesse seis anos.

Mesmo que a pessoa de seis anos fosse incrível.

Alguém com quem eu pudesse transformar a pessoa de seis anos em uma irmã mais velha.

Eu sempre havia dito a mim mesmo que tinha muitos privilégios na vida para desejar algo mais. Mas agora, ao ouvir Brooks falar, percebi que nunca tinha imaginado que ele conseguiria antes de mim o que eu sempre desejei.

— Sim, com certeza quero filhos. Só que, cara, eu morro de medo disso. — Brooks esfregou o rosto. — Morro de medo de acabar como ele.

Eu sabia de quem ele falava. O pai de Brooks — Jimmy — era um caso complicado, assim como seu padrasto. Antes de Amos Ryder, acho que Brooks não sabia como era ser amado por um pai.

— Você não é seu pai, Brooks — afirmei. — E, pra sua informação, eu acho que você seria um pai incrível pra cacete.

Eu só torcia para ser também, mesmo que fosse sozinho. Eu amava muito minha filha para compensar qualquer buraco na nossa família. E isso era suficiente para mim. *Não era?*

Dezoito

TEDDY

Parecia que uma guerra estava sendo travada no meu útero — uma guerra com facas, lanças e outros objetos pontiagudos. Sinceramente, era um milagre eu ter chegado inteira à casa de Gus, considerando que fiquei curvada para a frente no assento do motorista desde que entrei no carro.

Quando estacionei no caminho de cascalho, a luz da varanda estava acesa, e eu ouvia música vindo da casa — Conway Twitty.

Subi os degraus com minha mochilinha. Vinha deixando a maioria das minhas coisas ali, tirando a roupa suja que eu levava para casa, mas até isso tinha ficado para trás na última vez, já que minha máquina de lavar estava se rebelando contra mim. Até facilitava a ponte entre minha casa e a de Gus. Pensei que ir e voltar fosse ser mais irritante, mas era tranquilo, até. Acho que é porque eu realmente gostava do tempo com Riley. Ela era uma criança boa — engraçada, esperta e de quem eu sentiria saudade todo dia quando o verão acabasse.

Não queria pensar nisso agora, que aquilo tudo tinha uma data de validade.

Quando entrei na casa de Gus — eu já tinha passado da fase de bater na porta —, senti um afago caloroso que me fez esquecer por um instante a dor descomunal que estava sentindo. Ali parecia um lar.

Quanto mais eu adentrava a casa, mais sentia que algo estava diferente. Mesmo que a música estivesse tocando, parecia mais silenciosa. E já tinha passado da hora de Riley ir dormir, então não sabia por que Gus sequer estava escutando música.

Entrei na sala, levemente encurvada devido à cólica que continuava a revirar minhas entranhas. Encontrei Gus sentado no chão, rodeado de pilhas de roupa limpa e com óculos de armação redonda. Não via Gus usar óculos desde que eu estava no ensino fundamental, e, caramba, talvez fosse culpa dos hormônios, mas ele ficava bonito com eles. Um caubói gato nerd de bigode não era algo que achei que mexeria comigo, mas...

— Oi — cumprimentei.

Gus ergueu o rosto. Ele pareceu surpreso em me ver, e depois preocupado.

— Você está bem? — perguntou. — Parece péssima.

— Obrigada — respondi, com sarcasmo. — Com essa fofura toda, é difícil acreditar que você está solteiro.

— Não quis dizer desse jeito — falou. — Você é... sabe. Você sempre parece... você. — Ele estava gaguejando. Gostei disso. — Mas está pálida, pálida de verdade, e andando como se alguém tivesse te dado um soco na barriga.

— Estou bem — afirmei. — Sua música está meio alta para nove da noite, não acha?

Gus fez uma careta.

— Esqueci de te mandar mensagem. Riley vai dormir na casa de uma colega do futebol hoje. Eu ia te dizer que só precisaria vir amanhã à noite.

Eu murchei um pouco, mesmo sabendo que veria Riley em breve.

— Ah — falei. — Tá bom. Vou... hum... voltar pra casa, então.

— Você não precisa voltar — declarou Gus. — É bem-vinda aqui, Teddy.

Por algum motivo, o jeito como ele disse aquilo me fez acreditar em suas palavras. Para tudo tinha uma primeira vez. Gus se levantou de onde estava no chão e andou até mim. Antes de eu me dar conta do que estava fazendo, ele estendeu o braço e colocou as costas da mão na minha testa.

— Você não está com febre, mas com certeza está gelada — disse ele.

Eu deveria ter me retraído com seu toque, mas não o fiz.

— Não estou doente — expliquei. — Só estou com cólica. O primeiro dia da minha menstruação sempre me derruba.

Como se para enfatizar o que falei, uma dor aguda atingiu a base da minha coluna, e eu me curvei um pouquinho mais.

— Jesus, Teddy. Senta.

Gus colocou a mão na minha lombar. Era a segunda vez que me tocava em um minuto.

— Estou bem — falei. — Vou pra casa. Posso pegar Riley amanhã, se precisar.

— Theodora — disse Gus, com firmeza.

— August. — Tentei imitar seu tom, mas falhei miseravelmente.

— Senta.

Ele tirou a mochila das minhas costas e me levou até o sofá, onde desmoronei.

Agora que eu estava na horizontal, ergui os joelhos até o peito e fechei os olhos.

— Volto já — avisou ele, e pegou o corredor no qual ficavam os quartos.

Quando retornou, menos de um minuto depois, estava com uma bolsa térmica e um remédio para cólica.

— Por que você tem isso? — perguntei.

Advil ou Tylenol seria normal, mas um remédio específico para cólicas menstruais?

Gus deu de ombros.

— Tenho uma irmã. Sempre teve isso no armário de medicamentos quando eu era mais novo, então sempre tem no meu armário de medicamentos agora.

Ele conectou a bolsa térmica numa tomada perto do sofá e me entregou. Eu aceitei de bom grado. Só saí da posição fetal o suficiente para colocá-la sobre minha barriga.

— Vou pegar um pouco de água para você.

A casa de Gus era toda aberta, então eu o ouvi pegando um copo na cozinha e o enchendo com água. Ele até colocou gelo.

Ele voltou e me entregou a água, junto com dois comprimidos brancos, que tomei sem hesitar. Eu não estava acostumada com aquilo — com alguém cuidando de mim assim. Eu estava acostumada a pegar os comprimidos e a água e garantir que meu pai os engolisse.

Não sabia até aquele momento como era bom se sentir cuidada — como eu ansiava por aquilo, só relaxar e deixar acontecer. Só que não sabia como me sentia em relação ao fato de ser Gus a pessoa que estava fazendo isso por mim.

Ele voltou para seu lugar no chão, entre as pilhas de roupas, apoiado com as costas no sofá em que eu estava deitada.

— Você disse que são sempre ruins assim? — Ele olhou para mim. Parecia realmente preocupado.

— São — respondi. — No primeiro dia, pelo menos. Ficam mais suportáveis conforme os dias passam, mas, sim, é um pouco debilitante no começo.

— E você ia simplesmente aguentar a dor para cuidar da Riley?

— As pessoas com útero fazem isso todo dia, August —

falei, cansada, mesmo que achasse que elas não deveriam.

— Além do mais, devo estar bem amanhã.

Gus só grunhiu em resposta, como se eu estivesse sendo ridícula, e voltou a dobrar as roupas.

— Sabe — falei depois de um tempo —, achei que você seria um desses caras que acham menstruação uma coisa nojenta.

— Nossa, essa doeu — respondeu. Ganhei mais uma daquelas bufadas que poderiam ser risadas, mas não saberia dizer com certeza. — Já vi um parto, Teddy. Sei o que acontece ali embaixo.

Aquela afirmação me fez levantar.

— Você estava lá? — perguntei. — Quando Riley nasceu?

Nunca soube disso. Não sei por que ele não estaria, talvez porque ele e Cam não estivessem juntos? Acho que nunca pensei sobre isso.

Gus sorriu. Um sorrisinho bem pequeno, mas foi um sorriso.

— Sim, estava.

— Me conta.

Eu não saberia explicar por quê, mas, de repente, quis saber como a experiência tinha sido para ele.

— O que você quer saber?

Não foi a resposta que eu estava esperando. Eu pensei que ele fosse me cortar, dizer que queria dobrar a roupa em paz, me chutar para fora, sei lá.

— Tudo — falei. — Estavam só vocês dois?

Gus assentiu.

— Sim. Cam não tem uma relação muito boa com a família — ele continuou dobrando a roupa enquanto falava —, ou pelo menos não tinha na época. Acho que está melhor agora, mas as coisas eram bem ruins. Meu pai, Wes e Brooks estavam na sala de espera. Riley nasceu mais ou menos um mês antes do previsto, então Emmy não conseguiu chegar aqui a tempo, mas dirigiu a noite toda para estar aqui pela manhã.

Disso eu lembrava.

— Cam ficou em trabalho de parto por tanto tempo que achei que Emmy conseguiria chegar antes de Riley nascer, só que, quando chegou a hora de empurrar, Riley saltou para fora, e, vou te falar, ela tinha um baita pulmão. — Gus deu o sorrisinho de novo. — Gritou e gritou. Quando nasceu, estava coberta de um pó branco estranho. Achei que tinha alguma coisa errada, mas a médica disse que era normal e para ficar de olho nas reações da pele dela, porque provavelmente ela teria eczema.

— Ela tem? — Nunca tinha ouvido falar dessa coisa do pó.

— Sim, tem. Ainda mais no inverno. O ar seco da montanha não ajuda muito.

— Do que mais você se lembra? — perguntei.

Ele soava tão gentil quando falava da filha. Queria ouvir mais.

— Lembro de ficar completamente espantado com a força de Cam. Lembro de ficar grato pela minha família, porque eles não estavam lá só para me apoiar, mas para apoiar nós dois. Também lembro da sensação exata ao perceber que nunca tinha amado ninguém do jeito que amei Riley assim que a vi. — Essa parte aqueceu meu coração. — Eu sempre quis ser pai, provavelmente porque tive um ótimo, mas não sabia de verdade o que esperar quando minha filha chegasse. Eu fui fisgado pela Riley no mesmo instante, e minha vida ficou muito melhor depois que ela chegou.

— Tenho outra pergunta — anunciei, sem saber como ele reagiria, ou quando eu tinha ficado corajosa o suficiente para perguntar, ou por que importava para mim fazê-la.

— Desde quando você avisa que vai perguntar alguma coisa? — indagou Gus.

— Tem razão. Já desejou alguma vez que você e Cam tivessem ficado juntos? Que tivessem se apaixonado?

Gus parou de dobrar a roupa e ficou quieto. Caramba. Eu tinha passado dos limites. Eu sabia que aquele clima estava bom demais para ser verdade.

— Não — respondeu ele, baixo. Sua voz pareceu veludo na minha pele: quente e macia. — Não desejei.

Fiquei quieta, silenciosamente torcendo para ele falar mais e lhe dando permissão para fazer isso.

— Agora, se eu acho que isso teria tornado tanto a minha vida quanto a dela mais fáceis? Provavelmente. Mas gosto do que nos tornamos. — Gus olhou para mim quando disse: — Eu não trocaria Cam como amiga por nada.

— E vocês nunca foram mesmo... um casal? — perguntei.

Eu só conhecia a história que Emmy tinha me contado: que eles nunca ficaram realmente juntos, mas quiseram cuidar da filha juntos apesar disso. Cam porque precisava de uma rede de apoio, e Gus porque sempre foi muito ligado à família.

— Não — respondeu Gus. — Não fomos. Tivemos uma fase em que a gente tentou por alguns meses depois que a Riley nasceu. Acho que nós dois percebemos ao mesmo tempo como ser pai e mãe solo poderia ser solitário e isolador.

Nossa, eu imaginava como eles deviam ter se sentido perdidos diante daquela pequena reviravolta da vida.

— Era como se nós dois estivéssemos procurando algo a que nos agarrarmos — prosseguiu Gus —, mas não durou mais do que algumas semanas.

— Vocês são ótimos pais — falei com sinceridade.

Gus esfregou a nuca e desviou o olhar, como se não soubesse como reagir ao elogio.

— Você quer mais filhos?

— Quero — respondeu ele, rápido. — Se eu achar a pessoa certa. Acho que iria querer fazer de um jeito mais... tradicional dessa vez.

Essas crianças seriam bem sortudas. Gus era um bom pai: atencioso, paciente, afetuoso com a própria filha, e eu não tinha dúvida de que seria assim com os outros filhos que viriam.

— Quer dizer que não quer um caso de uma noite e engravidar outra mulher? — brinquei.

Gus bufou e, julgando pelo modo como seus ombros relaxaram, eu estava começando a pensar que essas bufadas discretas eram na verdade risadas.

— Acho que uma vez está de bom tamanho.

— Riley seria uma irmã mais velha realmente maravilhosa — afirmei, mesmo que não soubesse os requisitos necessários para isso. Eu era filha única, mas tinha certeza de que ela seria uma irmã mais velha incrível, protetora e gentil.

— Seria — concordou Gus. Havia anseio na sua voz. — E você? Quer uns demônios de cabelos avermelhados correndo por aí um dia?

Eu não estava esperando essa pergunta. Refleti sobre o assunto. Não era do meu feitio pensar antes de falar, mas algo no tom de Gus me fez querer dar uma resposta honesta e cuidadosa.

— Acho que sim — falei. — Tem dias que penso que com certeza quero um ou dois, e então, em outros, vejo algo na internet que ninguém nunca me disse sobre parto e fico meio "Não, de jeito nenhum, por favor, mantenha esse alienzinho longe do meu corpo", mas acho que sim.

Aquilo era novo para mim. Eu realmente nunca tinha pensado muito sobre isso antes do último ano. Eu não sabia se seria uma boa mãe do jeito que Gus era um bom pai. Sabia como cuidar das pessoas, mas cuidar de uma criança era um esquema completamente diferente. Havia muitas maneiras de traumatizar uma criança.

— Se eu achar a pessoa certa — emendei.

Gus olhou para mim de novo. Ele parou de dobrar a camisa em suas mãos, e sua voz saiu sincera quando falou:

— Espero que encontre o que está procurando, Teddy.

— Espero que você também.

E eu realmente esperava.

Dezenove

GUS

Surpreendentemente, Teddy Andersen era uma companhia ótima quando não estava sendo ameaçadora.

Nunca havíamos conversado daquele jeito antes. Nossas interações quase sempre acabavam em alguma briguinha besta, mas isso não aconteceu, não naquela noite.

Gostei de ela ter me feito perguntas sobre Riley e Cam. Eu não tinha namorado muito desde que Riley nasceu, sobretudo nos últimos dois anos. O volume de trabalho no rancho tinha mesmo aumentado consideravelmente, meu pai estava começando a delegar novas responsabilidades para mim, e Riley era sempre minha prioridade, então não me sobrava muito tempo para conhecer alguém.

Antes disso, quando tentei mesmo namorar, as mulheres não viam com bons olhos minha relação com Cam. Não era fácil. Sempre tive a sensação de que elas tentavam satisfazer alguma fantasia sobre mim e minha filha, como se nós dois fôssemos um bilhete premiado para viver algum sonho esquisito envolvendo minha família e Rebel Blue.

Conversar com Teddy fez com que eu me perguntasse como seria fazer isso — conversar, dobrar a roupa, escutar música — com alguém de quem eu gostasse de verdade.

Devia ser bom pra cacete.

Teddy tinha por fim ficado em silêncio.

— Como está se sentindo? — perguntei.

— Como se um bando de guaxinins raivosos estivessem festejando no meu útero.

— Que bela imagem mental — falei, bufando e balançando a cabeça.

— Mas a bolsa térmica está ajudando. Obrigada.

Assenti. Não sabia como reagir a Teddy me agradecendo por algo. Ainda era estranho.

— Então é isso que você costuma fazer quando tira uma noite de folga de ser pai? Lava roupa?

— Geralmente costumo deixar a roupa em dia — comentei, dobrando uma das minhas camisas. — Mas, com a correria dos últimos dias... acabei deixando... acumular.

Eu me lembrei de quando Teddy lavou uma boa parte da roupa suja de Riley no primeiro dia aqui e da culpa que eu senti, como se não conseguisse nem garantir que minha filha tivesse roupas limpas.

Cerrei os dentes.

— Lavar roupa é um saco — falou Teddy. — Sempre esqueço que coloquei roupa na máquina, e aí ela fica lá por dois dias, aí depois vou colocar outra leva, mas tenho que lavar de novo a primeira, então a máquina precisa refazer o ciclo pelo menos três vezes antes de alguma coisa sair seca. Além disso, nossa máquina está prestes a nos deixar na mão, então tenho que escolher cuidadosamente o que lavo até podermos consertar ou comprar uma nova.

Fiquei imaginando qual era o problema com a máquina de Teddy e Hank e se seria fácil de consertar.

— Você sabe que sempre pode lavar roupa aqui — falei.

— É gentil da sua parte oferecer — respondeu Teddy. — Obrigada.

— Gosto de lavar roupa — comentei. — É metódico, não exige muito esforço mental. — Peguei uma calça jeans de Riley e notei um buraco na coxa. — Merda — resmunguei. — É, sei lá, a décima roupa dela com um buraco.

Não dobrei a calça, jogando-a numa pilha com as outras roupas que precisavam de conserto.

— Posso remendar essas peças pra você — falou Teddy, tranquila. — Minha máquina de costura está quebrada, então teria que costurar à mão, mas não vai ser difícil. Fica como pagamento por me deixar lavar roupa aqui.

Jesus, tinha alguma coisa na casa dos Andersen que não estava quebrada?

— Não preciso de nenhum pagamento — declarei. — Mas isso seria ótimo, na verdade. Tem uma camisa ali que ela ficaria arrasada por jogar fora.

— Já começo a fazer isso amanhã — avisou Teddy. — Nunca jogo roupa fora a não ser que seja muito necessário.

— Valeu, Teddy — falei, e fui sincero.

— Foi muito difícil? — perguntou Teddy.

— Como assim?

— Aceitar um pouco de ajuda quando alguém ofereceu. — *Lá vai ela.* — Você tenta dar conta de tudo mesmo quando não precisa. Deve ser pesado, mesmo com esses braços. — Teddy baixou o olhar para meus bíceps, e eu os flexionei um pouco sem pensar. — Você tem muita gente que te ama, ou pelo menos te tolera — ela apontou para si mesma quando disse isso —, e se os deixasse ajudar, talvez você não fosse...

— Não fosse o quê? — perguntei, cruzando os braços.

— Tão escroto o tempo todo.

Teddy me encarou, e, embora eu soubesse que meu olhar não devia estar lá muito simpático, ela não recuou. Tinha começado a gostar disso nela.

Suspirei.

— Anotado.

Teddy pareceu surpresa, como se estivesse esperando que eu debatesse mais, só que ela tinha razão, e eu não queria discutir. Gostava de como estávamos agora.

A playlist que eu estava escutando acabou logo depois, mas eu ainda tinha algumas levas de roupa para dobrar, então me virei para Teddy, que continuava curvada como uma bola no sofá.

— Quer ver um filme? — perguntei.

— O que tem em mente?

Dei de ombros.

— Qual seu preferido?

— *Escola de Rock* — respondeu ela, sem nenhuma hesitação.

Eu realmente ri daquela vez.

— Não era o que eu estava esperando, mas tudo bem. *Escola de Rock*, então.

Liguei a tv e o comprei on-line. Assim Teddy poderia assistir de novo ali, se quisesse.

— Amo o Jack Black — contou Teddy no exato momento em que seu personagem fez o fracassado mergulho na plateia depois de um solo de guitarra que, admito, foi épico. — Ele exala sex appeal.

Ergui uma sobrancelha para ela.

— Jack Black exala sex appeal?

Ela me olhou como se essa tivesse sido a coisa mais burra que eu já tinha dito.

— Exala — declarou, incisiva. — Ele é engraçado, desinibido e um músico incrível.

— Falando em músicos, como seu pai está? — perguntei.

Não via Hank fazia um tempo. Ele tivera uma pneumonia bem ruim no inverno e deu um baita susto em todos nós.

— Ele está bem — respondeu Teddy. — Eu me preocupo sempre. Ele tem passado bastante tempo com Aggie.

Sua voz pareceu meio... triste, só que, quando olhei para ela, Teddy estava sorrindo um pouco.

— É fofo — falei, e era mesmo.

O marido de Aggie falecera havia alguns anos, e Hank estava solteiro desde sempre. Era legal os dois terem encontrado alguém com quem passar o tempo durante a velhice.

— Em vinte e oito anos, acho que nunca te ouvi usar a palavra "fofo". — Teddy estendeu o braço e tocou minha testa, como eu tinha feito com ela mais cedo.

Eu a toquei algumas vezes naquela noite — sua testa, lombar —, só que, quando ela iniciava o contato, eu entrava em curto-circuito.

— O que você está fazendo? — perguntei.

— Checando sua temperatura.

— Você é ridícula, Theodora.

Revirei os olhos, e ela riu antes de se acomodar no sofá de novo. Estremeceu um pouco, e chequei a tomada perto do sofá para garantir que a bolsa térmica ainda estava conectada.

— Bebe um pouco de água — sugeri. O copo que tinha pegado para ela ainda estava quase cheio. — Você precisa de mais alguma coisa?

— Estou bem. Obrigada, senhor.

— Vai à merda — respondi, mas não consegui evitar o sorriso.

Em algum momento entre Jack Black ser demitido da banda e depois ser demitido como professor substituto, acabei no sofá com Teddy; do outro lado, é claro.

Ela tinha razão. O filme era bom mesmo. Quando acabou, virei para lhe dizer isso, mas ela tinha pegado no sono.

— Teddy? — sussurrei, checando se não estava mesmo acordada, mas ela não se mexeu.

Olhei o celular. Já passava da meia-noite. Droga, eu precisava deitar. Quando me levantei do sofá, olhei para Teddy mais uma vez. Fui acordá-la, mas parei antes de tocá-la. Ela parecia muito em paz — um contraste gritante com sua aparência de quando chegara ali, cansada e com dor. Pensei em deixá-la no sofá, mas então temi que ficasse com frio quando a bolsa térmica desligasse. Uma imagem mental dela tremendo no meu sofá no meio da noite tomou a decisão por mim. Deslizei os braços sob seus ombros e seus joelhos e a ergui do sofá.

Teddy soltou um pequeno suspiro. Estava sempre fazendo esses sonzinhos. Todos eles tinham ficado marcados no meu cérebro — não necessariamente como algo ruim, mas de um jeito que me fazia desejar coisas com Teddy que não deveria.

Quando comecei a andar, ela deitou a cabeça no meu peito.

Meu coração acelerou, e batia tão alto que me perguntei se a acordaria.

Me lembrei da única outra vez que tive Teddy Andersen nos braços, e meus joelhos quase cederam enquanto eu a carregava para seu quarto.

Eu a deitei na cama com o máximo de delicadeza que consegui e a cobri com um cobertor. Olhei para ela mais uma vez antes de sair e fechar a porta. Não consegui não pensar que, na última vez que aceitei ajuda, ganhei Teddy. Talvez isso significasse que compreender que não se consegue fazer tudo sozinho rendia bons frutos.

Porque, para a minha surpresa, Teddy Andersen estava se tornando um fruto muito bom.

Vinte

GUS

Quando cheguei em casa do trabalho no dia seguinte, encontrei Riley e Teddy deitadas tomando sol na varanda dos fundos. Já tinha notado que elas adoravam fazer isso: simplesmente saborear o calor do fim do dia. Acho que elas quase nunca ficavam dentro de casa, na verdade, o que não era um problema para mim. Eu preferiria ficar do lado de fora em qualquer cenário, e, se Riley herdou isso de mim, pelo menos eu tinha lhe passado algo bom.

A pele de Teddy estava mais bronzeada desde que ela começara a trabalhar aqui. Pensei que talvez fosse só um reflexo do cabelo ruivo-acobreado, mas o brilho dourado que emanava dela naquele momento provava que eu estava errado.

Será que dava para sentir o gosto do sol na sua pele? *Meu Deus, Gus. Você acha que é poeta? Se toca.*

Quanto mais Teddy se fazia presente, menos controle eu tinha sobre os pensamentos que nutria a respeito dela. Teddy passou a ocupar minha mente o tempo todo.

— Oi — chamei da porta dos fundos, anunciando minha presença.

Riley correu até mim e jogou o corpinho direto nos meus braços. Cara, eu nunca enjoava disso. Torcia para que ela fizesse isso para sempre.

Teddy acenou para mim sem olhar para trás, o que por algum motivo me irritou.

— O que você fez hoje, Raio de Sol? — perguntei a Riley.

— Fizemos um piquenique — respondeu Riley, entusiasmada.

— Aqui?

— Não, a gente caminhou por muito tempo. — Para Riley, "muito tempo" podia ser cinco minutos ou uma hora. Ela não era uma criança muito paciente. — E aí vimos uma borboleta, então seguimos ela até o lugar do piquenique.

— Você seguiu uma borboleta até o lugar do piquenique?

— Não estrague a magia, August — interrompeu Teddy.

— Parece que o dia foi bom, então — afirmei.

— E agora estamos pegando vitamina D — falou Riley. — Faz bem pra você. Quer um pouco?

— Acho que estou bem — falei. — Mas você pode continuar. Venho chamar vocês quando o jantar estiver pronto. Aproveite sua vitamina D, Teddy, vai ser ótimo para a sua saúde! — gritei.

— Prefiro deixá-la brilhando de outro jeito, mas o sol serve — gritou de volta.

Eu engoli em seco, fazendo um barulho sufocado que Teddy devia ter ouvido, porque falou:

— Limpa essa mente, Gus. Tem uma criança no recinto.

— Do que ela está falando, pai? — perguntou Riley.

— Nada — respondi, colocando-a no chão. — Ela só está dando uma de Teddy.

Mais tarde naquela noite, Riley disse:

— Quero jogar um jogo.

Olhei o relógio.

— Está quase na sua hora de dormir, Raio de Sol.

— Por favor — falou Riley, toda meiga. A danada sabia que eu era um molenga. — Teddy quer jogar também.

Olhei para Teddy, que ergueu os braços como se dissesse: "Não tenho nada a ver com isso".

— Riley, você não pode usar Teddy para conseguir o que quer — falei, firme.

Minha filha cruzou os braços e me deu um olhar que era irritante e adorável ao mesmo tempo.

— Como eu consigo, então?

— Peça com educação — falei.

Olhei para Teddy, que nos observava com um sorriso, achando graça do diálogo.

Riley soltou outra bufada irritada e, por um segundo, esqueci que ela tinha seis anos.

— A gente pode, por favor, jogar um jogo?

— Claro.

— Sério?

— Sério.

Com isso, Riley disparou pelo corredor. Depois que sumiu de vista, Teddy soltou uma risada, e eu me virei para ela.

— Essa garota é uma peça — falou.

— Ela com certeza é, isso é um fato.

Ouvi o armário do corredor ser remexido e um pequeno "arrá" antes de Riley retornar com o último jogo que eu esperava: *Twister*.

— Temos que ir para a sala imediatamente — declarou Riley.

— Imediatamente? — perguntou Teddy. Acho que ela estava se divertindo com a situação.

— Imediatamente — confirmou Riley, olhando para mim. — Bora — disse ela, impaciente, e eu gargalhei bem alto.

Aquela criança era uma esponjinha, absorvendo tudo que as pessoas diziam, mesmo quando eu nem lembrava onde ela tinha ouvido aquelas coisas.

— Tá bom — falei, com uma risada. — Estou borando. Teddy?

— Borando também — falou ela, afastando a cadeira da mesa.

Riley correu para a sala como uma atleta olímpica possuída, e já tinha esticado o tapete quando Teddy e eu chegamos lá.

— Vocês sabem jogar? Meu pai deve saber, porque Sara disse que esse jogo é velho.

Ai.

Teddy bufou e disse:

— Então eu talvez seja muito nova pra ele. — Mentirosa pra cacete. — Você vai ter que me explicar.

Riley estava saltitando entre as bolas do tapete aos seus pés.

— É fácil — disse ela para Teddy, que escutava minha filha com tanta atenção que me deu um aperto no peito. — Dois de nós vamos jogar e um vai ficar na roleta. Você tem que fazer o que a roleta diz e, se cair, perde. — Riley terminou sua explicação com um aceno firme da cabeça.

— Saquei — respondeu Teddy, com uma saudação. — Vou ficar na roleta primeiro.

Riley e eu nos posicionamos perto do tapete, e Teddy se sentou de pernas cruzadas com a roleta de papelão nas mãos.

— Tem certeza de que está pronto, August? — perguntou ela. — Você precisa de alguns minutos para se alongar? Se sentir flexível?

— Roda a merda da roleta, Teddy. — Revirei os olhos.

— Você não pode falar "merda", pai — afirmou Riley, e

tive que sufocar outro sorriso. Dei o olhar mais severo que consegui para Riley, e vi a conexão sendo feita na sua mente.

— Ah! — exclamou. — Eu não posso falar também.

— Parece que nós dois estamos encrencados dessa vez, Raio de Sol — falei, dando de ombros. Estava me sentindo estranhamente... animado naquela noite.

— Desculpa, pai — pediu Riley, olhando para os dedos dos pés, cobertos com meias diferentes.

Eu não conseguia acertar tudo... ainda mais quando se tratava de roupa limpa.

— Desculpa também — respondi. — Está pronta pra jogar? — Riley abriu um sorriso e assentiu. Olhei para Teddy. — Tá bom, Andersen, manda ver.

— Pé direito no vermelho — pronunciou ela.

Facinho. Coloquei o pé direito no círculo vermelho.

— Mão esquerda no azul.

Me curvei e coloquei a mão esquerda no círculo azul. Riley fez o mesmo. Depois de ficar assim por mais do que alguns segundos, imaginei se não deveria ter me alongado mesmo no fim das contas. Jesus.

Teddy ditou mais algumas cores e partes do corpo. Tudo estava bem até eu, de algum jeito, acabar praticamente fazendo um espacate e perder o equilíbrio ao colocar a mão no círculo verde.

Desmoronei, e Riley soltou um grito, caindo na gargalhada. Parei bem do lado das pernas de Teddy. Quando a observei, ela estava sorrindo.

— O ganhador fica na roleta! — falou Riley.

Teddy lhe entregou a roleta e se levantou. Ela estendeu a mão para mim, e peguei sem pensar duas vezes, aceitando sua ajuda para me erguer do chão.

Levei alguns segundos para registrar que, se Riley ia ditar os movimentos, então Teddy e eu jogaríamos.

De repente, me tornei bem ciente da pouca roupa que Teddy estava vestindo: short preto de corrida e regata.

Ela me pegou encarando, deslizando o meu olhar por seu corpo.

— Pronto, senhor? — perguntou, com um olhar tão feroz quanto divertido, como uma leoa.

Engoli em seco. Com dificuldade. Minha boca estava seca demais para repreendê-la pelo "senhor". O calor estava descendo pelo meu corpo, e usei todo o meu foco para esfriar as coisas.

— Pé direito no azul — ditou Riley, e Teddy e eu nos movemos ao mesmo tempo.

Estávamos em lados opostos do tapete, o que era um pequeno golpe de misericórdia.

Mas isso não durou muito tempo, porque, quando Riley ditou "Pé esquerdo no verde", Teddy colocou o pé direito onde eu ia colocar o meu.

Quando ergui o rosto para ela, Teddy estava sorrindo. Não tive escolha a não ser colocar o pé no círculo verde atrás do dela. Ela manteve os olhos azuis em mim enquanto eu fazia isso e, juro por Deus, foi como se todo o oxigênio tivesse sido sugado da sala.

— Pé direito no amarelo! — ditou Riley, o que me tirou do transe nos quais os olhos azuis de Teddy tinham me colocado.

Ela se moveu primeiro, girando o pé esquerdo e ficando de costas para mim. Pisei no círculo amarelo perto do qual ela tinha pisado — por que não me distanciei, eu não sei dizer —, com suas costas só a alguns centímetros do meu peito.

Minha mente estava se encaminhando para lugares indevidos.

Sobretudo porque a calça de moletom cinza que eu tinha vestido depois do banho não ajudaria muito a me cobrir se mais sangue continuasse a descer.

Porra.

— Mão direita no amarelo!

Se alguém tacasse fogo em mim, eu ficaria mais confortável do que estava naquele momento, mesmo que já me sentisse em chamas. Quem sabe fosse melhor ser pisoteado por um cavalo.

Quando Teddy se curvou para colocar a mão no círculo amarelo na sua frente, sua bunda esbarrou no meu pau, e eu quis rugir.

Aquilo foi o meu fim, porque significou que o único círculo em que poderia tocar estava na frente dela. Eu não ia me inclinar sobre ela, independentemente do quanto meu corpo quisesse aquilo, mas não era o momento.

Então fiz o que qualquer homem respeitável faria.

Fingi uma queda. Eu me lancei um pouco para a frente, mas não a ponto de provocar outro esbarrão entre a bunda dela e o meu pau, e simplesmente caí no chão.

O que não previ foi Teddy cair comigo.

Eu não podia ter um momento de paz perto daquela mulher, podia?

Meu ombro atingiu Teddy com força. Ela se ergueu e tentou se estabilizar, mas me virei de costas enquanto caía — uma reação automática ao choque do meu ombro contra o dela —, e então ela também desabou em cima de mim.

Ela soltou uma risadinha que soou tão chocada e feliz que comecei a rir também. Nossos corpos estavam pressionados, mas eu não prestei atenção nisso. Estava focado nas sardas de Teddy e na sua risada que parecia o som do vento num dia de verão.

Sem pensar, estendi a mão e coloquei uma mecha de

cabelo atrás da sua orelha. Quando minha pele tocou a sua, nós dois congelamos.

Nossa respiração estava sincronizada, e eu sentia cada lugar onde seu corpo estava encostando no meu. Tive vontade de fazer algo que não fazia havia muito tempo.

Queria beijá-la. Queria pegar sua nuca e puxar sua boca para a minha. Queria sentir nossas línguas emaranhadas. Queria saber se seu gosto ainda era o mesmo.

Eu poderia ter feito tudo aquilo se Riley não tivesse escolhido aquele momento — graças a Deus — para pular nas costas de Teddy e gritar "montinho!".

Rolei para o lado, e as duas tombaram no chão perto de mim. Riley colocou os braços ao redor do pescoço de Teddy, que encostou a cabeça na da minha filha, e ali elas ficaram, rindo.

Sentei e fiquei observando as duas. Droga, queria que aquele verão não acabasse nunca.

Vinte e um

TEDDY

Acho que Gus e eu oficialmente viramos a página. Ou talvez realmente estivéssemos conseguindo coexistir de um jeito menos explosivo?

Quando acordei na manhã seguinte depois de assistirmos a *Escola de Rock* — na minha cama, com um copo de água na mesinha de cabeceira e uma bolsa térmica sobre a barriga —, fiquei convencida de que estava sonhando. A última coisa que lembrava era o monólogo de Jack Black sobre "O Homem", depois senti que estava flutuando e então mais nada.

Gus tinha me levado para a cama, e eu não sabia como lidar com esse fato.

Ele não estava em casa quando acordei na manhã seguinte, mas havia escrito um bilhete dizendo que um dos pais do time de futebol ia deixar Riley em casa perto de meio-dia.

Coloquei o bilhete em meio ao livro que estava lendo. Não sei por quê, mas também não queria me deter no assunto.

E então teve toda a situação do *Twister*. Amei fazer Gus Ryder suar.

No fim da semana anterior, Riley e eu tínhamos começado a busca pelas plantas. Não havíamos achado nenhum jasmim-das-rochas, mas encontramos algumas outras que tinham fotos no guia — raiz-de-coral pintada, e muitas ervas daninhas.

Até o momento, vínhamos colando as que achávamos entre as páginas do guia, mas eu queria pensar num jeito melhor de fazer esse registro.

Quase uma semana depois que começamos a busca, tive uma ideia, e estava ansiosa para Riley ir dormir e poder botá-la em ação.

Nós três estávamos à mesa de jantar. Gus estava de banho tomado, usando óculos e exalando um cheiro amadeirado de quem tinha acabado de sair de um comercial de sabonete, e Riley estava falando do Billy Idol.

— Como você sabe quem é Billy Idol? — perguntou Gus, balançando a cabeça.

— Teddy está me ensinando — respondeu ela. — Disse que existe uma falha severa de educação musical na escola de Meadowlark.

Gus me olhou com um sorrisinho — como se estivéssemos compartilhando uma piadinha só nossa —, e sorri de volta.

— Bem, ela provavelmente está certa.

— Billy Idol é vegetariano, então não come carne. Igual à tia Emmy, né? — perguntou Riley.

Gus fez que não.

— Emmy come algumas carnes, então não é vegetariana.

— Frango é carne?

— É.

— Então eu não sou vegetariana?

— Não, Raio de Sol.

— Mas posso ser?

— Se quiser, sim.

— Legal — respondeu Riley. — Pai, qual sua música preferida do Billy Idol?

— Deve ser "Rebel Yell" — declarou Gus, e Riley se animou.

— É a da Teddy também — exclamou.

Gus me encarou de novo e falou:

— Ela tem bom gosto.

Quase engasguei com o brócolis. Nossa, essa coisa toda de não brigar o tempo todo com Gus era estranho, mas tinha que admitir que estava gostando. Além do mais, Gus era um bom cozinheiro, e eu amava não ter que preparar o jantar.

Eu era responsável por meu pai desde que voltei para casa depois da faculdade e não me importava de cuidar dele, mas era legal não ter que fazer o jantar toda noite por um tempo (embora eu ainda fizesse questão de garantir que meu pai tivesse um bom estoque de comida em casa).

Depois do jantar, Gus subiu com Riley para o banho, e eu finalmente consegui começar a minha ideia para o registro das plantas. Quando ouvi o barulho do chuveiro, corri para o quarto e peguei um pedaço de tecido creme, meu bastidor e uma linha, além da lista de plantas que Riley e eu tínhamos selecionado.

Também havia terminado de remendar suas roupas no fim de semana, então as peguei também. Se estivessem na sala onde eu pudesse vê-las, eu lembraria de deixá-las no seu quarto na manhã seguinte.

Eu me acomodei no chão da sala, coloquei o tecido creme — tinha mais ou menos sessenta por sessenta centímetros — na mesinha de centro e comecei a desenhar.

Fazer trabalhos manuais era uma das minhas atividades favoritas. Sempre amei desenhar e pintar, e meu pai me deixava fazer os dois... em qualquer lugar.

Quando comecei a desenhar roupas, percebi que não me interessava apenas por pintura e desenho. Eu simplesmente gostava de conseguir criar coisas. Gostava de ter uma ideia e colocá-la em prática. Eu não era que nem Ada — que conseguia criar literalmente qualquer coisa —, mas podia criar objetos artísticos com quase tudo.

Não sei quanto tempo Gus tinha ficado lá em cima, mas, quando voltou, parou e olhou por cima do meu ombro.

— O que é isso? — perguntou.

— Eu e Riley estamos procurando plantas, não estamos?

— Do *Guia de Campo de Wyoming* de 1998? Sim.

— Na verdade, do *Guia de Plantas Nativas das Montanhas Rochosas* de 1998. — Eu me voltei para Gus, que revirou os olhos. Só que o sarcasmo e a arrogância que costumavam acompanhar esse seu gesto não estavam mais ali, pelo menos não naquele momento. — Ela escolheu quinze para encontrarmos, e eu achei que seria legal registrá-las.

— Então está desenhando as plantas?

— Pra começar — respondi. — E, quando acharmos uma, vou bordá-la nesse tecido. Estou torcendo para terminarmos antes do fim do verão, e então vou dar para ela. Talvez transformar num travesseiro ou algo assim.

Olhei de novo para Gus. Ele parecia estar com dificuldade de engolir.

— Isso é bem... especial, Teddy — falou. — Tudo isso. — Às vezes Gus era legal comigo, o que ainda me deixava perplexa. — Era esse tipo de coisa que você fazia na butique?

— Um pouco — expliquei. — Eu fazia peças inteiras, na maioria das vezes eram jaquetas e saias, que Cloma me deixava vender, e tínhamos a opção de personalização e coisas do tipo na plataforma on-line, então pude fazer alguns bordados desse jeito também.

— Você sente falta?

— Sinto — respondi com honestidade. — Não só de

fazer as roupas, mas da butique em geral. Eu gostava de conversar com as pessoas, de ajudá-las a encontrar algo em que se sentiam bem, de ouvir quais eram os planos para as roupas que tinham escolhido... esse tipo de coisa. E gostava de fazer a outra parte também: de ver o negócio progredindo e achar mais jeitos de divulgar nossa marca. Gostava de ter metas que dobravam conforme eu conquistava as coisas.

Falar da butique deixou meu coração apertado. Eu amava estar ali com Riley, mas sentia falta do meu emprego — não tê-lo e não saber o que fazer em seguida me deixava inquieta. Queria continuar seguindo em frente, mas não sabia qual direção escolher.

— Lamento que tenha perdido tudo isso — disse Gus. Ele pareceu sincero. — Você com certeza era boa nisso.

— Eu era — respondi, dando de ombros. — Mas também estava numa zona de conforto, não sei. — Balancei a cabeça. Eu não tinha de fato conversado sobre isso com ninguém antes. — Eu fico pensando se de repente não foi uma coisa boa. Quanto tempo eu teria ficado lá, fazendo a mesma coisa... fazendo algo que sempre quis fazer por mim, mas que era para outra pessoa?

— É isso que quer fazer? — perguntou Gus. Ele me olhava com atenção, escutando tudo que eu dizia. — Criar e vender roupas?

Assenti.

— Amo criar roupas, e amo fazer as pessoas se sentirem bem. Com roupas, consigo os dois: criar peças bonitas que vão fazer as pessoas se sentirem tão bonitas quanto as roupas que estão vestindo. Só não sei mesmo como fazer isso. Não tenho dinheiro para abrir uma loja física e não quero simplesmente imitar o que Cloma fez. Então não sei.

— Bem, uma coisa é certa — falou Gus. — Você precisa com certeza pensar num nome melhor. — Eu ri. — Mas, sério, Teddy. Sei que vai resolver isso, mas lamento você precisar resolver, mesmo que eu não lamente ter me beneficiado de você ter perdido o emprego.

— Então você não se arrepende de ter me contratado como babá? — perguntei, brincando, mas Gus pareceu sério quando respondeu:

— Nem um pouco.

Não soube como reagir, então falei:

— Falando nisso, remendei as roupas de Riley. — Indiquei com a cabeça onde elas estavam no braço do sofá.

Gus semicerrou os olhos.

— Estou vendo flores nos bolsos da calça jeans?

Sorri.

— Eu falei que fazia bordados! — exclamei. Botânica sempre tinha sido minha predileção no desenho, outro motivo para eu estar tão empolgada com aquele projeto de verão com Riley, e nunca vou esquecer quando descobri como poderia usar meus bordados o tempo todo. — Eu costumava bordar flores em todas as minhas calças e nas de Emmy na época da escola. Achei que Riley pudesse gostar.

— Ela vai amar mesmo. Se você comentar que Emmy usava uma calça assim, ela nunca mais vai querer tirar.

— Ela talvez ame Emmy tanto quanto eu. — Ri.

— Talvez — concordou Gus, se sentando no sofá.

— É engraçado. Conheço Riley desde que nasceu, mas passando esse tempo com ela percebi muitas partes de todo mundo nela.

— Como assim? — perguntou Gus.

— Ela é curiosa e destemida como Wes — respondi. — Ela tem um traço meio imprudente como Brooks. É analítica e tem a memória de um elefante como Cam. É teimosa como você. — Dei um olhar mordaz para Gus. — Ela é gentil como seu pai e valente como Emmy.

Gus deu uma risadinha.

— Sabe aquela coisa estranha que Emmy faz com a perna quando dorme? — perguntou.

Assenti. Quando Emmy estava dormindo de barriga para cima, ela dobrava o joelho e cruzava a perna por cima dele.

— Riley faz isso também. Dorme pesado exatamente como Emmy, e odeia acordar cedo...

— Igual a Emmy — falamos ao mesmo tempo.

Gus se levantou do sofá.

— Vem — falou. Ele estendeu o braço e pegou minha mão, e tentei não deixar evidente o choque que senti com o seu toque quando me ergui para acompanhá-lo. — Aposto que ela está fazendo isso agora.

Gus continuou segurando a minha mão enquanto subíamos. A porta de Riley estava aberta, e havia um brilho fraco rosa e roxo reluzindo por ali. Ela tinha uma lâmpada noturna que desligava com um cronômetro.

Quando chegamos perto da porta, Gus começou a andar na ponta do pé, e tentei fingir que não era a coisa mais fofa do mundo. Ele me manteve atrás de si enquanto espreitava a cabeça pela porta.

Quando olhou para a filha, vi suas covinhas pela primeira vez em muito tempo.

Eu estava tão ocupada o admirando que não percebi que ele estava puxando minha mão até ele precisar fazer isso pela segunda vez.

Andei em silêncio e espiei por cima do ombro de Gus. Ele tinha razão. Riley estava fazendo a coisa da perna, e tive que sufocar uma risada. Gus me olhou e sorriu, e maldito seja, era o sorriso mais bonito que já vi na vida.

Essas *covinhas*.

Ele olhou a filha mais uma vez antes de me puxar pelo corredor.

— Te falei.

— Não acredito que esse tipo de esquisitice é hereditária — comentei.

Quando chegamos de volta à sala, ele começou a rir.

— Não tem como aquilo ser confortável — falou. Eu não sabia se já tinha ouvido Gus rir. Não assim, pelo menos. Tão livre. Logo comecei a rir junto com ele também.

Gus e eu ficamos em silêncio ao mesmo tempo, e de repente percebi como estávamos próximos — quase cara a cara.

Já tínhamos ficado assim antes. Nas duas vezes, eu tinha negado os efeitos daquela proximidade no meu corpo. Só que não sabia se conseguiria fazer isso de novo. Não sabia se queria.

Vi os olhos de Gus baixarem para meus lábios, depois para onde nossos dedos estavam entrelaçados, e de volta para minha boca.

Ele deu mais um passo, chegando mais perto.

Também dei um passo em direção a ele.

Não sabia o que estava acontecendo ou por quê. Eu seria a primeira a admitir que gostava de Gus bem mais do que gostava algumas semanas antes, que estava começando a notar características dele que nunca tinha reparado e que achava quase todas elas atraentes. Mas será que significava que eu ia deixar rolar fosse lá o que estivesse prestes a acontecer?

Bem, pelo que parecia, ia, sim.

Ele colocou a mão na minha cintura, e eu deixei. Seus olhos estavam grudados nos meus, depois na minha boca de novo. Ele passou a língua pelos lábios, e eu arrastei as mãos por seus braços até pousarem nos seus ombros.

Talvez, depois daquilo, tudo sumisse. O desejo, o conflito que surgia na minha mente toda vez que eu pensava em August Ryder. Talvez tudo parasse.

Talvez eu precisasse daquilo.

— Teddy... — Gus suspirou. — Eu...

Balancei a cabeça.

— Sem beijo — falei, arrastando as mãos por seu peito.

Foi uma decisão de segundos. Aquilo seria demais, como se eu estivesse chegando perigosamente perto de uma decisão da qual não poderia voltar atrás. Por mais que tivesse prometido a mim mesma nunca dar vazão a esse sentimento, eu mal havia me recuperado do que acontecera sete anos atrás. Eu tinha erguido um muro ao redor daqueles lugares profundos e secretos do meu coração e teria que criar de novo, me protegendo da enxurrada de sentimentos que estavam ameaçando me afogar como uma onda — alta, intensa e arrebatadora.

— Não na boca — afirmei.

— Por quê? — perguntou. Ele pareceu... sofrido?

Porque não quero ser rejeitada de novo.

— Porque eu simplesmente... não posso fazer aquilo de novo.

Ele ficou tenso, e vi aquela noite lampejando por seus olhos. Pelo visto, ele se lembrava, sim. Eu me inclinei e beijei seu pescoço. Meus pensamentos começaram a perder a batalha para as minhas ações, não conseguiam acompanhar o que eu queria. A respiração dele ficou irregular.

— Sem beijo — avisei de novo.

— Na boca — repetiu Gus, e assenti. Ele encostou a testa na minha e suspirou. — Mas posso te tocar? Assim?

Uma de suas mãos passeou pela minha bunda e a outra brincou com o cós do meu short.

Foi a minha vez de arfar.

— Sim — me forcei a falar. A mão no cós afundou e agarrou meu quadril.

— Desse jeito? — perguntou, e juro que sua voz estava mais baixa do que alguns segundos atrás.

— Sim — falei de novo, soando necessitada e desesperada.

Não sabia como a situação tinha mudado tão rápido, mas tudo em que conseguia pensar era nas mãos de Gus Ryder e no quanto as queria passeando por todo o meu corpo.

— Assim? — perguntou, passando os dedos suavemente pela minha calcinha.

— Uhum — disse, sem conseguir pensar. As engrenagens da minha cabeça tinham parado.

— Me fala, Teddy. Posso te tocar assim, linda?

— Pode — falei, suspirando.

Eu o queria. Eu o queria mesmo, *de verdade*. Ele deu um beijo bem debaixo do meu ouvido, e senti que ia entrar em combustão.

Empurrei seu peito e o afastei na hora.

— Não podemos fazer isso, August. Não posso fazer isso. *De novo, não.*

Vinte e dois

SETE ANOS ATRÁS

GUS

Virei uma dose e senti a queimação do uísque descer pela minha garganta. Depois de uma longa semana de merda, aquilo era exatamente do que eu precisava. Wyoming vinha enfrentando a pior seca do último século, o que me estressava bastante. Eu estava preocupado com os animais. Preocupado com nossa terra. Preocupado com tudo.

Só que, a cada dose, a cada gole da cerveja, minhas preocupações diminuíam cada vez mais.

Era o que acontecia quando se entrava naquela espelunca que chamamos de bar — suas preocupações sumiam, mas era preciso tomar cuidado, ou elas seriam substituídas por arrependimentos à luz do dia.

Brooks e eu batemos nossos copos de shot na mesa ao mesmo tempo. Uma loira bonita estava pendurada no seu braço e sussurrando ao seu ouvido, mas ele não estava lhe dando atenção. Seus olhos ficavam indo até o balcão, onde seu pai, Jimmy, estava sentado com um copo cheio de líquido âmbar. Aqueles dois jamais haviam tido um bom relacionamento. Alguém só saberia que isso incomodava Brooks quando reparasse em como seus olhos encontravam Jimmy toda vez que vínhamos ao bar.

Jimmy estava sentado no seu canto, bebendo seu uísque escocês e ignorando o filho como tinha feito a vida toda.

A loira não reparou que não tinha conquistado a atenção de Brooks, porque se esfregava em seu braço como um animal selvagem.

Mas, em algum momento, ele iria para casa com ela. Meu melhor amigo era um cara bom, mas tinha uma puta reputação de mulherengo.

Tinham preparado a jukebox com clássicos do country dos anos 1990, e parecia que Alan Jackson estava ali em carne e osso pelo jeito que o bar reagia a "Chattahoochee".

Estava barulhento ali, mas eu ainda podia ouvi-la. A voz estridente de Teddy Andersen ecoava pelo lugar, e não parecia feliz. Olhei ao redor, tentando localizar a melhor amiga da minha irmã. Emmy tinha ficado em Denver depois que ela e Teddy se formaram na faculdade no ano anterior. Teddy retornou para Meadowlark e voltou a causar confusão na nossa cidadezinha. Teddy me enlouquecia, mas a raiva na sua voz me fez querer garantir que ela estava bem — por Emmy, e nada mais.

Avistei seu rabo de cavalo ruivo em segundos. Ela estava bem no balcão do bar — Jesus Cristo — brigando com um homem que tinha o dobro do seu tamanho. Dei outro gole na bebida antes de colocá-la na mesa e andar até ela.

— Tá tudo bem? — perguntou Brooks, falando alto por cima da música. Os braços da loira estavam no seu pescoço.

— Já volto.

Fui até Teddy, que — para minha irritação — estava gata pra cacete naquela noite. Usava uma dessas calças jeans justas que parecem ter sido pintadas no corpo de tão coladas, e o mesmo acontecia com a regata preta. Estávamos na metade do verão, e sua pele estava bronzeada e cheia de sardas.

Sua personalidade, porém, ajudava a suprimir a atração. Ela era uma encrenqueira. Eu havia tirado minha irmã caçula de diversas enrascadas, todas graças a Teddy Andersen — incluindo a noite em que as lágrimas de Teddy e Emmy não conseguiram impedir o xerife de prendê-las por invasão depois de terem sido pegas na propriedade de outra pessoa com uma garrafa de aguardente porque quiseram "conversar com as ovelhas". Emmy ligou para mim em vez de para nosso pai, então tive o prazer de soltá-la da prisão do Condado de Meadowlark. Assim como fiz com Teddy, que achou a coisa toda hilária.

Ela era imprudente, e chamativa, qualidades que exibia muito bem ao bater boca com o homem no bar. Não o reconheci, então devia ser de fora da cidade.

Quando a vi inflar o peito e começar a apontar o dedo para ele, me movi mais rápido pela multidão, que começava a se reunir ao redor de Teddy e do cara.

— Tirem essa vadia maluca da minha frente! — gritou o homem.

— Você tem que pedir desculpas praquela garota — cuspiu Teddy.

— Vai se fuder — falou o homem.

Teddy o empurrou. Porra.

— Você não pode sair por aí se achando no direito de agarrar a bunda de garotas no bar, seu escroto. Qual o seu problema?

Ela o empurrou de novo, e, daquela vez, pareceu que ele talvez a empurrasse de volta. Droga. Cheguei atrás dela bem na hora e envolvi um braço na sua cintura, agarrando-a e a girando para trás.

Teddy começou a se debater imediatamente.

— Me solta!

— Controla sua mulher, porra — falou o homem.

Aquele cara era um babaca, tinha que concordar com Teddy, e merecia ser chutado para fora do bar, mas não era função dela fazer isso.

Ela continuava se debatendo nos meus braços.

— Babaca! — gritou. Eu não sabia se ela estava falando comigo ou com ele. — Me larga, August!

Assobiei para Joe, o garçom, que me viu e na hora começou a andar até a gente do outro lado do bar. Apontei para o cara, que olhava furioso para mim e para Teddy. Quando Joe o alcançasse, eu sabia que o cara não ficaria ali por muito mais tempo, mas ainda queria tirar Teddy de perto dele. Se a soltasse, ela poderia pular no pescoço dele e arrancar seus olhos com as próprias mãos.

Com ela, nunca se sabia.

O cara foi sortudo por não ter nenhum taco de beisebol por perto.

Arrastei Teddy até os fundos do bar, ignorando o fato de ela estar fazendo sua melhor imitação de um peixe fora d'água. As pessoas saíram do caminho, e eu abri a porta com o quadril.

O ar frio da noite nos abraçou. Não importava se era final de julho, a noite das montanhas em Wyoming sempre tinha uma brisa.

Depois que ouvi a porta se fechar, soltei Teddy. E, exatamente como eu suspeitava, ela tentou voltar para dentro, mas a bloqueei.

— Sai da frente, August — gritou. — Tenho que garantir que aquele mané vai ser expulso daqui!

— Ele vai — falei. Coloquei as mãos nos seus ombros. — Joe vai resolver. — Teddy bufou. Seus olhos estavam selvagens, e o peito, ofegante. — Que merda estava pensando, Teddy? E se ele decidisse te empurrar de volta e você se machucasse?

— Teria valido a pena! — berrou ela. — Me deixa voltar pra lá.

— Não.

Ela tentou passar por mim, mas eu ainda estava com as mãos nos seus ombros, e a mantive no lugar. Ela passou a língua nos lábios, e eu segui o movimento.

Uma tira branca de sutiã tinha caído do seu ombro e, por algum motivo, eu a coloquei de volta no lugar. Enquanto fazia isso, desfrutei da sensação da sua pele sob a minha. Será que o ar tinha ficado mais espesso ali? Deslizei as mãos por seus braços até a cintura e a puxei para mais perto de mim.

— Você está bem?

Ela assentiu.

— Estou bem.

— Você tem que parar de brigar com homens que parecem comer ovos crus no café da manhã, Theodora.

Não era a primeira vez que via Teddy ir para cima de um homem. Não sabia se ela tinha algum senso de autopreservação, mas aquela foi a primeira vez que eu temi que se machucasse.

Ela revirou os olhos.

— Por quê?

— Porque vai ser uma vergonha quando eles perderem.

Aquilo tirou um sorriso dela. Eu não ganhava muitos sorrisos de Teddy. Não nos dávamos muito bem, mas, caramba, ela era bonita.

Sorri de volta, algo que não fazia muitas vezes, e o ar entre nós mudou de novo.

Teddy subiu as mãos por meus braços e, quando pararam no meu pescoço, perdi o controle. Puxei seu corpo para mim até não restar espaço entre nós e então espremi a minha boca na dela.

Eu a beijei como se estivesse esperando a vida toda por aquele momento, como se fosse morrer se precisasse me afastar dela.

E ela me beijou de volta.

Eu teria continuado — teria feito bem mais do que só beijar —, mas, bem na hora, a porta dos fundos do Bota do Diabo se abriu e uma multidão de clientes mais pra lá do que pra cá saiu. Eu me afastei de Teddy e tentei não grunhir ao avistar seus lábios inchados.

Teddy examinava meu rosto. Em geral, quando ela me encarava, seus olhos eram como adagas — cortantes como seus olhos de um azul gélido. Só que, naquele momento, estavam suaves, exultantes e perigosos. Faziam eu querer beijá-la de novo.

Talvez tivesse sido por isso que a beijei, na verdade — porque, por algum motivo, era o que eu desejava fazer. Eu não desejava coisas com muita frequência. Não tinha tempo para aquelas coisas, mas ver Teddy naquela noite — tocá-la, ficar sozinho com ela, ver como ficava sob o luar — me pegou desprevenido.

— Gus? — chamou ela, baixinho.

Pisquei algumas vezes, sua voz e o barulho das pessoas no beco me arrancando dos devaneios. Merda. Eu tinha beijado a melhor amiga da minha irmã caçula, com quem eu nem simpatizava.

E queria mais. Ao que parecia, minha bebida estava um pouquinho forte demais. Assim como o sentimento que cresceu dentro *de mim naquele momento. Era poderoso demais. Intenso demais. Eu sabia que poderia me consumir. Não sabia como, mas tive certeza. E eu tinha muito em jogo, incluindo o futuro de Rebel Blue, para deixar aquele sentimento se apossar de mim.*

— Eu... eu... — Tropecei nas palavras por alguns segundos. — Isso nunca aconteceu — falei, por fim. — Esquece que isso aconteceu.

Dei as costas e voltei para o bar.

Vinte e três

GUS

— Oi — falou ela quando me viu.

— Oi — devolvi.

Estávamos na cozinha. Achei que, quando a visse na luz do dia, não iria querer mais beijá-la, mas queria. Queria tanto que achava que não conseguiria nem raciocinar direito se continuasse ali.

Talvez fosse a maneira como falava da minha filha, como se ela fosse o sol. Talvez fosse por causa da sua aparência naqueles shortinhos de moletom estúpidos e com suas regatas. Talvez fosse por causa da sensação do seu hálito no meu pescoço quando fomos ver Riley dormindo.

Talvez fosse porque percebi que Teddy amava minha família do mesmo jeito que eu amava. Talvez fosse o fato de Teddy ser muito mais do que pensei que seria, e me sentia idiota por só compreender isso agora.

Então apoiei o café na bancada e andei até ela.

— Pois não? — perguntou Teddy, confusa.

Ela sempre foi uma pessoa bem direta, então decidi agir da mesma forma.

— Eu queria te beijar ontem.

Ela olhou para o chão.

— Eu sei — respondeu. — Eu percebi.

— E acho que você queria me beijar também, Theodora.

Nossa, estava me sentindo como se tivesse dezesseis anos. Teddy não disse nada. Coloquei o polegar sob seu queixo e forcei seus olhos azuis a encararem os meus.

— Posso? — pedi, baixinho. — Só uma vez.

Seus olhos se moveram para meus lábios, assim como tinham feito sete anos atrás, assim como tinham feito na noite anterior. Acho que ela nem percebeu que havia colocado as mãos na minha cintura.

— Tá.

Calma, ela acabou de dizer *tá*? Estava me dando permissão para quebrar a regra idiota que inventara na noite passada? Por causa da regra implícita que quebramos anos atrás?

— Sério? — perguntei.

— Só não... — Teddy suspirou. — Só não vai embora de novo, tá bom?

Meus olhos continuaram fixos nos dela. Ela havia ficado magoada quando a pedi para esquecer o beijo? Agora tudo fazia sentido. Eu tinha ido embora e a deixado sozinha, do lado de fora, no frio. Foi por esse motivo que nossa aversão mútua se tornou tão amarga?

Ela revirou os olhos. Ali estava a Teddy de sempre.

— É melhor você se apressar e me beijar antes que eu mude de ideia.

Teddy não precisava me dizer duas vezes. Levei os lábios aos dela, com delicadeza, hesitação. Só queria saber qual era a sensação. Só durou alguns segundos, mas foi o bastante — mais do que o bastante. Foi fácil. Eu me afastei, sem querer abusar da sorte, caso ela mudasse de ideia e decidisse me bater.

Só que o beijo... Nossa, o beijo. Foi suave e rápido, porém foi o suficiente para confirmar que não tinha inventado a sensação especial do primeiro.

Pelos últimos sete anos, eu tinha me convencido de que nosso primeiro beijo não fora tão bom quanto eu lembrava — que não poderia ter sido tão bom assim.

Mas tinha sido, sim.

E o segundo foi melhor. Porque eu conhecia Teddy agora, e não só a Teddy que todo mundo conhecia. Eu conhecia a Teddy que era feroz, mas também doce e engraçada quando se sentia confortável. Ela era leal, gentil e espirituosa. Era tão mais do que o pouco que eu conhecia. Ela me surpreendeu... Querer beijá-la de novo me surpreendeu.

E o que mais me surpreendeu foi que eu não me arrependia nem um pouco disso.

Eu me virei para a bancada da cozinha. Tinha servido uma xícara de café havia alguns minutos. Eu a deslizei até ela.

Teddy se aproximou lentamente, como se estivesse lidando com um animal selvagem. Quando pegou o café, disse:

— Uso essa xícara toda manhã.

— Eu sei — falei.

Não sabia por que ela gostava daquela em específico. Eu a pegara no Casarão quando me mudei, mas ela devia ter anos de uso e estava lascada.

Ela deu um gole no café, que tinha aquele creme enjoativo de açúcar mascavo de que tanto gostava.

— Então... — falou.

— Então... — respondi.

Ela mordeu o lábio, e eu quis beijá-la de novo. Não sabia o que estava acontecendo comigo.

— Você acabou de me beijar — disse ela por fim.

O que me arrancou um sorriso.

— Sim. Eu sei. Eu participei do ato.

Teddy bufou.

— Estava? Tem certeza de que não foi seu gêmeo do mal

que está em busca de um pouco de ação? Ou quem sabe você é sonâmbulo? Ou realmente foi possuído por um dos demônios do Bota do Diabo e não é mais dono do seu corpo...

Ela parou, e eu balancei a cabeça.

— Você é doida, linda — falei, deixando o apelido rolar pela língua. — Tenho que ir trabalhar. — Eu me aproximei e movi seu cabelo para trás do ombro. — Te vejo mais tarde.

— Ah, é? — respondeu Teddy, e fiquei onde estava. — Como posso ter certeza de que você não vai mudar de ideia e me manter em segredo por sete anos e agir como se não me suportasse?

Balancei a cabeça. Teddy tinha se exposto totalmente. O que fiz depois de beijá-la de forma impulsiva anos atrás — provavelmente a última vez que tinha feito algo que queria — a tinha marcado. E não de um jeito bom.

— Escuta. Eu estou em posse das minhas faculdades mentais, não sou sonâmbulo, não estou possuído, e não vou me afastar dessa vez. Tudo bem?

— Tudo bem. — A voz de Teddy saiu baixa. Beijei sua testa antes de sair.

Não sabia o que estava fazendo, mas gostava de fazer isso com Teddy.

Estacionei a caminhonete nos estábulos dos funcionários do rancho. De dois em dois meses, o veterinário vinha dar uma olhada no nosso rebanho, e, já que estávamos saindo do inverno, precisávamos checar os cascos também.

Vi Emmy primeiro. Ela e Wes estavam levando todos os cavalos dos estábulos da família ao longo do rancho para o pasto grande perto dos estábulos dos funcionários.

Wes cavalgava Ziggy, sua égua malhada de cinza, e Emmy estava com Huey. Huey era um cavalo novo em Rebel Blue — tinha sido cavalo de carga, o que significava que era enorme.

Emmy tinha se afeiçoado a ele, porque era um ótimo cavalo para o trabalho. Maple, a égua de competição da minha irmã, tendia a ficar muito estressada quando Emmy a usava para atividades na fazenda. Ela estava acostumada a andar rápido e não tinha muita paciência transitando de tarefa em tarefa. Maple e eu não nos dávamos bem. Ela mordia.

A manada da família estava vindo do lado leste do rancho e, quando olhei para o leste, avistei meu pai cavalgando Cobalt.

Cobalt foi feito para o meu pai. Era um Paint Horse preto, facilmente o mais bonito do rancho. Quando meu pai cavalgava Cobalt, com o chapéu de caubói preto, chaparreiras e jaqueta jeans com a beirada de pele de carneiro, ele aparentava ser exatamente o fazendeiro imponente que todos sabíamos que era. E eu precisava dizer, vê-lo no Cobalt sempre me deixava com um nó na garganta.

De vez em quando, eu ficava tão focado no que achava que o Rebel Blue poderia ser que esquecia tudo o que o rancho já era por causa de Amos Ryder.

Saí da caminhonete enquanto os cavalos se aproximavam do portão do pasto.

— Ora, ora, ora — falou Wes. — Olha quem decidiu aparecer no trabalho nessa linda terça-feira.

— Emmy disse que vocês não precisavam de mim para juntar as manadas — respondi.

— E não precisávamos mesmo — declarou ela, olhando de cara feia para Wes. Eu sabia que esse era seu jeito de assegurar que eu não trabalhasse demais. — E Dusty tem os funcionários sob controle. Estamos com um cronograma infalível aqui.

Meu pai se aproximou deles.

— E por onde o senhor estava? — perguntei.

— Meu rancho, minhas regras, filho — respondeu com uma piscadela. Dei uma palmadinha no pescoço de Cobalt, e ele se aproximou de mim.

— O vet já chegou? — indaguei.

— Deve chegar daqui a meia hora — respondeu Emmy. — Podemos começar com os aposentados, colocá-los nas estacas antes de ele chegar.

Tínhamos cinco cavalos que não trabalhavam e nos quais não cavalgávamos. Havia muitas fazendas por aí que abririam mão deles, mas não Amos Ryder. Uma vida inteira de serviço era o suficiente para garantir a um cavalo uma aposentadoria confortável em Rebel Blue.

Era uma grande parte do legado do meu pai, e, durante os últimos anos, eu tinha começado a pensar em como poderia contribuir para isso. Talvez pudéssemos receber mais cavalos que precisavam de um lugar para passar os últimos anos de suas vidas — como um abrigo de cavalos ou um santuário. Não sabia como botar a ideia em prática ainda, não tinha tido tempo de pensar mais a fundo nela.

Tínhamos muito potencial ali. Não queria que a era de crescimento de Rebel Blue terminasse com meu pai. Queria que durasse.

Então, Emmy, Wes e meu pai desceram dos cavalos. Emmy era alta, mas sua queda da garupa de Huey ainda me fazia sentir dores nos joelhos quando eu a via pular no chão com facilidade.

— Ele é enorme pra cacete — falei para Emmy.

— É o meu amorzinho — disse ela. — Mas fica um pouco preguiçoso no trote.

— É porque o trote dele é tão rápido quanto o galope de todos os outros fazendo até menos esforço.

— Só que o trote e o galope dele são suaves. Dá pra ficar sentado nos dois. É como cavalgar um sofá.

— Ele vai ser um baita de um cavalo de passeio — comentei.

Wes se aproximou e acariciou as orelhas de Huey.

— Ouviu isso, Hubert? As garotas da cidade vão te amar.

Huey relinchou, aparentemente curtindo a ideia.

— Eu sabia que Huey seria um mulherengo — emendou meu pai.

Ele comprara Huey num leilão, disse que gostou da aparência e que o cavalo tinha um olhar gentil. Eu não tinha muita certeza do que aquilo significava, mas talvez fosse uma dessas coisas que se aprendia com o tempo.

— Então precisamos de Peach, Pepper, Winston, Doc e Applejack — declarou Emmy, pegando dois cabrestos de mim. — E vamos trazer Moonshine com esses caras também.

Moonshine era velha — quase trinta anos —, mas estava em ótima forma. Se continuasse assim, provavelmente teria mais cinco anos de cavalgada. Era uma boa égua também. A namorada de Wes, Ada, ainda não estava muito acostumada com cavalos, então, quando saía para cavalgar, Moonshine era sua escolha.

Wes, Emmy e eu começamos os trabalhos colocando o cabresto nos seis cavalos que estávamos trazendo. Applejack — aquele velho trapaceiro — se esforçou ao máximo para me evitar, mas eu o peguei depois de um tempo.

— Está meio enferrujado, Gus! — gritou Wes.

— Vai à merda — gritei de volta.

Ouvi o barulho de rodas passarem pela estrada de cascalho em direção aos estábulos. Ergui o rosto e avistei uma picape Dodge se aproximando. O veterinário — dr. Bowski, mais conhecido como Jake, ou só "o vet" — tinha uma baita caminhonete para um homem que vinha da cidade, trabalhava lá e nunca tinha puxado um reboque na vida.

Eu não tinha nada contra o vet — só achava que sua caminhonete e seu kit de elevação eram exagerados. E, quando saiu da caminhonete, notei que usava botas. Para que um veterinário precisava de botas e de um chapéu de caubói?

Depois que Jake começou os exames, não paramos mais — era um tal de levar os cavalos, tirar os cavalos. Tínhamos trinta cavalos na manada da família, então passaríamos um bom tempo ali.

Depois de mais ou menos uma hora, terminamos a leva dos aposentados, e fui pegar Maverick, o antigo cavalo de Hank.

Um quadriciclo se aproximou, e Maverick começou a choramingar, relinchar e balançar o rabo. Ele me ajudou a colocar seu cabresto com empolgação e, quando virei para tirá-lo do pasto, vi o porquê.

Teddy e Riley estavam caminhando de mãos dadas em direção à área das estacas. Tentei não pensar demais em como vê-las fez meu estômago parar na boca.

O rabo de cavalo de Teddy balançava de um lado para o outro enquanto ela andava. Estava com um short jeans que mal aparecia debaixo de uma camisetona da Dolly Parton, o que, pelo visto, era um de seus visuais favoritos, além de botas de caubói. Na mão que não segurava a de Riley, ela carregava uma sacola de... tiras de alcaçuz.

Quando Riley viu Emmy, disse algo para Teddy, que assentiu, e Riley disparou como uma bala até a tia, que a cumprimentou de braços abertos.

Teddy começou a andar na minha direção, e percebi que tinha congelado antes que eu e Maverick saíssemos do pasto. Quando nos alcançou, ela estendeu a mão.

— Deixa ele comigo — falou, e entreguei as rédeas em silêncio, ainda estupefato.

Achei que teria um pouco mais de tempo para processar o beijo daquela manhã antes de vê-la de novo.

Porra.

Eu a tinha beijado naquela manhã. Depois de dizermos que não teria beijo. E queria beijá-la de novo. E de novo. E de novo.

Maverick estava fazendo um escândalo, empolgado em ver Teddy.

— Fala comigo, Mav — disse ela, abraçando o pescoço largo do animal.

— Oi — consegui finalmente dizer.

— Oi — respondeu Teddy.

Seu tom foi frio. Por que seu tom foi frio? Meu coração batia num ritmo que não tinha nenhuma chance de ser saudável, e ela estava simplesmente... tranquila? Tinha me pedido para não me afastar, para não magoá-la de novo, e agora estava simplesmente... tranquila?

Ela se afastou com Maverick, e fiquei ali, pasmo, observando-a.

Para piorar, ela andou com Maverick até Jake e chegou a tocar o braço do veterinário. Que palhaçada era aquela?

Tensionei o maxilar e saí do pasto em direção a Emmy e Riley. Minha filha pulou nos meus braços quando me aproximei.

— Pai! — Era exatamente a distração de que eu precisava enquanto Teddy e o vet estavam... trocando olhares.

— Oi, Raio de Sol. O que está fazendo aqui?

— Mandei mensagem para Teddy avisando que íamos fazer os exames hoje — explicou Emmy. — Ela não cavalgava Mav há algumas semanas, então quis vê-lo — acrescentou ela, enquanto eu segurava minha filha bem apertado.

— Por que ela trouxe tiras de alcaçuz? — perguntei, colocando Riley no chão e tentando ignorar que Teddy tinha acabado de jogar a cabeça para trás rindo de algo que o veterinário havia dito, o que significava que o babaca tinha uma vista privilegiada do pescoço dela.

Desejei que as coisas tivessem avançado na noite passada. Desejei ter deixado uma marca que o veterinário pudesse ver.

— Mav ama tiras de alcaçuz.

Riley puxou a manga da minha blusa.

— Pai, posso ir cuidar da Água-doce?

A potranca estava com a cabeça sobre a cerca do pasto com os olhos fixos em Riley. Elas tinham criado uma forte conexão.

— Pode, Raio de Sol. Parece que ela quer ver você também.

O cabelo ondulado de Riley balançou enquanto corria até a égua.

Observei Teddy de novo, que ainda estava sorrindo com o veterinário. O que eles tanto falavam, afinal?

— O que é aquilo? — perguntei a Emmy, apontando para Teddy e Jake.

— Hum? — respondeu minha irmã, depois seguiu o meu olhar. Por que Teddy estava tocando o braço do idiota de novo? — Ah. Atualmente acho que nada.

— Atualmente? — Torci para que minha voz estivesse normal.

— Eles tiveram um tipo de amizade colorida por um tempo. — Senti minhas narinas inflarem. *Se controla, August.*

Balancei a cabeça.

— Ela podia arranjar coisa melhor.

Emmy pareceu chocada ao ouvir isso.

— Isso foi... — ela parou por um instante — ... um elogio?

Grunhi.

— Ai, meu Deus, está funcionando, não está? — perguntou Emmy, animada.

— Hein? — perguntei.

Ela sabia de algo? Não poderia saber, poderia? E se soubesse? Como seria? Reagiria do jeito que reagi quando descobri sobre ela e Brooks? Ficaria com raiva e distribuiria socos? Ou ficaria feliz? Mas será que havia algo para ela *saber*?

— Você e Teddy. Está funcionando. — Torci para que não reparasse que eu tinha me enrijecido. — Vocês estão mesmo se dando bem, não estão?

— Não, Clementine — respondi. — Não estamos.

— Mentiroso.

Ela sorriu. Observei a interação entre Teddy e o vet de novo.

Sim, eu era mentiroso pra cacete.

Vinte e quatro

TEDDY

Gus não se despediu de mim depois que Riley e eu fomos ver os cavalos naquela manhã e, quando chegou em casa na noite passada, voltou ao seu primeiro idioma — grunhidos — ao falar comigo. Oferecia frases completas para Riley, mas não para mim.

Também mal dirigiu o olhar e a palavra a mim no dia seguinte, ao comunicar que Riley ficaria com Emmy enquanto ela treinava os cavalos, logo, eu não precisava ficar. Curto e grosso.

Que merda.

Tentei não deixar que doesse, mas doeu. Eu pedi para Gus não se afastar de novo, e ele disse que não faria isso. Então por que estava agindo como se o beijo nunca tivesse acontecido? De novo!

Babaca, teimoso, estúpido e maluco.

Depois que ele e Riley saíram naquela manhã, fiquei livre para fazer o que quisesse, o que não foi um alívio como achei que seria. Mas significava que eu podia ajudar Ada no Bota do Diabo. Ada e eu nos conhecemos durante a faculdade. Nos demos bem e mantivemos contato mesmo após ela pedir transferência no ano seguinte.

Estávamos as duas no segundo andar do Bota do Diabo.

Bastante coisa tinha avançado desde a última vez que estive ali — havia um balcão menor que seria um bar, alguns assentos, e placas neon foram instaladas. O lugar parecia menos sufocante, mas ainda estava com aquele charme clássico de bar que fazia todos nós voltarmos.

Bem, isso e o fato de ser o único bar da cidade.

Ada e eu estávamos trabalhando juntas para organizar os jornais que encontramos durante a limpeza. Vínhamos criando ideias havia algumas semanas e decidimos por uma das opções. Para as matérias de capa, Ada comprou um monte de molduras vintage em brechós, que seriam penduradas pelo salão. Já as outras colocaríamos atrás do balcão do bar, como se fosse um papel de parede.

Então, as prateleiras de madeira reciclada que Aggie fizera teriam os jornais como pano de fundo.

Já tínhamos lavado e preparado a parede. Agora organizávamos como seria o nosso layout — queríamos que fosse planejado, mas que não parecesse que fosse. E, falando sério, fazer as coisas parecerem que não exigiram esforço exigia muito esforço.

— Não sei — dizia Ada. — Acho que não podem ficar todas na mesma posição certinha.

— Mas como? Vamos colocando cada um de um jeito ou criamos uma camada inferior mais uniforme e depois as colocamos de um jeito diferente em cima?

— Teddy Andersen fazendo perguntas difíceis — falou Ada, com o olhar fixo na parede, encarando o mesmo ponto havia uns bons vinte minutos.

— O que a parede sugere? — perguntei.

— Ela está na dúvida também — murmurou Ada, e sorri.

Eu amava Ada, e, mesmo que não tivéssemos nos falado muito nos últimos anos, eu a observei crescer. Ela tinha construído uma empresa de design de interiores, então, quando Wes estava procurando por um profissional dessa área para o Bebê Blue no ano anterior, eu a indiquei.

Ele a contratou, e ela criou o projeto mais bonito que já vi. Além disso, ela e Wes tinham se apaixonado perdidamente, o que foi um bônus.

— A gente pode fazer de forma aleatória desde o começo — sugeri.

— É algo que você faria — falou Ada, finalmente desviando o olhar da parede. — E você soa muito mais segura do que eu, então vamos lá.

Andei até a parede, de jornal na mão, o fixei bem no meio e falei:

— Tá bom, agora me ensina como colar essa coisa aqui.

— Igualzinho a um papel de parede. A gente coloca cola atrás, e depois passa selante na frente, mas só depois que colarmos tudo na parede.

— Adoro quando você fala a minha língua, Ada Hart.

Começamos a trabalhar e entramos no ritmo, embora eu soubesse que Ada estava se esforçando muito para não impor alguma espécie de ordem nos jornais que estávamos colocando de forma aleatória. Ela ficava quieta quando estava focada, então tive tempo para fazer uma das minhas coisas menos prediletas nos últimos tempos: pensar.

E para onde meus pensamentos foram? Direto para a porra do August Ryder, o que quase me fez vomitar.

Havia bastante coisa para analisar.

Primeiro, pensar nele não me deixou furiosa. Segundo, eu talvez... estivesse gostando dele, de verdade? Ou gostei dele? Eu gostava até essa manhã, antes de ele voltar para sua escrotidão costumeira. Ele era bem mais do que o irmão mais velho babaca da minha melhor amiga ou alguém com quem eu não me dava bem. Gostava de conversar e passar o tempo com ele, e acho que ele gostava de fazer as mesmas coisas comigo. Gus era um pai excelente e se importava profundamente com a família e as pessoas ao seu redor.

Eu não podia descartar os meus sentimentos por ele presumindo que eram apenas consequências de um beijo de anos atrás. Havia algo ali, e eu queria descobrir o que era.

— Ada, posso conversar com você sobre uma coisa?

— Manda — respondeu ela, prendendo um pedaço de papel na parede.

— É sobre um cara.

— Ahhh — exclamou Ada. — O vet?

— O quê? Não. Por que todo mundo sabe do vet?

— Cidade pequena.

Revirei os olhos.

— Bem, parece que você está se adaptando rápido, não é?

— Decidi que cidades pequenas são os melhores lugares para introvertidos porque tem sempre alguma fofoca acontecendo — respondeu Ada. — No outro dia, entreouvi duas mulheres nos correios falando de alguém que teve a bicicleta roubada, então a pessoa a roubou de volta do ladrão, e depois o ladrão roubou de novo, e agora estão num ciclo infinito de roubo de bicicleta.

— Sim. Jeremy e Wayne estão nessa há cinco anos.

— Eu amo isso aqui. — Ada riu. — Enfim, de volta ao cara que não é o vet.

— É complicado — falei —, mas acho que gosto dele. Ele é ótimo, na verdade, e nem sempre achei isso, mas agora acho. E ele é tão bonito que chega a ser criminoso.

— Tá, então qual o problema? — Ada parecia confusa.

— Bem, achei que a gente estava meio que... não sei... começando a se tornar amigos? Mas aí ontem ele começou a agir estranho e retraído. Era um comportamento que eu teria esperado há um tempo, mas não agora.

— Tudo bem, entendi — afirmou Ada. — Parece que ele é um ótimo partido mesmo.

— Você está debochando de mim?

— Estou — respondeu Ada, direta. Bufei. — Teddy... você é... Teddy. É linda e efusiva, e falo isso como um elogio. É engraçada também. Se você gosta de um cara, ele gosta de você também. A não ser que seja um completo e total idiota. Nesse caso, você não deveria querer nada com ele.

— Justo — confirmei, mesmo que ela não soubesse da história a metade.

— O que Emmy acha disso?

Engoli em seco.

— Ela não sabe.

Até ali, eu tinha afastado aquele pensamento: o que Emmy acharia se soubesse que algo estava *potencialmente* acontecendo entre mim e Gus? Eu não sabia mesmo como ela reagiria. Acho que não ficaria brava — não era seu estilo —, mas acho, sim, que ficaria apreensiva, nervosa, com o que poderia acontecer se as coisas dessem errado.

Por sorte, eu não precisava me preocupar com isso, porque, até então, tudo que tinha acontecido entre nós foram dois beijos, com sete anos de diferença, e se aquela manhã era algum sinal, não parecia que algo mais iria acontecer, logo afastei os pensamentos sobre Emmy.

Eu era uma pessoa mais do tipo "Vou me preocupar com isso quando for a hora". Eu contaria quando houvesse algo que precisasse ser contado, o que poderia ser nunca.

Ada semicerrou os olhos para mim.

— Ela não sabe? — Fiz que não. — Então esse cara é bastante complicado para você não ter contado pra sua melhor amiga, e no lugar ter pedido conselho para uma mulher que ficou casada por três meses e aí se apaixonou pelo chefe um ano depois?

— Porque seu chefe era o "cara certo" — declarei. — Mas, sim, é basicamente isso.

Ada ergueu uma das sobrancelhas pretas e espessas para mim.

— Interessante.

— Deixa pra lá. Não é importante.

Ada me lançou um olhar que deixava claro que não tinha acreditado em mim. Ela abriu a boca, mas então ouvimos passos na escada.

Brooks apareceu alguns segundos depois, usando seu traje clássico: calça jeans desgastada, boné para trás e uma camisa curta e sem mangas. Aos oitenta anos ele provavelmente estaria usando a mesma coisa.

Emmy costumava achar que só homens idiotas usavam esse tipo de camiseta, mas Brooks talvez fosse a exceção à regra, porque era um cara muito legal.

— Oi — cumprimentou. — Vim com presentes.

Ele ergueu algumas sacolas de papel pardo manchadas de gordura, e senti cheiro de batata frita.

Pegamos as sacolas e fomos para o bar, com Brooks atrás. Vasculhamos o conteúdo delas até cada um estar com seus respectivos sanduíches — sendo que Brooks ficou com dois — e uma caixa de fritas.

O freezer sob o bar já tinha bebidas, então Brooks tirou duas Cocas zero — uma para Ada e uma para mim — e depois encheu um copo de água para si mesmo.

Abri a Coca. O primeiro gole queimou minha garganta. Algumas pessoas gostavam de abrir uma cerveja gelada no fim de um dia de trabalho difícil. Eu? Gostava de uma Coca zero geladinha.

— Está ficando ótimo — comentou Brooks, olhando ao redor. — Obrigado por ajudarem.

— Quando essa parte abre? — perguntei.

Brooks engoliu um pedaço do sanduíche de frango grelhado.

— No próximo final de semana.

— É logo, logo — falei. — Está nervoso?

— Um pouco. — Brooks deu de ombros. — O Bota do Diabo sempre foi o mesmo, então é meio intimidante trazer algo novo, mas essa parte realmente parece que é minha.

Hum. Isso pareceu familiar. Sem tentar, Brooks tinha acabado de descrever em palavras a tempestade de sentimentos que estava se agitando dentro de mim nas últimas semanas. Minha vida sempre pareceu a mesma coisa, mas havia tanta coisa... nova ao meu redor. Incluindo, ao que parecia, alguns sentimentos por certo caubói rabugento. E eu tinha que admitir... estava assustada.

— Vai ficar ótimo, Brooks — garanti. — O lugar todo está ótimo.

Ele olhou ao redor, reflexivo.

— Sim, estou orgulhoso mesmo dele.

— O que tá pensando em fazer na inauguração? — indaguei.

— Não sei bem ainda. Tem alguma ideia, Andersen?

Eu estava com medo de muitas coisas naquele momento, mas nunca senti medo de me divertir.

— Sim — respondi, com um sorriso. — Na verdade, tenho sim.

Vinte e cinco

TEDDY

Quando cheguei à sua casa naquela noite, recebi outra rodada de grunhidos do Gus. Ele me ignorava em todas as interações e evitava qualquer tipo de contato visual. Nem fizemos nossa troca de olhares cúmplice quando Riley fez sem querer uma piada inapropriada com pintos.

Depois que colocou Riley para dormir, ele passou pela sala — de novo sem olhar para mim — e fechou a porta do quarto com força. Tentei não deixar que meu coração despencasse. Eu adorava o tempo que costumávamos passar juntos depois que Riley ia para a cama. Gostava de conversar com ele, ouvir do seu dia, rir com ele.

Realmente tinha algo errado comigo se eu estava sentindo falta da companhia de Gus Ryder. Talvez eu estivesse doente. Mas poderiam me internar, porque eu sentia.

Esperei um tempo, mas ele não retornou para a sala. Mandei mensagem para Emmy.

> **TEDDY**
> Cara. Qual o problema do seu irmão?

> **EMMY ADMV**
> Tipo em geral? Ou tipo de hoje?

> **TEDDY**
> Hoje. Ele está sendo mais chato
> do que o costume.

EMMY ADMV
Deve estar de ovo virado. Vai passar.

Mas você não vai acreditar no que ele disse
pra mim ontem.

Ele te viu flertando com o veterinário e disse
que você podia arranjar coisa melhor.

> **TEDDY**
> Eu não estava flertando com o vet.

Na verdade, estava flertando com o vet, mas não porque gostava dele ou queria dormir com ele de novo, mas sim porque queria garantir que Maverick estivesse recebendo o melhor cuidado possível.

EMMY ADMV
Sim, estava. E foi bem convincente. Jake
é fofo, mas não acho que os bíceps dele
mereciam tanta atenção.

> **TEDDY**
> Foi tudo pelo Mav!

EMMY ADMV

Dã! Eu sabia disso, mas Gus não. Quando percebi que ele estava de olho em vocês torci para significar que vocês estavam se dando bem.

Com "se dando bem", eu tinha noventa e nove por cento de certeza de que minha melhor amiga não se referia ao beijo do dia anterior, mas vai saber.

TEDDY

Estamos. Bom, achei que a gente estava.

EMMY ADMV

Tá, então vai falar com ele.

Você é Teddy Andersen, porra, e não aceita cara feia de ninguém.

Muito menos de August Ryder.

TEDDY

Você tem razão.

Sem pensar muito, joguei o celular no sofá e disparei até o quarto de Gus. Parei em frente à porta, respirei fundo e então falei:

— É melhor você não estar se masturbando aí, August, porque vou entrar.

Abri a porta e vi Gus saindo da cama às pressas e dizendo:

— Que porra é essa, Theodora?

Sua calça de flanela do pijama estava baixa nos quadris, e ele não usava camisa.

Minha boca ficou seca.

Se controla, Teddy. Você já viu muitos homens sem camisa.

Só que não Gus Ryder. Ou pelo menos não o via assim tinha um bom tempo. Ele não ficava exibindo os mamilos por aí que nem Brooks. Seu abdômen era definido, e os músculos do peito e dos braços foram torneados pelos anos de trabalho braçal. Ele tinha duas tatuagens de andorinha — uma sob cada clavícula — e o que parecia um sol nas costelas. Eu nunca as tinha visto.

— Por que você está no meu quarto, Teddy?

Ah, é. Eu estava no quarto dele. Olhei ao redor, rapidamente registrando o ambiente. Estava escuro ali, havia um abajur na mesinha de cabeceira e um perto da entrada do quarto. A cama era grande, king-size, com muitos cobertores. Mais cobertores do que jamais achei que Gus Ryder teria na cama, para falar a verdade. Havia uma pilha de livros infantis na mesinha de cabeceira, e um tapete grosso de lã cobria o piso de madeira.

Era... legal ali. Simples. Masculino.

— Teddy. — A voz de Gus me atingiu de novo. Firme. Baixa. Irritada.

— Por que você está sendo babaca comigo? — perguntei, sem rodeios.

— Não estou — respondeu, mais uma vez não olhando nos meus olhos. — E para de falar alto. Tem uma criança dormindo lá em cima.

Fechei a porta, porque, mesmo que ele fosse um babaca, tinha razão.

Quando o trinco clicou, me arrependi de tê-la fechado, porque aparentemente o ar só estava disponível do lado de fora do quarto.

— Está, sim — falei, ofegante. — Ontem de manhã, você me beijou. Depois ontem à noite e hoje nem falou comigo direito, e bateu a porta como um adolescente birrento logo depois que Riley foi dormir mesmo que a gente costumasse...

— Costumasse o quê, Teddy? — Ele estava me encarando, e fiquei atordoada.

— A gente... a gente... conversava. E meio que... ficava junto — gaguejei.

— Não sabia que você ia sentir tanta saudade da minha companhia — rebateu Gus. Acho que ele quis soar sarcástico, mas saiu sério.

— Não sinto mesmo — rebati na hora. — Saudade da sua companhia.

— Então entrou no meu quarto como um furacão só para passar o tempo? — Ele deu alguns passos até mim, e tentei disfarçar minha respiração entrecortada.

— Não, eu queria saber por que você está sendo um babaca.

— Sempre sou um babaca. De acordo com você, pelo menos.

— Bem, você está sendo mais babaca do que o normal. E não sei por quê. Não pode beijar uma mulher do jeito que me beijou ontem e não falar comigo — declarei. — É basicamente o que você fez sete anos atrás e... não é legal. Machuca — falei, por fim, e minha voz falhou na última palavra.

Vi seus ombros afundarem, só um pouco, antes de ele responder:

— Também não é bom ver a mulher que você acabou de beijar flertando com alguém bem na sua frente. — Sua voz estava ríspida.

— Está de sacanagem? — perguntei. — Isso tudo é porque toquei o braço do Jake?

— É — admitiu Gus. — Acho que é, sim.

— Vê se cresce, August. Você me beijou ontem, e nem foi de língua. Não achei que queria dizer que éramos exclusivos. Nem sei direto se você gosta de mim.

— Não quer dizer mesmo. Mas, ainda assim, não quero ver você flertando com outros caras enquanto estou trabalhando.

— Eu flerto! — gritei. — É o que eu faço! Não tem importância!

— O flerte tem importância pra mim, Theodora!

— Se situa, August!

— Não consigo me situar! Você literalmente me enlouquece!

— Digo o mesmo, babaca!

Estávamos muito perto um do outro, depois de termos nos aproximado em meio aos gritos. Os olhos verdes de Gus faiscavam, e suas narinas inflaram. Eu o achava lindo, e foi tudo o que consegui pensar antes de ele colar a boca na minha.

Empurrei seu peito, com força, e ele tropeçou para trás. O tempo se moveu mais devagar naquele momento, como se estivesse dando a nós dois a chance de tomar a decisão com calma.

Gus estava ofegante, os olhos com um brilho voraz, o cabelo bagunçado. Ele lambeu e mordeu o lábio inferior.

Não fez nenhum outro movimento. Estava esperando pela minha resposta.

E eu respondi.

Me aproximei dele e joguei os braços no seu pescoço, agarrando o cabelo escuro e selando os nossos lábios. Eu o segurava como se estivesse tentando puxá-lo para perto e afastá-lo ao mesmo tempo.

Só que, quando minha boca estava na sua, tudo em que

conseguia pensar era nos lugares em que nossos corpos se tocavam e como aquilo ainda não era o bastante.

Eu precisava de mais.

Eu queria mais, e o gemido frustrado que soltei provavelmente deixou isso claro para Gus, porque ele usou um dos braços para me erguer, e envolvi as pernas nos seus quadris. Percebi que estávamos nos movendo, mas não reconheci para onde até minhas costas atingirem a porta e seus quadris pressionarem os meus e me prenderem na superfície dura.

— Vai com calma, August — falei na sua boca.

Ele mordeu meu lábio.

— Cala a boca, Theodora.

— Vem calar.

Ele então me beijou com mais força, com tanta força que teria doído se não fosse tão bom. Éramos só dentes, línguas, mãos e pele.

Uma das mãos de Gus agarrava minha bunda e a outra segurava meu pescoço. Eu sentia seu polegar na minha garganta e queria que ele o pressionasse ali.

Gus me apertou mais contra a porta, e gemi de novo. Senti seu pau duro entre nossos corpos, e, de repente, percebi que estar completamente vestida e pressionada contra aquela porta não era o que eu queria. Queria ficar nua e debaixo dele, ou na sua frente, ou em cima. Pela primeira vez, não tinha muita preferência.

Desci os braços para tirar minha camiseta, e Gus me pôs no chão para ajudar. Eu a passei pela cabeça, e ele a jogou de lado sem tirar os olhos de mim. Tudo que havia era uma troca de olhares agora. Eu não usava nada sob a camiseta larga e o short do pijama.

Ele emitiu um grunhido baixo, que senti por todo o

corpo. Ele me fitava como se tivesse me servido num copo e agora me bebesse com longas goladas.

Nunca senti nada assim.

Achei que ele fosse me beijar de novo, mas, em vez disso, levou as mãos até meu rosto e pegou de leve meu queixo entre o polegar e o indicador.

— Você quer isso, linda?

— Quero — respondi, sem ar.

— Tem certeza? — Ele colocou meu cabelo atrás das orelhas. — Porque não sei o que vai acontecer quando eu estiver dentro de você. Não sei se uma vez vai ser o suficiente.

Deslizei um dedo pelo seu braço nu.

— Talvez você que vá querer só uma vez, mas não acho que... funcione assim para mim.

— Não é assim para mim também, Teddy — replicou Gus com firmeza.

— Me leva pra cama, então.

Algo mudou nele, seu olhar saindo de gentil e sincero para faminto e ardente. De repente, suas mãos foram para minha cintura e me viraram, me deixando de costas para ele.

— Ainda não, linda — falou Gus, afastando meu cabelo para o lado e mordiscando o espaço entre o pescoço e o ombro.

Eu sentia suas mãos em todos os lugares ao mesmo tempo — vagando de cima a baixo pelas minhas costas, meus ombros, sob os braços, agarrando meus seios.

Eu conseguia senti-lo duro na minha bunda, então pressionei meu corpo contra o dele, e Gus grunhiu.

— Quero te fazer gozar com os dedos e a boca — declarou no meu ouvido. Meu Deus. — Não vejo a hora de te sentir gozar.

Gus passou os nós dos dedos pela minha coluna. Quando chegou ao cós do short, puxou a peça pela minha bunda, e ele caiu no chão. Eu o tirei do caminho com um chute.

— Abre as pernas, linda.

Fiz o que ele pediu e fui recompensada com dois dedos roçando a minha buceta. Mas não era o bastante. Não estava nem perto disso.

— Porra — exclamou Gus, com os dentes cerrados. — Você tá fazendo uma bagunça, linda. Tudo isso é pra mim?

Em vez de responder, inclinei ainda mais a bunda. Ele entrelaçou os dedos da outra mão no meu cabelo e puxou minha cabeça para trás, para que eu olhasse para ele.

— Tudo isso é pra mim? — perguntou de novo.

Ele enfiou os dedos dentro de mim, e tive que me esforçar para não ter um treco.

— Isso é obvio — consegui dizer.

Seus dedos entravam e saíam, e eu estava começando a esquecer como manter o equilíbrio.

— E se eu quiser ouvir você dizer?

— Então vai ter que fazer melhor do que isso.

— Meu Deus, você é irritante — falou, mordiscando meu pescoço. Com força. Meus joelhos cederam, e Gus me sustentou com um braço na minha cintura.

— Não pode amolecer ainda, linda. Nem começamos.

Ele me virou e colou a boca na minha. Tentei abaixar sua calça enquanto ele me levava de volta para a cama, mas Gus falou um "ainda não" na minha boca.

Por algum motivo, obedeci.

Eu não conseguia me orientar enquanto Gus me guiava. Ele estava tão seguro, tão no comando, que simplesmente me deixei levar. Durante a vida, muitas vezes era difícil gostar de Gus, mas nunca tinha sido difícil confiar nele.

Quando a parte de trás das minhas pernas atingiram a cama, me deixei cair — mesmo que minha boca sentisse falta da dele. Eu o olhei, ciente de que estava totalmente nua e ele continuava metade vestido. Via seu pau pressionando a calça e estava desesperada para tirar sua roupa.

Ergui os braços sobre a cabeça e me alonguei, arqueando as costas, oferecendo uma visão privilegiada de mim.

— Você é perfeita — afirmou ele, rouco, e então deitou em cima de mim. Uma das mãos passeou pelo meu corpo, sua boca encontrou um dos meus mamilos, e os dedos voltaram para dentro de mim. — Porra, Teddy — xingou na minha pele, e agarrei seu cabelo.

— Me faz gozar, Gus. Por favor — pedi, ofegante.

Ele mordiscou o mamilo que vinha lambendo, e fiquei sem ar.

— Como devo te fazer gozar primeiro? — Seus dedos se moviam mais rápido agora, e ele estava com o polegar pressionado no clitóris. — Fala comigo, Teddy. Me diz o que você quer.

Caramba. A boca de Gus Ryder deveria ser eleita uma das setes maravilhas do mundo, sem brincadeira. Então foi o que respondi:

— Sua boca — gemi, mesmo que os dedos também fossem ser ótimos. Eu não era do tipo que ficava escolhendo.

— Onde, linda? Onde quer a minha boca?

Bufei de frustração. Jesus Cristo, ele ia me fazer soletrar? Eu o encarei, e o sorriso luminoso que Gus Ryder exibiu me disse que sim, ele ia.

— Quero sua boca na minha buceta. Quero que me chupe até eu gozar e depois me beije para eu sentir o gosto.

Gus sorriu para mim de novo, e então se virou de costas, me puxando para cima dele.

— E eu quero que você cavalgue meu rosto. Então acho que nós dois podemos conseguir o que queremos.

— August Ryder — falei. — Você está me oferecendo uma carona nesse bigode?

Gus alisou o bigode com dois dedos e respondeu:

— Pode montar, linda.

Eu o beijei antes de me erguer mais na cama e colocar uma perna de cada lado do seu rosto.

— A gente devia ter um sinal? — perguntei. — Tipo, se você precisar respirar?

Gus riu, e me envaideci com o som.

— Se eu morrer sufocado, pode me deixar ir — falou. — Agora senta na minha cara. Eu quero sentir o seu gosto. — Ele agarrou meus quadris e me puxou para baixo.

Arfei. Senti a língua dentro de mim e movi os quadris no seu rosto. Ele grunhiu, e senti isso por todo o meu corpo. Uma das mãos de Gus subiu entre minhas pernas, e ele enfiou dois dedos dentro de mim enquanto sugava o clitóris.

Joguei a cabeça para trás num gemido, e Gus cravou ainda mais os dedos no meu quadril com a outra mão. Torci para que deixassem uma marca. Continuei rolando os quadris na sua língua e rebolando no seu rosto. Toda vez que eu tentava levantar um pouco, Gus me puxava para baixo. Cavalguei os dedos que estavam dentro de mim e amei o jeito como sua língua serpenteava ao redor do meu clitóris.

O movimento do meu quadril começou a ficar mais errático, minha respiração acelerou, e eu não tinha certeza de onde estavam vindo os sons que fazia. Consegui sentir o orgasmo descendo por minha coluna e comecei a buscá-lo.

Gus devia ter sentido também, porque deslizou um terceiro dedo dentro de mim e usou a parte plana da língua para pressionar meu clitóris.

— Caralho — falei, ofegante. — Caralho.

Quando Gus chupou o clitóris com força, gozei. Meu corpo todo estremeceu. Senti que estava desmoronando. Desabei como um saco ao seu lado.

Sentia meus batimentos cardíacos nos ouvidos e, enquanto estava deitada de costas, a boca de Gus encontrou a minha, exatamente como eu tinha pedido. Nossa, ele era bom pra cacete naquilo.

Tão bom que chegava a ser irritante, para ser honesta.

Dei um leve empurrão no seu peito, e ele se afastou na hora.

— Você está bem?

— Estou — respondi, ofegante, soltando algo semelhante a uma risada. — Só preciso recuperar o fôlego.

O sorriso que apareceu em seu rosto foi malicioso e adorável, o que não ajudou muito com toda a coisa do fôlego.

— Eu sou demais pra você, linda?

— Sai dessa — falei, empurrando-o de novo, mas ele continuou parado e riu.

Senti o tecido da sua calça roçar nas minhas pernas, lembrando que ele ainda estava com ela. Estendi o braço e tentei descê-la por seu quadril.

— Você quer alguma coisa? — perguntou Gus, naquela mesma voz irritante que me fazia querer socá-lo e beijá-lo ao mesmo tempo.

— Tira essa calça idiota, August.

Ele deu um selinho na minha testa, então rolou para fora da cama e se levantou.

Eu o observei de novo. Seu cabelo estava desgrenhado, e o estúpido bigode brilhava sob a luz calorosa do quarto. Não acreditava que ele vinha andando por aí todo esse tempo com aquelas tatuagens perfeitas sob as roupas e eu nunca as tinha visto.

Fiquei de joelhos e me movi para a beira da cama, ficando diante de Gus enquanto ele deslizava a calça pelas pernas. Olhei para o seu rosto, e ele sorriu para mim de novo.

— Tá gostando do que tá vendo? — brincou.

Só lambi os lábios em resposta. Gus seguiu o movimento, e suas narinas inflaram.

Por que aquilo era tão excitante?

Segurei sua ereção e fiz uma carícia. Gus soltou um ruído sufocado que me fez querer repetir o movimento.

E de novo.

Então foi isso que fiz, até a boca de Gus voltar para a minha, exigindo, exigindo e exigindo. Meu Deus, por que ele beijava tão bem? Provavelmente conseguiria me fazer gozar só com um beijo.

—Vamos mesmo fazer isso, Teddy? Preciso de uma camisinha?

Refleti por um instante — somente sobre a segunda pergunta, basicamente, porque com certeza íamos fazer aquilo, mesmo que eu não estivesse preparada para entender o que aquilo significava agora ou o que significaria depois.

— Vamos fazer — respondi na sua boca. — E você não precisa de camisinha, a não ser que queira. Tomo pílula e faço exames regularmente. Quero sentir você dentro de mim.

O mesmo ruído sufocado saiu da sua garganta depois que eu disse aquilo, e qualquer controle que ele ainda tinha sobre si ruiu. Ele envolveu os braços com força ao redor do meu corpo.

— Me diz como quer, linda. Te como contra a parede? Coloco você deitada? Te curvo sobre essa cama e te fodo até suas pernas amolecerem?

Eu não sabia se ele estava procurando por uma resposta, mas dei uma mesmo assim.

— Me curva sobre a cama.

Gus me levantou da cama e me girou num movimento fluido, me deixando de costas para ele. Soltei um arquejo quando meu corpo encostou no dele.

— Puta que pariu, Teddy.

Sua boca estava no meu ouvido, as mãos vagavam por meu corpo, pelos braços, seios, quadris, até uma das mãos deslizar para o meio das minhas coxas de novo. Arfei quando um dedo passou pelo clitóris, e Gus riu no meu ouvido enquanto os dedos mergulhavam dentro de mim.

— Está pronta pra mim, linda?

— Estou — respondi, ofegante. — Me come logo.

— Pede por favor — falou Gus.

Ouvi o sorriso na sua voz e quis dar um tapa nele. Gus inseriu um segundo dedo dentro de mim, e desejei mais.

Eu precisava de mais.

Um grunhido frustrado saiu de mim, e Gus mordiscou meu ombro e repetiu:

— Pede por favor, linda.

Sua respiração deslizou pela minha pele e me fez estremecer.

— Por favor — pedi, entre dentes.

— Nossa — murmurou. — Gostei disso.

A mão que não estava entre as minhas coxas subiu por minhas costas e me empurrou para baixo, meu peito pressionado no colchão e a bunda para cima.

Senti a ponta do seu pau na minha entrada e, quando ele começou a se guiar para a frente, achei que minhas pernas realmente fossem ceder. Ele entrou em mim por completo com um grunhido, e a única coisa em que pensei foi que me sentia preenchida.

— Caralho — soltou. — Sua buceta quente é perfeita,

linda. — Ele meteu uma vez, e gritei. — Já amo estar dentro de você. Merda, você parece o paraíso.

Ele meteu de novo, de novo e de novo. O ritmo com que me golpeava era implacável, e não tive escolha a não ser seguir a cavalgada.

— Ai, meu Deus — gemi.

— Fala qual é a sensação do meu pau, Teddy. — Sua voz estava grave. — Me fala como é me ter dentro de você.

— Tão bom — falei, ofegante.

Pelo menos foi o que tentei dizer, mas eu não estava me comunicando com muita eficácia naquele momento.

— Porra, não vejo a hora de gozar dentro de você.

Senti outra onda de calor com suas palavras. Eu... gostei disso? O arrepio que senti me disse que sim. Acho que gostei. E muito. Talvez fosse bom dizer isso para ele.

— Faz isso, Gus — falei. — Goza dentro de mim.

— Jesus — ofegou ele, e o ritmo brutal que ele tinha adotado começou a ficar mais errático e mais desleixado, como se fosse minha culpa que ele estivesse perdendo o controle.

Mas ele não era o único prestes a perder o controle.

— Consegue gozar assim, linda? Quero que você goze de novo enquanto está com meu pau dentro de você. Quero sentir você.

Eu tinha quase certeza de que conseguiria gozar com penetração, embora nunca tivesse acontecido — eu era uma garota mais do sexo oral —, então coloquei a mão entre as pernas e fiz pressão no clitóris.

Havia tantas sensações — ele, nu, dentro de mim, suas mãos agarrando meus quadris de um jeito que eu sabia que deixaria marcas, o ar frio do quarto golpeando o suor que começou a cobrir minha pele —, e tudo aquilo ondulou nas minhas entranhas com mais e mais força. Ele meteu em mim com mais força e rapidez, e a ondulação finalmente arrebentou.

Gozei com seu nome nos lábios e o seu pau enterrado bem fundo dentro de mim.

— Teddy, puta que pariu, você está me apertando tanto — falou. — Caralho, caralho.

Senti seu corpo tremer atrás de mim enquanto gozava.

Por um tempo, nossa respiração foi o único som no quarto. Não conseguia acreditar no que tinha acabado de acontecer.

Gus deslizou para fora de mim e desabou na cama ao meu lado. Ele envolveu os braços ao meu redor e me puxou para perto, nos ajustando para que ficássemos os dois na cama e minha cabeça apoiada no seu peito. Tracei com os dedos uma das suas tatuagens de andorinha.

— Eu não sabia que você tinha.

— Fiz quando tinha vinte e um anos, acho — explicou. Seus lábios estavam no meu cabelo.

— Gosto delas.

— Eu gosto de você — disse ele.

Soltei uma risada.

— Não, não gosta.

Quando falei aquilo, ele me abraçou com mais força.

— Gosto. — E beijou o topo da minha cabeça. — Mas não sei ainda se entendi muito bem o que esse sentimento é.

— Nem eu — sussurrei.

Ficamos assim por um tempo. Sob o véu escuro da noite, deixei que Gus me segurasse, e ele me deixou traçar com os dedos suas tatuagens e beijar seu peito, e tentei não pensar no que aquilo significaria no dia seguinte.

Vinte e seis

GUS

Acordei com Teddy nos braços e meu celular vibrando na mesinha de cabeceira. Ele parou por um instante, depois começou de novo. Peguei-o, tentando não acordar Teddy.

Mas, quando me movi, ela se moveu comigo, como se um ímã nos mantivesse conectados.

A tela do celular acendeu e, quando vi o nome, fiquei confuso e preocupado.

— Pai? — perguntei. — Está tudo bem?

— É o Hank, August. — Meu coração afundou, e torci para a mulher dormindo no meu peito não conseguir senti-lo. — O hospital tem tentado ligar para a Teddy. Eles entraram em contato comigo, já que sou o outro contato de emergência.

— Ele está bem? — murmurei, segurando Teddy com um pouco mais de força.

— Está estável. Teve um infarto. Por sorte, a enfermeira estava lá. Ele vai ficar bem, mas preciso que você acorde Teddy e a traga aqui. Já liguei para Wes. Ele vai passar aí para ficar com Riley.

— Sim, claro.

Olhei para Teddy. Ela parecia tão em paz.

— E, August, seja gentil — pediu meu pai.

Não brinca, quis dizer, mas fiquei quieto. Em vez disso, só respondi:

— Pode deixar. — E desliguei.

Baixei o olhar para o rosto adormecido de Teddy, iluminado apenas pela luz que entrava pela janela. Seu cabelo estava uma bagunça, a boca levemente aberta, e ela parecia estar completamente satisfeita. Engoli em seco, sabendo que estava prestes a extirpar sua tranquilidade.

Senti um aperto no peito. Meu coração doía por ela. E por Hank. Embora Teddy e eu nem sempre tivéssemos nos dado bem, Hank era um baita homem. Eu o respeitava e o admirava tanto quanto admirava meu próprio pai.

E sabia que Teddy o amava mais do que tudo no mundo. Respirei fundo.

— Linda — sussurrei, tocando seu rosto —, você tem que acordar. — Eu a balancei um pouquinho mais.

Ela soltou um resmungo parecido com um "Não".

Com o polegar, acariciei sua bochecha.

— Por favor, minha linda.

Havia um nó na minha garganta. Não sabia quando ele tinha se instalado ali, mas estava impossível engolir.

Os olhos de Teddy tremeram antes de se abrirem. Bem, não se abriram, só não estavam mais totalmente fechados.

— Já está de manhã? — perguntou ela com um bocejo. — Não tem como ser de manhã.

— Quase — respondi, ainda acariciando seu rosto. — Mas a gente tem que levantar. Aconteceu uma coisa com o seu... — Parei. De repente Teddy despertou completamente.

— O que aconteceu?

— É seu pai, linda. — Eu a vi estremecer, prestes a se jogar para fora da cama, mas eu a segurei. — Ele está bem — falei. — Estável. Está bem, mas eu vou te levar para o hospital.

Ela me olhou, e tudo que consegui observar foi o azul dos seus olhos.

— Ele está bem? — perguntou.

Nunca a tinha visto assim antes: tímida, assustada. Até onde eu sabia, Teddy sempre era destemida.

— Ele está bem.

— Por que não ligaram para mim? — indagou, e depois praguejou. — Meu celular está no sofá.

— Eles entraram em contato com meu pai. Ele ligou agora há pouco — expliquei. — Wes está vindo ficar aqui com a Riley, e assim que ele chegar nós vamos. — Ela tentou se mexer de novo e, daquela vez, deixei, embora tudo que desejasse fazer fosse segurá-la, confortá-la e dizer que ia ficar tudo bem.

Eu me levantei junto com ela. Ela tinha vestido de volta a camisa da Dolly Parton antes de pegarmos no sono.

— Vou me trocar — avisou, parecendo em choque. Não gostei nem um pouco de vê-la assim.

Estava tudo errado. Eu deveria saber o que fazer — deveria estar fazendo mais por Teddy naquele momento. *Seja gentil, August*. As palavras do meu pai ecoaram pela minha cabeça, e só consegui pensar que eu o estava decepcionando.

Dez minutos depois, após me trocar, coloquei a lente de contato e corri para o segundo andar para ver se Riley ainda estava dormindo. Encontrei Teddy na sala. Ela tinha colocado uma legging, um casaco com capuz e uma jaqueta jeans com a gola de pele de carneiro.

Nunca tinha visto Teddy daquele jeito. Quis tocá-la, envolvê-la nos braços, só que, por algum motivo, não o fiz. De todas as versões novas de Teddy que pude conhecer, aquela ali, tão... vazia, era a mais perturbadora.

— Está pronta? — perguntei.

Ela só assentiu, e naquele momento ouvi uma batida de leve na porta da frente. Eu a abri para meu irmão Wes entrar. Ele ainda estava de pijama, o cabelo espetado para todos os lados. Ele fez um aceno de cabeça para mim, mas seus olhos buscaram Teddy.

Assim que a viu no corredor de entrada, ele a puxou para um abraço, e Teddy retribuiu o gesto. Senti uma pontada de ciúmes — ciúmes da amizade de Wes e Teddy, do fato de que ele, por instinto, sabia como confortá-la, e que ela tinha permitido que meu irmão fizesse isso.

Queria fazer aquilo por ela. E muito mais.

— Ele vai ficar bem, Ted — declarou Wes, e Teddy só fez que sim, se afastando. Ainda assim, não havia sinal de lágrimas, ou de angústia, só a mesma expressão vazia.

— Sim, ele vai ficar bem — respondeu ela, baixo.

Pigarreei.

— Vamos.

Wes me repreendeu com o olhar, mas Teddy não pareceu notar. Só passou pela porta. Tive que lutar contra a vontade de colocar a mão nas suas costas quando ela passou perto de mim.

— Ei — disse Wes, em um sussurro um pouco alto demais, e revirei os olhos ao me voltar para ele. — Seja legal.

Pelo amor de Deus. Todo mundo pensava que eu realmente era incapaz de ser legal com Teddy?

— Valeu por cuidar da Riley.

— Sem problemas. — Wes assentiu. — Me dê notícias, tá bom?

— Pode deixar — respondi, e saí atrás de Teddy.

Ela caminhou até o Ranger, mas eu peguei seu cotovelo com delicadeza e a conduzi para minha caminhonete. Ela não protestou. Abri a porta do carona para ela e garanti que estivesse bem acomodada antes de fechá-la.

Saí com o carro. Era reconfortante Hank estar no Hospital Geral de Meadowlark. Se as coisas estivessem realmente ruins, teriam-no levado para Jackson ou para outro hospital maior. Queria falar isso para Teddy, mas não falei. Queria segurar sua mão, mas não segurei.

Era como se aquilo fosse a última parte do muro que nos separava. Tínhamos nos aproximado. Tínhamos quebrado a regra do beijo, transado naquela noite, pelo amor de Deus — o tipo de sexo que faz você compreender todos os livros, pinturas e canções sobre ele —, mas confortá-la num momento que era tão intenso e extremamente vulnerável parecia... diferente. Como se, uma vez que cruzássemos aquela linha, não conseguiríamos mais retornar.

Viajamos em silêncio. Quando parei no estacionamento do hospital, Teddy desafivelou o cinto e saiu da caminhonete antes mesmo de eu desligar o motor. Eu mal tinha colocado o pé no asfalto e ela já havia passado pelas portas automáticas.

Quando entrei, a mulher na recepção estava procurando o número do quarto de Hank.

— Parece que ele está no 108, querida — informou. — No final do corredor à direita.

Teddy disparou de novo, e eu a segui. As luzes fluorescentes brilharam sobre nós, deixando o cabelo dela mais claro do que era. O hospital estava silencioso — os únicos ruídos eram nossos passos, o bipe das máquinas ao redor e os sussurros ocasionais.

Eu odiava hospitais. Odiava o cheiro — de desinfetante e desespero — e odiava como me sentia ali dentro: desamparado.

Antes de chegarmos ao quarto de Hank, alcancei Teddy e a segurei pelo cotovelo. Ela tentou se soltar, mas mantive o aperto firme.

— O que você está fazendo? — perguntou, fria.

— Respira, Teddy. — Continuamos andando, mas desacelerei o nosso ritmo. Teddy revirou os olhos e não respondeu. — Por favor, linda. — Deixei o termo carinhoso escapar sem querer. — Só mais uma tomada de fôlego antes de você entrar. Pelo bem dele.

Os olhos azuis de Teddy encontraram os meus e, mesmo que não tivesse dito nada, a senti inspirar e expirar profundamente.

Mantivemos o olhar preso um no outro por alguns segundos a mais antes de eu soltar seu cotovelo. Ao se libertar, ela virou no corredor e se dirigiu ao quarto 108.

A porta estava semiaberta. Teddy pausou por uma fração de segundo antes de abri-la e entrar. Fiquei na porta, sem saber se ela queria que eu a seguisse.

Meu pai estava sentado numa das cadeiras ao lado da cama de Hank. Estava de óculos, lendo o jornal. Quando Amos avistou Teddy, se levantou no mesmo instante, pronto para confortá-la.

Teddy o abraçou, mas os olhos estavam no pai, que dormia na cama. Quando vi Hank, fiquei sem ar.

Ele vinha usando bengala ou cadeira de rodas nos últimos anos, claramente sofrendo os efeitos do tempo, mas eu nunca o tinha visto assim. Hank era fodão, só que, no momento, numa camisola de hospital, com tubos saindo de si, parecia frágil. Era difícil ver isso.

Ainda abraçado a Teddy, meu pai olhou para mim e assentiu. A expressão no seu rosto era triste e cansada. Seu melhor amigo de quase três décadas estava deitado naquela cama.

— O que aconteceu? — perguntou Teddy. Seu tom de voz era tão frágil quanto o estado de Hank, e ouvir sua voz assim quebrou meu coração.

Teddy se afastou, e meu pai colocou as mãos nos seus braços, como se estivesse tentando estabilizá-la.

— Ele teve um infarto, mas conseguiu chamar a enfermeira. Ela ligou para a emergência, e eles o trouxeram em tempo recorde. Vão mantê-lo sob observação por alguns dias, só por causa do seu histórico e da idade, mas ele vai ficar bem, Teddy.

— Eu devia ter estado lá — sussurrou ela, e meu pai a puxou para si de novo.

— Não teria feito diferença, Teddy — disse ele. — Você não vai se culpar por isso, me ouviu? — Meu pai estava usando sua voz acolhedora, porém firme. Era uma voz que ele tinha aperfeiçoado durante os anos e que eu tentava replicar com minha própria filha.

Ele guiou Teddy até a cadeira em que estava sentado e sugeriu que ela ficasse ali. Teddy segurou a mão do pai. Seu rosto ainda parecia vazio, e ela não havia derramado nenhuma lágrima até o momento.

— Vamos pegar um pouco de café pra você, tudo bem? — avisou meu pai, me olhando, e concordei.

Saí do quarto e ouvi o barulho das botas do meu pai, indicando que ele estava me seguindo. Ele fechou a porta atrás de si.

— Obrigado por trazê-la aqui tão rápido, August — falou ele, dando um tapinha e um aperto no meu ombro.

— Claro. Ele vai mesmo ficar bem?

— Vai, sim — garantiu meu pai. — Você pode ir pra casa se quiser. Vou ligar pra Emmy quando amanhecer, e podemos revezar.

— Não — falei na hora. — Quero ficar aqui com ela.

Vinte e sete

TEDDY

Ao ouvir a porta do quarto de hospital do meu pai se fechar, senti meus ombros afundarem. Eu me sentia tão insuportavelmente exausta.

Se algumas semanas atrás eu achava que a vida estava entediante, com toda a certeza já não pensava mais assim. Só nas últimas horas tinham acontecido coisas suficientes para me manter pensando por um bom tempo.

Mas, no momento, ia deixar para analisar o que aconteceu na noite passada depois.

Pousei a mão sobre a do meu pai. Sua pele parecia feita de papel, e senti um nó na garganta.

Não chore, Teddy.

O peito do meu pai subia e descia enquanto ele dormia. Ele estava tão pequeno naquela cama de hospital. Seu cabelo não estava amarrado para trás como costumava ficar, e a barba estava embaraçada. Era quase como se eu estivesse olhando para a versão do meu pai de uma realidade alternativa, não para meu pai de verdade.

Já o tinha visto numa cama de hospital algumas vezes, e sempre torcia para nunca precisar ver de novo. Era como se cacos de vidro estivessem perfurando meu coração. Pais deveriam ser invencíveis, e, embora soubesse que o meu não era, ainda desejava com todas as forças que fosse.

Ele tinha sofrido bastante nos últimos dois anos — problemas com os pulmões, fígado e rins. Tudo isso tinha afetado seu corpo, e ele não se movia mais tão bem quanto antigamente. Ainda tocava guitarra, mas estava bem mais difícil para ele se sentar numa bateria, seu verdadeiro amor. Isso deixou nós dois devastados, mas tentamos disfarçar.

Não conseguiria identificar o momento em que a dinâmica entre a gente mudou, quando comecei a cuidar dele do jeito que sempre cuidou de mim, garantindo que estava comendo e dormindo, ou que não estava passando frio e tomando todas as vitaminas. Não pensei duas vezes em assumir essa posição, porque eu devia tudo a ele.

E, quando ele precisou de mim, eu não estava lá. Pela primeira vez, eu não estive lá.

Soltei um suspiro, trêmula. Pensei no meu pai, sozinho no quarto enquanto seu coração falhava. Pensei no quanto ele devia ter ficado assustado, e me senti muito culpada.

Eu deveria ter estado lá. Eu deveria sempre estar lá.

Sempre havíamos sido eu e meu pai contra o mundo. Ele vivia dizendo que éramos uma banda de duas pessoas, a banda predileta das quais já tinha participado, e ele tinha participado de muitas. Estava numa banda quando visitou Meadowlark pela primeira vez, havia mais de trinta anos. Ele estava num ônibus de turnê e nunca esqueceu a placa de boas-vindas, a avenida principal pequena, e o fazendeiro com seus caubóis reunindo o gado fujão que tinha se alocado na lateral da estrada.

Meu pai falava que nunca esqueceria aquele fazendeiro, com seu chapéu de caubói preto, em cima de um cavalo preto — uma imagem impactante que ficara gravada na sua cabeça de garoto da cidade, nascido em Seattle.

Meu pai foi baterista por quase vinte anos. Começou

fazendo algumas poucas apresentações com sua primeira banda, quando tinha dezessete anos. Eles fizeram um relativo sucesso e conseguiram abrir os shows de uma outra banda numa turnê grande pela América do Norte, mas se separaram antes de meu pai completar vinte e dois anos.

Existiram mais bandas, mais turnês, e mais chances de más decisões — foi o que meu pai me contou pelo menos. Ele experimentara todos os excessos de uma vida de estrela do rock e nunca escondera isso de mim, mas estava sóbrio desde o dia em que minha mãe aparecera comigo nos braços.

Não sei muito sobre ela, só que se chamava Evelyn Jones — é o nome que aparece na minha certidão de nascimento — e que era uma das garotas que seguiam a banda por aí. Meu pai também não a conhecia bem (sexo, drogas e rock'n'roll, sabe como é), mas notou quando ela sumiu no meio da turnê.

Quase um ano depois, ela apareceu comigo num show em Chicago. Falou para o meu pai que era nova demais para ter uma filha, que não me queria e que ou ele ficava comigo, ou ela me daria para a adoção.

De acordo com Hank, que amava um bom exagero, ele viu meus olhos azuis — olhos azuis exatamente como os dele — e disse sim na hora.

Já comigo nos braços, ele perguntou à minha mãe qual era meu nome. Ela respondeu que não tinha me dado um. Meu pai dizia que aquela foi a única vez na vida que se sentiu realmente sem chão.

Ele me nomeou em homenagem a uma cantora de jazz que amava e saiu da turnê no dia seguinte. Ficou em Chicago comigo por alguns dias, só o tempo de fazer as tatuagens nas mãos de que eu tanto gostava. Tem uma foto antiga daquele dia que amo: meu pai tendo a pele perfurada enquanto um dos outros tatuadores — grande, musculoso, com tinta pelo rosto todo — me segurava.

Com o tempo, ele decidiu que queria me criar numa cidade pequena e se lembrou da cidadezinha pela qual tinha passado alguns anos antes. Quando criança, me lembrava de perguntar a ele por que ele tinha escolhido aquela cidade. Meu pai respondia: "Simplesmente parecia o melhor lugar para a gente começar a vida".

Então ele voltou para Meadowlark, daquela vez com uma filha de três meses no colo. Perguntou pelo fazendeiro de cavalo e chapéu preto e, claro, todo mundo sabia de quem ele estava falando: era Amos Ryder, do Rancho Rebel Blue. Meu pai dirigiu até Rebel Blue naquele dia e pediu um emprego.

Sinceramente, não sei por que Amos lhe deu um, mas tenho um bom chute. Stella falecera havia alguns meses, e Amos tinha três crianças e um rancho para cuidar sozinho. Acho que, quando viu meu pai, reconheceu alguém que também estava tentando se virar com o que tinha, e todos sabemos que Amos não resiste a alguém que foi deixado de lado — cavalo, gato, cachorro, humano, não importa. Ele sempre tem bastante espaço para acolhê-los.

Nenhum de nós viu ou soube da minha mãe de novo. Hank contou que escreveu para ela uma vez — contou onde estávamos e que, se algum dia quisesse ser parte da minha vida, era bem-vinda a se juntar a nós —, só que ela nunca respondeu. Eu pensava nela às vezes, sobretudo quando era adolescente. Mas não sentia sua falta e não tinha desejo nenhum de encontrá-la, porque nunca senti que faltava algo na minha vida.

Não estava brava por ela ter me abandonado, porque tinha me dado para alguém que me amava mais do que qualquer pessoa no mundo e demonstrava aquilo todo santo dia — e ainda me deu um belo cabelo ruivo. Eu estava grata por ela ter um gosto até que decente por homens, porque meu pai era o melhor que eu conhecia. Por sua causa, minha vida era completa. Era a única figura parental de que eu precisava, e, contanto que tivéssemos um ao outro, ficaríamos bem.

Soltei outro suspiro trêmulo e olhei para a mão esquerda do meu pai. Minha visão ficou borrada quando li a tatuagem no nó dos dedos, THEO, e quando pensei no outro lado, que dizia DORA, pisquei para afastar as lágrimas.

Não chore, Teddy.

A mão que eu segurava apertou a minha, e meus olhos dispararam para o rosto do meu pai. Seus olhos ainda estavam fechados, mas seus lábios se mexeram.

— Pai? — chamei, baixinho.

— Ursinha — respondeu.

Mal dava para ouvir sua voz, estava aguda e fina, mas seus olhos azuis se abriram, e um alívio me inundou, embora não a ponto de afogar a culpa. Ainda não.

— Como está se sentindo? — perguntei.

— Sobrevivendo.

— Numa escala de um a dez?

— Três — respondeu, e meu coração se aqueceu. Sabia que ele estava mentindo, mas pelo jeito estava bem o bastante para mentir, o que estava de bom tamanho para mim.

— Que bom — falei. — Porque, Hank Andersen, se você morrer e me deixar, eu te mato, cacete. — Um chiado saiu do meu pai. Acho que foi uma risada. Ele deslizou a mão da minha e ergueu o braço, me chamando.

Eu me levantei e subi na cama de hospital com ele — tomando cuidado com todos os tubos —, e me enrolei ao seu lado. Sua mão esquerda tatuada acariciou meu ombro.

— O diabo vai ter que me arrastar enquanto eu luto, Theodora — sussurrou, e relaxei no seu abraço.

Não importava a minha idade, eu jamais seria velha o bastante para ficar juntinho do meu pai.

Depois de alguns minutos, ele voltou a dormir. Sua respiração ficou mais lenta e regular. Continuei acordada.

Observei seu peito subir e descer e escutei seus batimentos — a bateria sem a qual não poderia viver.

Vinte e oito

GUS

No hospital, quando meu pai e eu voltamos com o café, dei uma olhadinha dentro do quarto de Hank. Teddy estava deitada ao seu lado na cama. Não pude ver se estava dormindo, mas não quis acordá-la se estivesse.

Vê-los daquela forma de algum jeito me abalou. Teddy não era apenas a melhor amiga irritante da minha irmã e Hank não era alguém que trabalhou para meu pai. Eram um pai e uma filha, enrolados numa cama de hospital, e, sendo pai, aquilo despertou em mim muitas emoções.

Meu pai e eu fomos para a salinha de espera, e mandei uma mensagem para Wes.

> **GUS**
> Manda um beijo pra Riley.

Fiquei surpreso por Wes responder um minuto depois, mesmo que fossem três e meia da madrugada.

> **WES**
> Pode deixar, bobão.

> **GUS**
> Otário.

> **WES**
> Como Hank está? Como Teddy está?

> **GUS**
> Os dois estão bem. Hank está dormindo.
> Teddy está com ele.

> **WES**
> E o papai?

> **GUS**
> Bem, acho.

> **WES**
> Ele está fazendo aquela coisa de
> enrugar o nariz?

Amos Ryder era estável como uma rocha, firme como uma árvore de raízes profundas e calmo como um lago num dia ensolarado. No entanto, ele tinha uma mania de enrugar o nariz em momentos de muita emoção. Vi isso quando Riley nasceu, quando Emmy competiu pela última vez em Meadowlark, quando Wes nos mostrou o Bebê Blue pela primeira vez, quando Brooks se formou no ensino médio, quando Cam entrou na faculdade de direito e sempre que chegava a hora de algum dos nossos cavalos se despedir.

Meu pai tinha sentimentos profundos. Acho que os três homens da família Ryder partilhávamos um pouquinho disso.

GUS

Não, mas ele já estava aqui há um tempinho antes da gente chegar.

WES

Fica de olho nele.

Dei uma curtida na última mensagem de Wes e deslizei o celular de volta para o bolso. Eu me recostei no sofá em que estava sentado. Era duro e desconfortável, assim como a sala, com seus pisos de cerâmica e a luz opressora. Meu pai deu um gole no café ruim do hospital e começou a ler o jornal. A cada alguns minutos, eu o ouvia virar a página.

E eu? Tudo que conseguia fazer era pensar em Teddy.

Eu ainda estava inquieto, tentando entender seu silêncio no caminho até ali. Era uma Teddy tão diferente da que eu conhecia e da que passei a conhecer no último um mês e meio.

Teddy sempre foi mais do que inesquecível. Ela era animada, corajosa e vibrante. A Teddy que pude conhecer nos últimos tempos era todas essas coisas, mas também era atenciosa, criativa e se importava profundamente com as pessoas ao seu redor — incluindo minha filha, o que ficava óbvio toda vez que eu as via juntas.

Mas a Teddy que vi mais cedo? Eu não sabia como lidar com ela. Ela estava retraída, como se de algum modo não se permitisse mostrar a sua dor, como se não pudesse se permitir sentir nada.

Cochilei às voltas com esses pensamentos e acordei com minha irmã me sacudindo.

— Gus. Acorda, acorda.

Pisquei algumas vezes para despertar.

Emmy estava sentada ao meu lado no sofá com algumas sacolas entre nós. Senti cheiro de comida — comida de verdade, não comida de hospital. Meu estômago roncou, o que me avisou que já devia ter passado muito da hora em que eu costumava tomar café da manhã.

— Isso é comida? — perguntei.

— Bom dia pra você também — respondeu Emmy com um sorrisinho. — Mas, sim, tem um burrito pra você aí. — Ela apontou para uma sacola marrom de papel. Peguei um.

— Cadê o papai? — perguntei, notando que ele não estava mais na cadeira diante de mim.

— Saiu para ligar para Wes e Dusty, garantir que tudo estava bem em Rebel Blue sem vocês dois.

— Mas Wes está com Riley.

— Luke foi lá e a buscou. Vão pescar. — Aquilo me fez abrir um sorrisinho. Riley ia adorar esse passeio. — Ele iria de qualquer jeito e, quando meu pai contou que você trouxe Teddy aqui e tinha ficado a noite toda, presumi que você precisaria de um pouco de descanso.

— Valeu, Em. O que mais tem aí? — Gesticulei para a enorme bolsa de lona que ela tinha trazido consigo.

— Alguns lanches e itens de emergência — explicou. — Também dei uma passada na casa de Teddy para pegar algumas coisas para ela e Hank.

Não sei por que aquilo fez meu peito se apertar. O que estava acontecendo comigo? Coloquei o burrito de lado, me inclinei no sofá e puxei Emmy para um abraço.

Ela soltou uma risadinha.

— Você está se sentindo bem, August?

Eu me afastei depois de alguns segundos.

— Você é uma boa amiga, Emmy. Vocês têm sorte de ter uma à outra.

Emmy semicerrou os olhos.

— Você percebeu que acabou de elogiar a Teddy... de novo.

Tanta coisa tinha acontecido desde o meu primeiro elogio.

Dei de ombros. O olhar que Emmy me lançou me lembrou nosso pai, e tentei não ficar nervoso.

Achei melhor ficar calado, para não correr o risco de soltar que tinha elogiado Teddy *várias* vezes na noite passada. Ainda bem que eu não ficava vermelho que nem Wes, porque eu me entregaria fácil demais só de *pensar* no que eu e Teddy havíamos feito.

Se controla, August. Você está num hospital.

— Bem — falou Emmy, depois de um minuto —, vamos então.

Ela deu um tapinha na minha perna e pegou a sacola com comida, deixando a bolsa de lona e o porta-copos de café na pequena mesinha de centro na frente do sofá.

— Então você quer que eu pegue todo o resto, né? — perguntei, debochado, pegando tudo.

Emmy foi até a porta do quarto de Hank e a entreabriu bem devagar.

— Ted? — chamou, baixinho, abrindo a porta por completo e entrando. Eu a segui.

Teddy estava de volta à cadeira ao lado de Hank. A cama estava um pouco elevada, para que ele ficasse sentado. Havia uma bandeja de comida de hospital à sua frente — eu devia estar dormindo quando levaram aquilo.

Ao que parecia, ele e Teddy estavam jogando alguma coisa em um dos guardanapos — jogo da velha e aquele jogo que você liga os pontos para formar quadrados. Emmy deu um beijo na bochecha de Hank e depois colocou o braço ao redor dos ombros de Teddy.

— Hank, como você está? — perguntou ela.

— Sobrevivendo — respondeu ele, com um sorriso que o deixou mais parecido com o Hank de sempre.

— E bem bonito— emendou Teddy. Ela sorriu também, e um pouco do peso que tinha se alojado no meu peito a noite toda saiu. — Por favor, me diz que você comprou algo comestível.

— Claro que comprei — respondeu Emmy, e colocou a sacola de burritos na mesa ao lado da cama de Hank. Ela puxou dois e entregou um para Hank e um para Teddy. — E trouxe café. Hank, eu te amo, mas você não pode tomar.

— Entendido — declarou Hank, com um suspiro.

— Gus — disse Emmy —, o da Teddy é...

— ... o de açúcar mascavo — falei, sem pensar duas vezes.

— Sabe — falou Emmy para Teddy —, estou começando a acreditar que minha madrinha e meu padrinho talvez consigam caminhar até o altar sem tentarem se matar.

Arrisquei um olhar para Teddy. Seus olhos se iluminaram, e ela sorriu um pouco. Foi o primeiro lampejo naquele dia da Teddy que eu conhecia, e quase soltei um suspiro de alívio.

— Será? — disse Teddy.

— Não crie muitas expectativas — declarei, e Emmy se virou para mim, semicerrando os olhos.

— August Boone Ryder! — exclamou Emmy, ainda de olhos semicerrados, como se estivesse tentando me enxergar melhor. — Isso é... um sorriso?

— Não — menti. Eu podia sentir o meu sorriso aumentando.

Emmy andou até mim e cutucou minha bochecha, bem na covinha que raramente aparecia.

— É, sim! — exclamou. — Teddy, o que você está fazendo com ele?

Por favor, meu Deus, não responda a isso.

— Eu não quero saber — interveio Hank.

Teddy riu.

— O que mais você trouxe? — perguntou ela, mudando de assunto com habilidade.

Ainda bem que Emmy demonstrou misericórdia e aceitou a mudança de assunto, pegando a bolsa do meu ombro.

— Alguns itens de necessidade básica — respondeu Emmy. — Hank, trouxe algumas camisetas pra você. Não sabia em qual clima você estaria, então trouxe Thin Lizzy e The Doors. E... — Emmy acrescentou enquanto vasculhava a bolsa de novo — ... um cobertor de casa. — Ela o desdobrou e o colocou sobre Hank com a ajuda de Teddy. — E, por último, mas não menos importante...

— Uma caixa de som! — exclamou Teddy com um grito.

— Obrigado, Emmy — respondeu Hank. Teddy já estava ligando o aparelho e o conectando ao celular de Hank. Um instante depois, Fleetwood Mac começou a tocar baixinho a música "Sarah". — Já estou me sentindo melhor.

Teddy começou a trançar a barba de Hank, e Emmy bebericou o café. Teddy nos falou sobre as plantas que ela e Riley tinham achado até aquele momento, e Hank ficou contente em ouvir que o *Guia de Plantas Nativas das Montanhas Rochosas* estava sendo de alguma ajuda.

Quando meu pai entrou, olhei bem para ele e percebi o nariz se enrugando.

— Parece que tá acontecendo uma festa aqui — comentou ele.

Quando Emmy, Teddy e Hank se viraram para ele, compreendi. Era especial observar o que existia ali... Tudo porque anos atrás decidira dar um emprego a um baterista deslumbrado.

Emmy se levantou e foi abraçar nosso pai.

— Oi, papi — cumprimentou. — Trouxe café da manhã pra você.

— Obrigado, Batatinha — agradeceu, com um beijo na lateral da cabeça dela. — Hank, acabei de falar com seu médico.

— Deixa eu ver — falou Teddy com um beicinho. — A festa acabou?

A risada grave do meu pai ressoou pelo quarto.

— Sim, a festa acabou. Hank, você precisa descansar. — Ele olhou para o amigo.

— Estraga-prazeres — murmurou Hank.

— Eu posso ficar — falou Emmy. — Você e Teddy podem ir tomar banho e se trocar, talvez descansar um pouco.

— Não preciso me trocar — afirmou Teddy, e Emmy lhe lançou um olhar firme. Acho que tiveram uma conversa telepática inteira naquele momento, porque Teddy só grunhiu: — Tá bom.

— Eu te levo pra casa — falei rápido, o que me fez ganhar um olhar surpreso tanto da minha irmã quanto do meu pai. E do pai de Teddy. E de Teddy.

Jesus.

Eu ignorei todos eles e mantive os olhos em Teddy.

— Tá. — Ela assentiu. — Mas vou voltar.

— Dã — respondeu Emmy.

Vinte e nove

TEDDY

Só quando a caminhonete de Gus parou na frente de sua casa que percebi que provavelmente todo mundo tinha suposto que ele me deixaria na minha, e eu deveria ter suposto isso também.

Mas não supus.

Quando ele desligou o motor, nenhum de nós saiu imediatamente. Em vez disso, ficamos sentados em silêncio. Não foi desconfortável como havia sido mais cedo. Foi tranquilo. Não sabia por quê, mas me sentia confortável em ficar sentada com Gus daquele jeito.

No hospital, tive que ser uma filha, uma cuidadora. Tive que estar presente, atenta a todos ao meu redor. Ali, na sua caminhonete, eu podia só *existir*.

Não precisava ser Teddy a filha, a cuidadora, a melhor amiga ou a sedutora. Ali, com ele, podia ser só Teddy.

Suspirei.

Nossa, eu estava tão cansada. Fechei os olhos.

Ouvi Gus sair do carro, mas continuei lá dentro. Não conseguia me mover. Depois de alguns segundos, minha porta se abriu, e o ar quente da manhã de verão atingiu meu rosto. Só abri os olhos quando senti os braços de Gus — um sob meus joelhos e o outro nas minhas costas — me erguendo do banco. Pisquei, surpresa.

— Estou com você, linda — disse ele.

Acreditei nele, então fechei os olhos de novo. Seus sapatos esmagavam os cascalhos, e balancei de leve a cada passo que ele dava. Senti quando subiu os degraus da entrada e abriu a porta da frente.

O cheiro da sua casa era reconfortante. Assim como ele.

Ele virou à esquerda, para o corredor que dava no meu quarto, mas avançou o bastante para eu saber que tinha passado por ele.

Outra porta.

Seu quarto.

E, então, o barulho de botas no piso. Uma luz. Banheiro.

Gus me sentou no vaso sanitário fechado e se ajoelhou diante de mim. Suas mãos estavam nos meus joelhos, e, quando observei seus olhos verdes, lágrimas brotaram nos meus olhos azuis.

Sua expressão era terna, e ele deslizou as mãos para cima e para baixo nas laterais das minhas coxas.

— Não chore, Teddy — falei em voz alta, sem querer. Meu lábio tremeu, e minha garganta fechou.

Gus inclinou a cabeça e levou a mão até meu rosto.

— Você pode chorar, Teddy. Estou aqui com você.

— Estou tão cansada — sussurrei. Minha voz estava falhando. Senti uma lágrima escorregar pela bochecha, e Gus a limpou.

— Eu sei.

— Meu pai — solucei.

— Eu sei — repetiu Gus.

— Estou... com medo — gaguejei. — Estou... com medo de ter que viver sem ele.

— Eu sei, minha linda. — Gus acariciou minha bochecha várias vezes com o polegar.

Mais lágrimas caíram, e minha visão nublou. Olhei para o teto do banheiro, tentando mantê-las sob controle.

Gus se levantou, mas meus olhos continuaram no teto. Ouvi o chuveiro ser ligado. Quando Gus se voltou para mim, pegou minhas mãos e me colocou de pé. Ele desceu a jaqueta pelos meus braços, e a ouvi cair no chão. Os botões de metal atingiram o piso com um pequeno barulho metálico.

— Braços pra cima — falou Gus, baixinho, e obedeci.

Ele puxou minha camiseta sobre a cabeça e a jogou no chão também. Ele se ajoelhou de novo, desceu a legging e a calcinha pelas minhas pernas. Coloquei os braços nos seus ombros para me equilibrar.

Não havia nada sexual no jeito como ele me tocava e me despia naquele momento. Estava fazendo aquilo com tanta ternura e cuidado que era um milagre eu não ter virado uma poça derretida no chão do banheiro ao lado das roupas.

Ele me guiou para dentro do box de vidro. Quando a ducha quente atingiu meu corpo, senti um alívio tão grande que quase desabei. Gus ainda segurava minha mão e me mantinha firme.

— Você vai ficar bem por um instante? — perguntou.

Assenti, fechando os olhos e virando o rosto para a água. Ele deixou a porta do box aberta, sem ligar para a água molhando o seu banheiro.

Não sabia por quanto tempo ele tinha partido, mas, quando ouvi seus passos de novo, ele estava carregando coisas do meu banheiro — xampu, condicionador, sabonete de rosto, líquido, e hidratante — tudo. Gus se inclinou no box e as colocou numa prateleira. E então começou a se despir.

Ele era lindo.

Depois que ficou nu, entrou no box comigo e fechou a

porta. Quando colocou as mãos na minha cintura, suspirei. Ele me virou suavemente.

Beijou meu pescoço antes de levar as mãos até meus ombros e massageá-los por alguns minutos. Depois o ouvi pegar um dos itens e botar um pouco do produto nas mãos. Quando as senti na minha cabeça, percebi o que estava fazendo.

Seus dedos passaram o xampu pela minha cabeça, me fazendo gemer. Joguei a cabeça para trás inconscientemente, mas ela não foi muito longe, porque Gus ainda a massageava. Quando chegou à têmpora, fechei os olhos.

— Jogue de novo a cabeça pra trás, linda — pediu ele no meu ouvido, e joguei. Ele colocou uma das mãos na minha testa e bloqueou meus olhos do xampu que escorria do meu cabelo.

Depois que acabou, passou para o condicionador, e então senti o cheiro familiar de pepino e menta do meu sabonete corporal. Saboreei a sensação das suas mãos enquanto vagavam pelo meu corpo, cuidando de mim. Ele era bem atento aos detalhes.

Baixei o olhar e observei a espuma branca de enxágue se esvair sob a água e descer pelo ralo.

— Vira — pediu Gus, e me virei. Ele estava colocando um pouco do sabonete facial nas mãos. Ele o esfregou com a ponta dos dedos antes de colocá-lo nas minhas bochechas, e alguma coisa no gesto me fez sorrir. Estava muito focado, muito delicado.

Ele passou com gentileza o gel por meu rosto e então falou:

— Você vai precisar colocar o seu rosto embaixo do chuveiro de novo.

Achei que ele sorriu um pouco. Fiz o que sugeriu, e uma risada saiu de mim quando limpei os olhos.

Gus me puxou para si, e deitei a cabeça em uma das suas tatuagens de andorinha.

Ficamos no chuveiro por um tempo — até a água deixar de estar quente e ficar morna. Gus o desligou, e saímos juntos. Ele jogou uma toalha sobre meus ombros, enrolou outra na sua cintura, e me levou para fora do banheiro.

Abriu sua cômoda e tirou uma camisa grande, que enfiou sobre a minha cabeça, depois vestiu uma cueca.

E então me beijou. Rápido, delicado. Pegou minha mão e me puxou para a cama, onde nós dois desabamos.

Quando me enrolei ao seu lado, senti seus lábios no meu cabelo.

— Você pode chorar, Teddy — afirmou.

E então chorei. Bastante.

E August Ryder me segurou o tempo todo.

Trinta

TEDDY

Meu pai recebera alta no último sábado. Os médicos prescreveram alguns remédios novos e disseram que ele precisava cuidar da alimentação — nada de carne vermelha, nada de fritura, nada de queijo. Hank obviamente não ficara nada feliz com isso.

Eu havia montado uma estação de cuidados na sala de estar. A mesinha perto da poltrona do meu pai tinha sua medicação separada por dia, hora e frequência. Também continha uma garrafa de água gigante e uma cesta de lanchinhos aprovados pelo médico.

Nesse momento, ele estava tirando um cochilo na poltrona, e fiquei zapeando pelos canais de TV até por fim escolher uma reprise de *Criminal Minds*. Depois peguei o livro que estava lendo na mesinha de centro e o abri.

Estava mais frio do lado de fora naquele dia, então abri uma das janelas da sala. A brisa da montanha combinada com o som dos sinos de vento de Hank na varanda da frente me deixou muito contente.

Sim, minha vida podia ser silenciosa, mas era minha.

Toda vez que eu imaginava meu futuro, Meadowlark sempre era o cenário. Eu só precisava descobrir o que ia fazer da minha vida a seguir estando ali.

Só me restava um pouquinho mais de um mês na casa de Gus. Emmy estava certa: realmente o verão tinha sido ótimo.

E ia acabar. Como tudo mais na minha vida ultimamente.

Pensar naquilo me deixou triste por muitos motivos (um deles era um grandalhão rabugento no qual não estava pronta para pensar ainda), mas também porque eu ia ter que recomeçar do zero em breve. Involuntariamente, eu vinha usando o tempo com Gus e Riley como escape, um modo de evitar encarar alguns dilemas.

O ronco do meu pai me tirou dos devaneios, e percebi que tinha ficado lendo o mesmo parágrafo por Deus sabe quanto tempo. O ronco de Hank também foi alto o bastante para acordá-lo.

Eu olhei para ele, e sua expressão chocada me fez rir.

— Que droga — murmurou ele.

— Achei que um trem de carga tinha invadido nossa sala.

— Engraçadinha — grunhiu meu pai.

Estava parecendo mais com o Hank que eu conhecia. Suas bochechas estavam coradas, e vê-lo em sua poltrona era muito melhor do que vê-lo numa cama de hospital.

— Como está se sentindo? — perguntei.

— Incrível — respondeu ele. — Um homem curado. Pronto para um pouco de frango frito.

Ergui uma sobrancelha.

— Nem pensar.

— Não custava nada tentar. — Ele deu de ombros. — E você? Parecia perdida em pensamentos aí.

— Eu estava — respondi, com sinceridade.

— Se importa de compartilhar com a turma? — perguntou Hank.

Antes de eu poder responder, ouvimos uma batida à porta. *Salva pelo gongo.* Eu não estava muito no clima de destrinchar todos aqueles sentimentos com meu pai — pelo menos ainda não. Queria manter tudo comigo por mais um tempinho. Eu tinha muita coisa para resolver internamente.

Coloquei o livro de volta na mesinha de centro e fui até a porta. Pela janelinha, observei Aggie e Dusty.

Mesmo se não os conhecesse, eu saberia que Aggie e Dusty eram mãe e filho. Dusty herdara as madeixas loiras e as maçãs do rosto invejáveis da mãe. O cabelo ondulado de Aggie estava completamente grisalho agora, e ainda era lindo. Caía até o meio das suas costas. Ela usava a mesma roupa de sempre: jardineira de sarja, muitos brincos, braceletes e colares, tudo nos tons de turquesa e prata, que de alguma forma ficavam perfeitos juntos. Ela só não usava anéis. Aggie era uma carpinteira, mantinha as mãos livres de acessórios.

Aggie segurava uma travessa, e Dusty carregava várias sacolas de mercado.

— Bem, olha quem chegou — falei, abrindo espaço para eles entrarem e pegando a travessa das mãos de Aggie.

— São só frango e legumes — explicou ela.

Fiquei grata por não ser lasanha. O coitado do Hank ia ficar magoado, e seu coração já tinha sofrido bastante na última semana.

— Para aquecer são cento e noventa graus por trinta minutos com papel-alumínio, e vinte sem.

— Vou colocar agora no forno — avisei. — Podemos comer no jantar.

Aggie sorriu, estendendo a mão e tocando minha bochecha.

— Você é uma das boas, Teddy Andersen — afirmou, e então caminhou para se sentar no canto do sofá que ficava mais perto da poltrona do meu pai.

Ele sorria para ela.

Fui até a cozinha, e Dusty me seguiu com as compras.

— O que vocês compraram? — perguntei, colocando a travessa no forno.

— Basicamente a loja toda — respondeu Dusty. Parte do seu cabelo estava preso em um rabo naquele dia. — Minha mãe tem estado estressada pra caramba. Acho que ela e Amos passaram só uns cinco minutos longe do hospital essa semana.

— Estou feliz por ela estar aqui — falei. — E você também. — Dei um empurrão em Dusty com o ombro, e ele me empurrou de volta.

Guardamos as compras juntos, e preaqueci o forno para o jantar.

— Então, como você está? — perguntou ele.

— Bem. Hank deu um baita susto na gente, mas está bem agora.

— De verdade? — Ele me cutucou, e lembrei que tinha feito a mesma coisa no jantar, com a mesma preocupação, quando eu estava surtando sobre o meu futuro.

Tudo que pude fazer foi dar de ombros.

— Você vai ficar bem, Teddy — afirmou.

— Mas acho que esse é o problema. — Suspirei. — Todo mundo sempre simplesmente espera que eu resolva. Tipo, "Não esquenta com a Teddy, ela vai ficar bem".

Abri o pacote de Oreo que Dusty e Aggie tinham comprado e mordi um. Eu não sou do time abrir o biscoito no meio e lamber o recheio (sexual demais). Simplesmente gosto de comê-los como são.

Dusty ficou quieto me observando comer o biscoito.

— E, claro, eu vou ficar bem — continuei. — Sempre fico mas é só que... — Parei por um instante, tentando encontrar as palavras certar para explicar o que me atormentava.

— Sei lá, só é um saco sentir que não tenho outra escolha a não ser ficar bem, porque, mesmo que não esteja, as pessoas esperam que eu fique bem o tempo todo, então não sei se entenderiam se eu não estivesse. Faz sentido?

Dusty balançou a cabeça.

— Não muito.

— Homem idiota. — Bufei.

— Mas você está? — perguntou Dusty. — Bem e tal? Bem de verdade, e não esse "falso bem" que você acha que as pessoas não vão perceber?

— Não sei — respondi, sincera. Eu me sentia bem às vezes, como quando estava com Gus, e em outras vezes não. Era difícil explicar.

— Você enverga, mas não quebra, Teddy Andersen. E revida também se precisar — declarou Dusty, pegando um biscoito. Ele era do tipo que abria e lambia (Rá!).

— Isso é um ditado de caubói? — perguntei. — É bom.

— Não — respondeu Dusty. — É uma coisa que Emmy disse uma vez a seu respeito. Que você enverga, mas não quebra, e revida se precisar.

Minha garganta ficou apertada. Eu sentia que a vida estava exigindo que eu envergasse bastante ultimamente, e não tinha certeza de que teria força para revidar daquela vez.

Aggie e Dusty ficaram por mais algumas horas. Jantamos na sala de estar e assistimos a *Muito Bem Acompanhada*, que era um dos meus filmes favoritos (e de Hank também), e comi vários Oreos.

— Então, Teddy, como estão as coisas em Rebel Blue? — perguntou Aggie com um sorriso.

Meu pai quase fizera um escândalo quando contei que não pretendia ir para a casa de Gus na semana anterior porque não queria ser responsável por outro infarto (já me sentia bastante culpada pelo primeiro), mas cedi e realmente passei a segunda e a terça no Gus, mas não a quarta. Eu tinha tranquilizado Hank ao ir dois dias (durante os quais me preocupei com ele o tempo todo), então vim para casa.

— Estão bem — respondi. — Riley é uma criança maravilhosa, adoro ficar com ela. — Aggie me olhou com expectativa, como se estivesse esperando que eu dissesse mais. Só fui me tocar um segundo depois: eu tinha esquecido de alfinetar Gus. — O desafio é o pai dela — emendei logo. Aggie riu.

Droga, eu estava bem enferrujada com os insultos a Gus.

— Aquele ali sempre foi um cabeça-dura — comentou Aggie, com carinho. — Como vai Cam?

Dusty se enrijeceu à menção da mãe de Riley.

— Ela está bem — falei. — Está se preparando para fazer o exame da ordem de novo e está se sentindo um pouco mais confiante dessa vez.

— Bom saber. — Aggie se recostou no sofá. — Isso não é ótimo, Dusty?

— É, mãe — murmurou ele.

De repente, o Dusty adulto sumiu. O olhar que ele dava para a mãe era todinho do Dusty adolescente e malandro, o que me fez rir.

Foi uma noite agradável. Fiquei feliz por Aggie e Dusty estarem ali, mas não consegui evitar sentir falta de algumas coisas — ou melhor, de duas pessoas: uma menininha de cabelos cacheados e um caubói rabugento.

Trinta e um

GUS

Aquela semana tinha sido estranha. Para além do que acontecera com Hank, as coisas haviam mudado entre mim e Teddy, e eu estava preso entre não querer que o verão acabasse — porque isso significava que nosso acordo também acabaria — e querer que acabasse, para eu poder propor que fôssemos algo mais a ela. Queria mais do que um acordo de babá de meio período. Acho... acho que queria tudo.

Gostava de tê-la por perto, e não porque ela ajudava com minha filha, e sim porque — meu Deus — eu gostava dela. Nós simplesmente... encaixávamos. Equilibrávamos um ao outro de um jeito estranho. E a verdade era que eu preferia brigar com Teddy do que ter uma existência tranquila com qualquer outra pessoa.

Não sei como ou quando aconteceu, mas Teddy Andersen me fez desejar algo: ela. Eu a queria. O que me aterrorizava.

Meu celular vibrou com uma ligação de chamada de vídeo. Era Cam.

— Riley — chamei, de repente nervoso por minha filha estar quieta por tempo demais. — Sua mãe está ligando.

Passei a mão na tela para atender.

— Oi — cumprimentei.

— Oi — respondeu Cam. Seu cabelo estava preso num coque, e ela estava de óculos. Devia estar estudando. — Como você tá?

— Tudo bem — respondi. — Mas não sei onde sua filha está.

— Deve estar fazendo um racha ou tatuando um tribal no cóccix — brincou Cam.

Ouvi os passos leves de Riley descerem pelas escadas. Seu cabelo cacheado esvoaçava enquanto ela corria pela cozinha. Quando chegou à sala, Riley pulou no meu colo, segurando um pedaço de papel que tinha dobrado ao meio, e havia bastante glitter nele.

Merda. Aquilo ia ser impossível de limpar.

— Oi, Raio de Sol — falou Cam, com um sorriso radiante. — O que você fez hoje?

Riley ergueu o papel.

— Fiz esse cartão para Hank — respondeu, toda orgulhosa.

Ela tinha feito um cartão para Hank? Sozinha? Caramba. Eu não sabia o que tinha feito para merecer uma filha como ela, só que, cacete, devia ter feito alguma coisa boa em algum momento.

— O que houve com Hank? — perguntou Cam.

Droga, eu tinha esquecido de contar. Estive um pouquinho preocupado com, não sei, perceber que minha arqui-inimiga talvez fosse tudo o que sempre quis na vida?

— O coração dele tá machucado — falou Riley. — Meu pai e a Teddy disseram que ele estava farto.

Cam olhou para mim, aflita.

— Ele vai ficar bem — falei, para tranquilizá-la. — Está em casa agora, mas deu um baita susto em todo mundo.

Pensei em Teddy, em como ela tinha chorado nos meus

braços até pegarmos no sono, em como ficamos juntos a noite toda, e em como beijei sua testa antes de sair para o trabalho na manhã seguinte.

Meu Deus, que saudade. Havia um buraco com o formato de Teddy na casa quando ela não estava ali.

— Fico muito feliz por ele estar bem — respondeu Cam. — Como a Teddy está?

— Os primeiros dias foram difíceis, mas parece que ela está dando conta de ficar de olho nele — comentei, desviando o foco para Riley. — Vamos ver o cartão, Raio de Sol.

Riley ergueu o cartão até a tela do celular para Cam poder ver também.

— Brilhante! — afirmou Cam com uma risada. — Amei demais. Como ficou dentro?

Riley abriu o cartão.

— Esse é Hank — disse, apontando para o desenho de um homem numa cama —, e esse é o coração dele. Desenhei um sorriso nele, porque agora ele não está mais machucado. E essa sou eu — falou, apontando para uma figura de palitos menor perto da cama. — E esse é meu pai, e essa é a Teddy.

— Você fez muito bem, Raio de Sol — declarou Cam, olhando com mais atenção para o cartão. — Seu pai e Teddy estão de mãos dadas? — Cam riu, como se não conseguisse acreditar.

— Sim, eles fazem isso, às vezes — respondeu Riley, e eu congelei.

Fazíamos? E Riley tinha visto? Quando? Merda.

Os olhos de Cam se voltaram para mim, e ela ergueu uma sobrancelha.

— Fazem? — perguntou.

Desviei o olhar: um sinal óbvio de que era verdade.

— Sim — disse Riley, dando de ombros.

Que garotinha fofoqueira! Acabou que Riley herdou um ou dois hábitos de Luke Brooks.

Cam não tirou os olhos de mim.

— Bem, com certeza Hank vai amar. Talvez seu pai possa te ajudar a escrever alguma coisa aí.

Riley se virou para mim.

— Você pode, pai?

— Claro, Raio de Sol. Podemos levar pra ele hoje — garanti. — Calça seus sapatos.

Riley saiu do meu colo no mesmo instante.

— Tem alguma coisa que você queira me contar? — perguntou Cam quando Riley já não podia mais ouvi-la.

Esfreguei a nuca.

— Nada em particular — falei. — Não é nada.

Menti. Para mim, era como se fosse tudo.

— Eu conheço você, Gus, e se você baixou a guarda o bastante para Riley conseguir espiar você e uma mulher de mãos dadas, sendo que nem lembro a última vez que vi você dar atenção a uma, aposto que tem alguma coisa rolando.

Ainda sem olhar nos olhos de Cam, menti de novo:

— Não é nada.

— Mentiroso. Me lembra de nunca te chamar como testemunha.

— Tá bom — falei, irritado. — É... algo está rolando, acho. Ou pode rolar. Não sei direito. Acho que quero que seja alguma coisa.

— Mais alguém sabe? — perguntou Cam, e fiz que não. — Que droga.

— Sim. Eu me enfiei numa sinuca de bico, não foi?

— Que bom que você ama sinuca — respondeu Cam. Eu amava mesmo sinuca. — Mas, falando sério, se você quer que seja alguma coisa, precisa dizer algo antes que seja tarde demais. E, Gus — finalmente voltei o olhar para ela —, se é isso que você quer, estou muito feliz por você.

Depois de desligarmos, mandei mensagem para Teddy. Não vou nem mencionar quanto tempo demorei para escrever a mensagem, e eu teria demorado ainda mais se minha filha não ficasse me perguntando a cada três segundos que horas íamos sair.

> **GUS**
> Oi. Está em casa? Riley quer levar uma coisa pro Hank.

> Mas tudo bem se você não quiser companhia.

> Tudo bem mesmo.

> Mas Riley adoraria te ver.

Boa, Gus, use sua filha. Só que Teddy respondeu alguns minutos depois.

> **THEODORA**
> Estamos em casa. Hank vai adorar.

> **GUS**
> E você?

> **THEODORA**
> Vem logo, August.

Sorri para o celular como um idiota, lendo sua mensagem várias vezes. *Vem logo, August.*

E eu ia mesmo.

— Certo, Riley — falei, levantando do sofá e olhando minha filha, que praticamente vibrava de empolgação. — Vamos lá.

Antes de sairmos, lembrei que Teddy tinha comentado um tempo atrás que sua máquina de lavar estava com problemas, então peguei minha caixa de ferramentas no armário do corredor, e saímos.

No caminho até a casa de Teddy, abaixei as janelas da caminhonete e liguei a música. Quando ouvi Riley começar a cantar Linda Ronstadt, sorri. Eu amava cada estação em Wyoming, mas minha preferida era o começo do verão. Era como se as montanhas acordassem para se deleitarem sob a luz do sol, e o resultado eram florestas verdes exuberantes, córregos azuis e flores silvestres em toda a sua glória.

E existe uma magia num dia de verão, na voz da minha filha saindo do banco de trás, e na silhueta de Wyoming diante de mim. Tudo que faltava era uma ruiva barulhenta ao meu lado.

Chegamos à casa de Teddy mais rápido do que pensei. Talvez eu tivesse corrido um pouco sem perceber. Teddy estava do lado de fora aparando a grama — já acabando, pelo que parecia —, e na hora desejei ter chegado mais cedo, para poder ter feito aquilo para ela.

Ela vestia um short jeans — um short que passei a conhecer e amar porque sua bunda ficava linda nele — e uma regata azul-clara. Era curta, então dava para ver uma faixa da sua pele bronzeada entre o fim da blusa e o começo do short.

Queria colocar as mãos naquela faixa de pele, puxar Teddy para perto e lhe dar um beijo de tirar o fôlego. Em vez disso, quando eu e Riley saímos da caminhonete, dei a ela meu melhor "oi".

Ela tirou os fones de ouvido brancos e devolveu meu "oi" enquanto Riley se abraçava às suas pernas. Ela baixou o olhar para minha filha, o que me deu uma oportunidade de realmente observá-la. Arrastei o olhar por seu corpo e tentei não deixar óbvio que desejava ser a gota de suor que descia por seu peito e desaparecia dentro da regata.

— A gente fez um cartão pro Hank! — exclamou Riley, feliz. — Meu pai me ajudou a escrever nele. — Riley olhou para mim. — O que a gente escreveu, pai?

— Fique bem logo — declarei.

— Hank vai amar — falou Teddy, sorrindo para minha filha.

Vê-la fazer carinho no cabelo cacheado de Riley me fez perder o eixo. Riley segurou a mão de Teddy, e elas andaram de mãos dadas até a porta da casa. Achei que fosse desabar. Queria ver aquela cena várias vezes pelo resto da minha vida.

Teddy se virou para mim.

— Você vem? — perguntou, com um sorriso.

Assenti e segui as duas para dentro.

A casa não tinha mudado muito desde a última vez em que eu estivera ali. A entrada dava direto na sala de estar, que tinha móveis descombinados e uma mesinha de centro de madeira antiga que deixava o cômodo caloroso e caseiro. Era possível ver o portal que dava na cozinha, e Hank apoiado no balcão, com uma vitamina numa mão e a bengala na outra.

— Gus! Riley! — cumprimentou ele com um sorriso luminoso. — Que bom ver vocês.

Ele deixou a vitamina no balcão e foi para a sala nos cumprimentar. Coloquei a mão no ombro de Riley para impedir que pulasse nele. Minha filha era uma criança incrível, mas o derrubaria só com a força da sua empolgação.

239

Esperei Hank chegar mais perto e o cumprimentei com um aperto de mão.

— Como o senhor está se sentindo?

— Bem, bem — respondeu ele. — Sentem por favor.

Levei Riley para o sofá enquanto Teddy ajudava o pai a se acomodar na poltrona.

— Riley fez uma coisa pra você, pai — disse ela.

Minha filha saltitou de expectativa ao meu lado, e Hank abriu um sorriso caloroso.

— Ela fez, é? — falou, e Riley assentiu, ansiosa.

Dei um tapinha na sua perna avisando que agora ela podia ir até Hank. Ela saltou sem hesitar, foi até a poltrona e entregou sua criação. Teddy se sentou no sofá ao meu lado — não tão perto quanto eu gostaria, mas ainda assim aquilo provavelmente era um bom sinal.

— Uau, caramba! — comentou Hank quando pegou o cartão com delicadeza das mãozinhas de Riley. — Que cartão lindão. Eu amei.

— Você tem que abrir — avisou Riley. — Tem desenhos dentro.

Hank obedeceu, sorrindo ao ver o que Riley tinha desenhado.

— Meu coração está bem feliz agora — comentou ele, apontando para o coração com um rosto sorridente. — Essa é você? — perguntou, apontando para uma das figuras de palito de Riley.

— É. E esse é meu pai, e essa é a Teddy — explicou ela, apontando para as outras figuras.

Vi Hank observar atentamente o cartão, mas ele não comentou nada.

— Riley, você é uma artista — afirmou ele.

Minha filha, que nunca foi conhecida por ser acanhada ou tímida, do nada ficou vermelha igual a um tomate.

— Obrigada! Então seu coração está melhor? — indagou ela.

— Bem melhor — respondeu Hank com um sorriso.

Eu me virei para Teddy.

— Sua máquina de lavar ainda está dando trabalho? — perguntei.

Ela pareceu confusa por um segundo.

— Ah, sim, sempre quebra — disse, fazendo um aceno distraído com a mão.

— Eu, hum... — Não soube por que comecei a ficar nervoso do nada. — Trouxe minhas ferramentas. Posso dar uma olhada. Se quiser.

Algo lampejou nos olhos de Teddy antes de ela responder:

— Isso seria muito legal, obrigada.

— Pode deixar — falei.

Ergui a mão para afastar seu rabo de cavalo do ombro, desesperado para ver sua clavícula por algum motivo, mas parei quando lembrei que não estávamos a sós. Teddy olhou para a minha mão parada no ar entre nós, depois para mim. Eu a afastei na mesma hora e olhei para a frente.

— Pai! — exclamou Riley, nos arrancando do nosso transe. — Hank vai me mostrar como tocar bateria!

Minha filha e uma bateria? Sinceramente, parecia uma péssima ideia para todo mundo com ouvidos, mas seu sorriso enorme me convenceu na hora de que era a melhor ideia de todas. Hank se mexeu para levantar da poltrona, e Teddy foi ajudá-lo no mesmo instante.

Será que ela nunca se cansava?

Quando Hank ficou de pé, Riley pegou a mão que não estava na bengala e começou a caminhar com ele... com a maior lentidão que já a vi se movimentar.

— Vem, Teddy! — chamou ela.

Eles seguiram na direção da cozinha, provavelmente para sair pela porta lateral que dava na garagem, onde, se não me falhava a memória, Hank tinha tantos instrumentos que poderia abrir uma loja.

— Vou já, Raio de Sol — respondeu ela. — Seu pai vai consertar uma coisa pra mim, então deixa só eu mostrar a ele onde fica a lavanderia.

Eu sabia onde ficava a lavanderia, bem atrás da cozinha, mas não falei isso.

Teddy e eu acompanhamos Riley e Hank até eles saírem pela porta lateral, e continuamos andando até os fundos da cozinha. Havia uma porta de correr bem do lado da geladeira que levava a uma pequena lavanderia.

Teddy ligou o interruptor, e a luz branca fraca tremeluziu algumas vezes antes de firmar.

— Bem, aqui está a meliante — falou ela, se virando para mim, e não consegui me segurar. Agarrei sua nuca e colei minha boca na sua.

Acho que a surpreendi, porque ela levou um segundo para entender o que estava acontecendo, mas logo envolveu os braços no meu pescoço e me beijou de volta. Ela me beijou como se fosse a coisa mais fácil do mundo. Não havia nenhuma pressa ou urgência. Acho que só parecia... certo.

Depois de um tempo, me afastei e encostei a testa na sua. Seus olhos ainda estavam fechados, como se ela estivesse absorvendo o momento.

— Riley sentiu saudades — declarei. *Eu senti saudades*, pensei.

Teddy abriu os olhos. Tão azuis.

— Também senti saudades dela. Hank vai guardar aquele cartão na geladeira pelo resto da eternidade. Fiquei surpresa por você ter tanto glitter guardado em casa. — Ela riu.

— Não olhei o quarto ainda, porque sei que deve estar parecendo que um unicórnio vomitou em tudo — falei, balançando a cabeça.

Teddy ficou na ponta dos pés para me beijar de novo, o que me pegou desprevenido. Mas gostei disso — de estarmos indo com calma. Tudo que tínhamos feito havia sido bom — gostoso pra cacete, na verdade —, mas eu queria aquilo também.

Os momentos calmos. Os normais.

E aquele momento, com nossas testas juntas na lavanderia de Teddy, parecia o tipo de momento que fazia você querer mais, e eu queria tudo.

— Como você está? — perguntei.

Ela tinha ficado comigo metade da semana, ajudando a cuidar da minha filha, e depois foi para casa cuidar do pai. Devia estar exausta.

Teddy deu de ombros.

— Estou bem. Seu pai passa aqui de vez em quando para trazer comida, e Aggie e Dusty vieram ontem. Hank fica bem feliz.

Levei a mão até sua bochecha e olhei bem para aqueles olhos lindos.

— Como *você* está, Teddy? — perguntei de novo.

— Estou bem — respondeu, e lhe lancei um olhar afiado. — Estou cansada — admitiu ela, por fim, após um instante de silêncio. Seus ombros afundaram de leve, o que só comprovava suas palavras. — É difícil dormir. Checo meu pai um milhão de vezes de noite, só pra garantir que está respirando.

Puxei Teddy para mais perto e segurei sua nuca.

— Riley ficou doente uma vez — falei no seu cabelo. — Foi só uma gripe, mas ela ficou com uma febre insana que a deixou quase letárgica. Fiz a mesma coisa, chequei ela a noite toda, o tempo todo. Mesmo depois de ela melhorar, fiz isso por um longo tempo.

Teddy se afastou e me olhou. Acariciei sua bochecha e brinquei com a ponta do seu rabo de cavalo.

— É difícil, às vezes, ser a pessoas de quem os outros dependem.

Ela assentiu, e seus olhos ficaram mais vidrados do que estavam havia um instante. Tracei o contorno de um de seus olhos com o polegar e dei um beijo em sua testa.

— Seu pai tem sorte de ter você, Teddy — falei. — E eu também.

Porque tinha mesmo, e a queria ao meu lado para sempre. Me deixava apavorado saber que eu talvez tivesse encontrado exatamente o que sempre desejei, porque significava que podia perder tudo.

Trinta e dois

GUS

Depois que Teddy saiu da lavanderia — Riley foi procurá-la —, fui até a caminhonete, peguei as ferramentas e comecei a olhar a máquina de lavar. A máquina de Teddy e Hank era uma velharia. Para ser sincero, era mais fácil comprar uma nova para eles.

Quase uma hora e meia depois, após muitos xingamentos e uma boa quantidade de chutes na lateral da quinquilharia, descobri que a suspensão estava desalinhada e que a correia do tambor já era. Por sorte, era algo que eu mesmo podia consertar.

Eu me levantei e estiquei os braços para alongar as costas, agradecendo aos deuses por ser um fazendeiro, e não um técnico de reparos de máquinas de lavar. Meu corpo doía quando eu chegava em casa do trabalho, mas de um jeito bom. Consertar a máquina só tinha me irritado.

Limpei as mãos com um pedaço de pano e movi a máquina de lavar de volta para onde estava. Torci para que dessa vez funcionasse.

Agora que já não estava tão focado na máquina, ouvia os sons vindos da garagem de Teddy. Saí da lavanderia e fui até a porta lateral. A porta da garagem estava aberta. Riley estava sentada atrás de uma bateria, de baquetas nas mãos, esmurrando-as com toda a força do mundo. Hank estava sentado numa cadeira de acampamento, dedilhando as cordas de uma guitarra que parecia cara, e Teddy estava recostada no batente da porta. Eu não conseguia ver seu rosto, mas seus ombros tremiam.

Cheguei por trás e coloquei a mão no batente, bem acima da sua cabeça.

— O que está acontecendo aqui? — perguntei, e Teddy deu um pulo de susto. Acho que não estava me esperando ali.

— Pai! — gritou Riley. — Olha! — E então ela bateu em cada parte do instrumento à sua frente duas vezes antes de terminar com uma batida forte no címbalo.

— Você é uma profissional, Raio de Sol — falei, surpreso por Riley não estar levitando no banco de alegria.

— Você sabia que Hank já teve uma banda? — indagou Riley.

— Acho até que ele teve mais de uma, se não me engano — respondi, sorrindo para Hank, torcendo para que ele não estranhasse ao me ver tão perto de sua filha.

— Quero fazer parte de uma banda também — declarou Riley. — Garotas podem ser bateristas?

Antes que eu pudesse dizer qualquer coisa, Teddy falou:

— Porra, com certeza! É claro que garotas podem ser bateristas.

Um sorriso se abriu no meu rosto, e Riley deu uma risadinha.

— Meu pai disse que a gente não pode falar essa palavra.

— Hoje vamos deixar passar — afirmei, tentando não rir. Riley assentiu.

— Tem muitas bateristas mulheres, Raio de Sol — declarou Teddy. — Meg White, Karen Carpenter, Sheila E... — Ela estava ficando empolgada. — Depois eu te mostro algumas músicas delas, e você vai ver como elas são incríveis.

— Você sabe tocar bateria? — perguntou Riley.

— Sei, mas não toco há um tempão — respondeu Teddy. Riley arregalou os olhos.

— Toca, toca, toca! — exclamou Riley, olhando para mim, muito animada. Nossa, ela ia chegar em casa e capotar naquela noite. — Pai, fala pra Teddy tocar!

Teddy se virou para mim, e seu rabo de cavalo bateu no meu rosto.

— Ei, olha pra onde joga essa coisa. — Na verdade, eu não estava nem aí. — Por favor, você não pode deixar o público esperando.

Teddy revirou os olhos, mas parecia que estava tentando não sorrir. Ela andou até a bateria. Riley saiu do assento na mesma hora e entregou as baquetas para Teddy.

— O que acha, Hank? — perguntou ela. — A gente devia fazer um dueto pra eles?

O aceno ávido de Hank foi acompanhado por uma risada calorosa. Ele parecia vinte anos mais jovem com a guitarra no colo.

Teddy respirou fundo e estalou o pescoço, como se estivesse se aquecendo para a maior apresentação da sua vida. Ela acenava a cabeça, contando a hora de entrar, e então começou. A batida soou familiar, mas só consegui identificar quando Hank começou a dedilhar a guitarra: "Fortunate Son", do Creedence Clearwater Revival.

Maravilhado, assisti a Teddy e seu pai. Estavam conectados pela música. Era como se Teddy tocasse a bateria com o corpo inteiro, não só os braços ou os pés no bumbo.

Hank estava com uma energia de rockstar. Eu sabia que ele tinha sido baterista, mas, caramba, o homem também arrasava na guitarra. Quando os olhos de Teddy e Hank se encontraram, os dois sorriram um para o outro e entraram ainda mais em sintonia, deixando a música os guiar.

Riley pulava, aplaudia e dançava no meio da garagem, e eu me juntei a ela para acompanhá-la na sua dança improvisada.

Ela vibrou quando peguei sua mão e a girei. Sua risada adorável era o único som melhor do que a música que Teddy e Hank estavam tocando. Enquanto eu e minha filha dançávamos juntos, eu soube que aquele momento se tornaria uma daquelas lembranças que eu sempre recordaria em momentos-chave da vida dela — quando tirasse a carteira de motorista, se formasse na escola, na faculdade, ou quando se casasse, se fosse isso que desejasse. Eu colocaria esse momento ao lado de todas as outras memórias que tinha de Riley, assim como da minha mãe, do meu pai e meus irmãos, guardando-as juntinho comigo.

Eu pensaria no dia em que minha filha e eu dançamos juntos na garagem de Teddy Andersen.

Peguei Riley no colo e a segurei perto do peito. Olhei por cima de seu ombro para Teddy, que sorria para nós como se estivesse pensando a mesma coisa, e, por Teddy estar ali, fui atingido por uma onda esmagadora de felicidade, e de algo mais que não consegui nomear.

Trinta e três

TEDDY

Quando eu era criança, tinha o péssimo hábito de sair desenhando por aí em tudo, incluindo o sofá e sobretudo nas paredes. Eu desenhava constantemente — papel era uma tela pequena demais para o que eu queria criar, ainda mais quando estava chateada. Esses eram os momentos em que eu mais desenhava.

Meu pai poderia ter gritado comigo ou ficado com raiva — sinceramente, deveria —, mas nunca o fez. Em vez disso, me redirecionou. Falou que, se eu parasse de desenhar nas paredes de casa, a área dos fundos da garagem seria toda minha. Disse que eu podia desenhar ali, pintar, jogar glitter — tudo que quisesse —, contanto que parasse de desenhar nas paredes (e móveis).

Para a pequena Teddy, aquele espaço da garagem era muito maior do que as paredes da casa, então é claro que foi minha escolha, para a felicidade de Hank.

Depois disso, os fundos da garagem se tornaram meu mundinho particular. Pelo menos quando o clima colaborava e eu podia ficar do lado de fora por muitas horas sem correr o risco de ter uma hipotermia ou de perder um membro. Plantei flores, pendurei luzes brilhantes e pintei.

Pintei quando estava feliz e quando estava triste, mas,

na maior parte das vezes, pintei quando precisava pensar. E, naquele momento, eu precisava pensar desesperadamente.

Então estava pintando. Não fazia aquilo havia um tempo, não desse jeito. Prendi o cabelo num coque alto, vesti um short e uma camiseta velhos, já manchados, peguei as tintas e comecei os trabalhos.

Quando eu pintava, sentia o mesmo de quando escutava música ou criava novas peças de roupa. Era como se parte do meu cérebro desligasse, abrindo espaço para que outra parte, emaranhada e imersa no caos, pudesse entrar em ordem.

E meu cérebro estava explodindo com pensamentos sobre August Ryder. Um homem que sempre respeitei, mas de quem nunca gostei de verdade até recentemente, e acho que o sentimento era mútuo.

Tentei identificar quando as coisas mudaram, mas não consegui. Não havia um momento que se destacava para mim — só um monte de pequenos momentos, como fagulhas que eu ficava jogando na caixa de dinamite que era Gus, e, com o tempo, uma delas atingiu o pavio e explodiu tudo que eu achava que sabia sobre ele.

Ou talvez nós fossemos as fagulhas.

Antes, quando pensava em Gus, pensava nele em relação às outras pessoas: irmão de Emmy, melhor amigo de Brooks, pai de Riley. Agora, quando pensava nele, pensava no que representava para mim: alguém que compreendia meus medos, desejos e angústias e não os ridicularizava ou sequer tentava me afastar deles. Acho que era porque ele sabia que podiam ser pesados, mas eram as partes da minha vida que eu mais amava.

Era estranho sentir algo tão forte por Gus em um momento e depois algo completamente diferente em outro. Eu me perguntava como consegui cruzar o espectro de sentimentos que sentia por ele tão rápido, mas concluí que aqueles sentimentos conflitantes talvez fossem dois lados da mesma moeda.

Havia uma vozinha bem no fundo da minha cabeça que questionava se meu desejo de ser amada e me arranjar na vida estava me impulsionando a sentir algo que, de outra forma, eu não sentiria, mas não achava ser esse o caso.

Tudo com Gus parecia muito... verdadeiro.

Porque eu me sentia eu mesma quando estava com ele. Não sentia que precisava ser tudo que as pessoas esperavam que eu fosse. Eu amava ter essas facetas, mas não queria precisar assumi-las o tempo todo. Essa ideia de que eu podia trocar de pele, de que poderia relaxar, me fazia desejar estar com ele.

Eu gostava de quem eu era. Gostava, ou pelo menos respeitava, cada parte de mim, e era bom poder mostrar para alguém as partes que mantinha só pra mim, e que ficavam guardadas por questão de necessidade, por amor ou insegurança.

Mas havia outra camada importante naquela situação toda: Riley.

Eu sempre a amei, mas, assim como o que eu sentia por Gus, o que eu sentia pela sua filha só crescia. Eu não sabia nada sobre ser mãe ou pai, e Riley já tinha um pai e uma mãe, ambos maravilhosos. Mesmo sabendo disso, eu faria tudo por aquela criança.

Uma paisagem estava tomando forma na lateral da garagem — e eu não costumava pintar esse tipo de imagem com muita frequência —, perto do retrato que tinha feito do meu pai no verão passado. Não tive coragem de cobri-lo.

— Que lindo — falou Emmy.

Ergui o olhar, e ela estava vindo até mim, de bota, short e camiseta cropped da Coors Light. Um clássico das mulheres da região.

— Obrigada. Não sei bem o que é ainda.

— Eu trouxe jantar pra vocês lá da casa do meu pai. Já deixei lá dentro, mas Hank disse que você estava aqui fora.

— Você parece cansada — comentei.

Emmy parecia meio... para baixo.

Ela suspirou.

— Falei de problemas maternos na terapia hoje, completamente exaustivo.

— Ah. — Assenti. — Eles te derrubam, não é?

— Sério, muito irritante — falou Emmy, sorrindo de leve.

— Pelo menos sua mãe morreu — comentei, dando de ombros, repetindo uma frase que já tinha dito muitas vezes para ela. Sempre nos fazia rir, mesmo que provavelmente não devesse.

— Verdade. — Emmy riu, se divertindo, e eu sabia o que estava por vir. — Ela não resolveu me dar pra um baterista e depois vazar.

Emmy e eu ficamos rindo que nem duas bobas. Nossos problemas maternos eram diferentes, mas, se não ríssemos deles, acabaríamos chorando.

E fazíamos isso — de vez em quando —, mas na maior parte do tempo ríamos e nos mantínhamos de pé quando achávamos que íamos desabar. Era legal ainda termos aquilo, mesmo que nossa amizade tivesse mudado nos últimos anos. Ela sempre precisaria de mim para amenizar aquela dor, e eu sempre precisaria dela.

Emmy olhou para mim, e o último resquício de risada se desfez.

— O que é isso no seu pescoço? — perguntou, chegando mais perto. — É... um *chupão*?

Na mesma hora levei ao pescoço a mão que não segurava um pincel molhado, tentando cobrir a marca vermelha na lateral, bem na curvatura com o ombro. Achei que ela já tivesse clareado o bastante para passar despercebida.

— Não — respondi, rápido.

Emmy tirou minha mão de cima do chupão. Tentei cobri-lo de novo, mas ela segurou meu pulso.

Então fiz o que qualquer pessoa normal faria: levei a outra mão — a que estava com o pincel — até a garganta e pintei o chupão.

— Teddy! — exclamou Emmy. — Qual o seu problema?

— Qual é o *seu* problema? — rebati. — Isso é praticamente uma agressão, Clementine! — Eu estava tentando afastá-la, e ela continuava tentando se aproximar.

— Sei que você não está saindo com o vet. — Seus olhos verdes perfuraram os meus. — Então quem é que está chupando o seu pescoço?

Sem pensar, contei a verdade para minha melhor amiga. Não sabia como mentir para ela.

— Seu irmão! — soltei.

Emmy ficou imóvel. Seus olhos ainda estavam em mim, mas ela não parecia me olhar de verdade. Eu sabia reconhecer os sinais de quando minha amiga estava surtando, e era exatamente isso que estava acontecendo naquele momento. Depois de um instante, ela balançou a cabeça e deu um tapinha no meu braço.

— Você tem sorte de eu não ser o Gus, ou teria te dado um soco na cara! Já pensou? — Sua voz estava estridente.

— Não é minha culpa se você não me deixa ter um segredo! — revidei. — Mas acho que é um bom momento para mencionar que você ficou superchateada quando Gus deu um soco na cara do Brooks, então talvez deva parar de gritar comigo.

— Não estou gritando! — Eu vi quando ela se deu conta de que estava de fato gritando. Ela respirou fundo. — Não estou gritando — falou, daquela vez em um tom de voz normal. — Só estou... É muita coisa pra absorver, tudo bem?

— Entendo. Eu ia te contar.

— Quando? — perguntou Emmy, zangada.

— Em breve — falei, o que provavelmente era verdade.

Eu não sabia se teria algo concreto para contar, mas então meu pai teve um infarto e chorei na caminhonete de Gus, e as coisas mudaram.

Emmy piscou devagar.

— Só pra ver se eu entendi direito: Você está... — ela se engasgou um pouquinho — ... dormindo com o meu irmão?

— Achei que a essa altura Luke Brooks já tivesse te curado dessa vergonha de falar sobre sexo — comentei, espirituosa.

— Não é o momento de fazer piada, Ted — respondeu Emmy, erguendo a mão.

— Desculpa.

— Então — disse ela depois de um instante.

— Então o quê?

— Você está dormindo com meu irmão?

Cruzei os braços.

— Não gosto disso.

— Nem eu — concordou Emmy. — Não é engraçado ser a pessoa interrogada, não é?

— Não — falei, me sentindo irritada. — E sim. Para a outra coisa.

Emmy se engasgou de novo, e tive que morder os lábios para conter um sorriso. Eu me sentia mal por ela ter descoberto dessa forma, mas, sendo bem sincera, testemunhar sua reação estava me divertindo.

— Foi por causa da proximidade forçada? Ou é uma coisa mais sexo com ódio?

Não gostei do que ela estava sugerindo, como se aqueles fossem os únicos motivos para Gus e eu podermos gostar da companhia um do outro. A energia mudou. Eu não estava mais achando aquilo engraçado. Na verdade, estava ofendida.

— Nenhum dos dois — respondi, balançando a cabeça, irritada, com um tom de voz seco.

— Então é o quê? — perguntou Emmy, cruzando os braços.

— Não sei. Mas não é só sexo ou uma conveniência. É mais do que isso. É simplesmente... mais, tá bom?

— Não consigo entender. Vocês se detestam.

— Olha quem fala, Emmy — rebati, com a voz mais chateada do que eu pretendia. — Não sei como explicar pra você, mas a gente meio que funciona, tá bom?

— Eu nem sabia que você estava atrás de um relacionamento, Teddy. Nunca falou disso. Acho que é válido eu ter dificuldade pra entender.

— O problema não é você ter dificuldade — falei. — É você presumir automaticamente que, por ser eu fazendo isso, significa que Gus e eu somos temporários... uma cópia barata de um relacionamento em vez de alguma coisa real e significativa.

Para mim eram as duas coisas, e odiava que Emmy parecesse nem ter considerado essas opções.

— Eu só... — Ela começou e então parou de novo. — Só quis dizer que Gus já me falou uma milhão de vezes que está bem sozinho. E você... — Outra pausa. Suspirei. — Eu te amo tanto, Teddy. Mas você nunca fez questão de ter um relacionamento sério com ninguém. Eu nem sei se você já teve algum relacionamento do tipo, um relacionamento sério de verdade, e não sei se meu irmão é a melhor escolha para começar a fazer isso.

— Você está se escutando? — perguntei.

Não consegui pensar em outra coisa para dizer. Não foi assim que imaginei que aquela situação se desenrolaria. Sim, achei que eu teria um pouquinho mais de tempo para me preparar, e que não seria forçada a abrir o bico antes de discutir o assunto com Gus, mas, ainda assim, não gostava do rumo que a conversa estava tomando.

— Como você esperava que eu reagisse, Teddy?

— Sinceramente, achei que ficaria feliz por mim, como tenho estado por você nos últimos anos. Não esperava que você fosse dar uma festa em minha homenagem, mas, caramba, Em, realmente achei que ficaria tão entusiasmada quanto eu fiquei quando você me disse que estava apaixonada pelo melhor amigo do seu irmão. — Eu estava ficando mais confiante, mais brava também. — Mas acho que essa sua atitude é só outro exemplo de como nossa relação mudou.

— Do que você está falando?

Respirei fundo. Era o momento de abrir o jogo.

— Tenho passado por tempos difíceis — falei, e Emmy inclinou a cabeça, me olhando como se já soubesse disso. — E não só por causa do emprego, da máquina de costura ou sei lá. Tenho me sentido estagnada, triste e aflita, sentindo que nossa amizade está diferente.

— Não, não está — declarou Emmy. Estava na defensiva também. Vi nos seus ombros tensos e olhos semicerrados.

— Sim, está. E não acho que seja necessariamente algo ruim. Acho que é o que acontece quando as pessoas crescem e seguem caminhos diferentes, física ou mentalmente. Você e eu estamos em estágios diferentes da vida, Emmy. E pode não ser óbvio pra você, mas você não precisa mais de mim como antes. Vai se casar. Brooks deve mesmo ser a pessoa com quem mais se sente confortável, mais segura e protegida. Mas eu não tenho isso. Eu tenho você, e você tem outra pessoa.

"Dói estar tão fora de sintonia com sua melhor amiga. Dói sentir que você não precisa mais de mim, e dói sentir que não posso conversar com você sobre isso porque não quero que se sinta mal por focar em construir uma vida ao lado de alguém que você ama.

"E quer saber o que mais dói? O fato de talvez eu ter a minha chance também, uma oportunidade de ter uma pessoa que me entende e me quer de verdade, e você reagir como se fosse um erro, como se eu devesse desistir."

— Não estou falando para você desistir — interrompeu Emmy.

— Não está? — perguntei. — Então está dizendo o quê?

— Estou dizendo que, no fim das contas, não sei se essa coisa sua e do Gus vai funcionar depois do verão. Cam vai vir pra casa, e você vai voltar pra sua. Você não vai ter Gus pra te distrair das coisas com as quais precisa lidar, e, quando isso acontecer, ainda vou ser a irmã de Gus, e ainda vou ser sua melhor amiga. Preciso que as duas relações sobrevivam a isso. E Gus... ele tem muitas responsabilidades...

Eu não achava que Emmy tinha dito aquilo para me machucar — bem, ela não me deu um soco que nem Gus havia feito com Brooks, mas seu golpe foi tão dolorido quanto.

E machucou, sim.

Não havia muitas coisas que as pessoas pudessem dizer que me machucariam, pelo menos que fossem ruins a ponto de provocarem alguma espécie de reação em mim. Eu tinha uma casca dura, mas escutar minha melhor amiga basicamente dizer que *eu* era o problema ali foi como ter meu peito aberto à força com uma faca — a dor daquilo me fez inclinar para a frente de leve.

Ficamos em silêncio por um minuto, nos encarando. Emmy se manteve firme, mas eu não esperaria nada diferente. Ela era feroz pra caramba.

Bom, eu também era.

— Você já pensou — falei, gentilmente — que talvez Gus diga que não quer um relacionamento porque tem medo de desejar isso? Porque sente que o foco dele deve estar sempre direcionado para cuidar de todos vocês e morre de medo de decepcioná-los? — Eu não estava tentando magoar minha melhor amiga ao dizer isso, só apontar um fato. — E, quanto a mim... — Minha voz ainda estava suave, mas a delicadeza tinha sumido. Aquela parte não tinha a ver comigo e com Gus, ou sequer com Gus. Aquilo dizia respeito a mim e minha melhor amiga, ao fato de ela parecer me ver exatamente do mesmo jeito que todo mundo via. — Talvez eu nunca tenha levado um relacionamento a sério porque ninguém nunca me levou a sério, mas Gus leva. Nós dois cuidamos de outras pessoas, de nossas famílias, nossos amigos, de você, o que torna a gente as únicas pessoas que sabem como cuidar um do outro. O que nos faz ser bons um para o outro. Faz o que a gente está fazendo valer a pena.

"E me magoa você não enxergar isso. Me magoa você estar mais preocupada em como esse relacionamento vai afetar você do que com quanto tem sido bom pra mim. — Ergui o rosto para o céu azul e respirei fundo mais uma vez. — Porque tem sido ótimo, e achei que você conseguiria ver. Achei que conseguia me ver."

Foi aí que vi o arrependimento no rosto de Emmy.

— Ted... — disse ela, mas ergui a mão coberta de tinta.

— Não — declarei, firme. — Você disse o que precisava dizer, e eu também. Estou bem. Estamos bem. Só preciso de um tempinho, tá bom?

— Tá bom — sussurrou Emmy.

E então minha melhor amiga se afastou com relutância, e eu voltei a pintar os fundos da garagem.

Trinta e quatro

GUS

Finalmente a noite tinha chegado. Brooks havia instalado seu maldito touro mecânico no Bota do Diabo, e aquela noite seria a primeira em que as pessoas poderiam cavalgar nele. Também era a primeira noite em muito tempo que eu saía de casa sem a minha filha ou por causa dela.

Riley ia ficar com meu pai. Iam dormir numa barraca num pedacinho da floresta atrás do Casarão. Obviamente, ela ficou pulando de alegria.

Dediquei um tempinho a mais escolhendo uma camisa — uma camisa Henley que Emmy me deu — e me barbeando. Geralmente, eu só vestia algo e saía, porque todas as minhas roupas eram basicamente as mesmas. Logo, eu sabia que não ia aparecer no Bota do Diabo com uma roupa esquisita ou descombinada, mas eu tinha certeza de que Teddy estaria lá, e, sei lá, só queria estar bonito. Eu não sabia mais de porra nenhuma.

Já tinha visto Teddy em ação no Bota do Diabo e, se queria conquistar sua atenção, precisava me esforçar um pouco.

Sinceramente, eu estava um pouco nervoso em ver Emmy. Eu não a encontrara desde que falei com Teddy outro dia. Quando seu nome se iluminou na tela do celular, sorri igual um idiota. Quando atendi, Teddy perguntou: "Você tem tempo pra conversar sobre um problema comigo?", e sorri mais ainda, porque aquilo pareceu tão comum, mas também um grande passo em direção a um relacionamento que parecia real — o tipo de relacionamento que duraria.

Então ela me contou de Emmy e da briga que tiveram.

— Não sei — falou. — A conversa foi uma merda, só não achei que seria. E começou de um jeito tranquilo, mas acabou de um jeito tão...

— Merda? — terminei.

— Isso. — Ela suspirou e ficou quieta por um instante. — Tem problema? Ter contado sobre nós para ela?

Para falar a verdade, era o melhor que poderia ter acontecido: Teddy quis contar para a melhor amiga sobre nós, o que significava que éramos alguma coisa. Tentei disfarçar o meu entusiasmo.

— Não, Teddy. Estou feliz por ter contado.

— Eu também — respondeu, suspirando. — Só estou chateada com o jeito como as coisas ficaram.

— Sinto muito. Mas vocês vão ficar bem.

Eu não tinha nenhuma dúvida disso. Emmy e Teddy eram inseparáveis. Só que, claro, fiquei preocupado com minha irmã também, em como ela se sentia com tudo aquilo e como se sentia em relação a mim agora. Eu me sentia responsável por Emmy. Sempre fui muito protetor com ela, só que, depois que nossa mãe morreu, nós três — meu pai, Wes e eu — tentamos preencher o buraco que ela deixou o melhor que conseguimos. Éramos todos devotados à Ryder caçula. Então não era exatamente fácil ver a mulher com quem eu me via construindo um futuro sofrendo, assim como a minha irmãzinha, mesmo que fosse algo temporário.

— Eu sei. Só queria que a gente não tivesse discutido.

A voz de Teddy estava tão magoada que me deixou abalado. Desejei que ela estivesse ali comigo. Queria confortá-la e abraçá-la, sobretudo porque era em parte por minha causa que ela estava se sentindo assim, e eu odiava isso.

— Posso fazer alguma coisa para ajudar, linda? — Eu faria qualquer coisa.

— Nada. Te contar ajuda. Obrigada por escutar.

— Sempre que precisar — respondi.

Eu queria escutar Teddy falar para sempre.

Levei mais ou menos quinze minutos para chegar ao Bota do Diabo e, quando parei no estacionamento de terra, já estava quase tudo cheio. Não avistei o Ford Ranger vermelho de Teddy, mas vi a caminhonete de Wes e o Bronco de Dusty.

Eu não via o interior do bar desde o começo da reforma, então, quando entrei, levei um segundo para me orientar. O balcão do bar e o palco ainda estavam no mesmo lugar, claro, mas a maioria dos assentos tinha sido afastada a fim de abrir espaço no centro do salão para o touro, que Brooks nomeou de Sue — "Um touro chamado Sue, entendeu?", tinha dito ele, se referindo à famosa música de Johnny Cash, "A Boy Named Sue".

Também notei uma placa nova de neon que dizia AGORA VOCÊ PODE SUBIR. Ideia de Emmy, provavelmente. Ela era boa nessas coisas, detalhes em que Brooks não pensaria. Localizei Wes e Ada no bar e abri caminho até eles.

Sentado por perto, estava o grupo de clientes regulares de Brooks, que ele chamava de seus Quatro Cavaleiros do Apocalipse. Eles iam ao Bota do Diabo quase todo dia, senta-vam no balcão e enchiam o saco.

Quando os quatro homens me viram, ergueram os co-pos e soltaram um "viva".

— Olha quem decidiu nos agraciar com sua presença horrível! — exclamou um deles.

— Brooks, dá uma cerveja pra esse cara! — falou outro.

Brooks ergueu o olhar de onde estava servindo um uísque Fireball em copos de shot. Ele me cumprimentou com um aceno de cabeça.

— Ei, cara — disse Wes com um tapa nas minhas costas. — Camisa bonita.

Por que Wes tinha que ser tão observador e gostar tanto de mim a ponto de saber quando eu estava usando algo novo ou fora do meu habitual?

Para ser sincero, era irritante pra cacete.

— Oi, Gus. — Ada sorriu e acenou para mim. — Você vai montar naquela coisa hoje? — Ela apontou para o touro.

— Quem sabe se a gente conseguir embebedá-lo.

A voz dela ecoou atrás de mim. Eu me virei e vi Teddy Andersen em carne e osso. E estava linda.

Usava um jeans apertado que evidenciava a bunda perfeita e suas botas prata de caubói. Arrastei o olhar por seu corpo. Ela estava de... *chaparreiras*?

Sim, mas eram de um couro prata brilhante, como as rainhas de rodeio usavam — chaparreiras estilosas, eu supunha. Também vestia uma blusa frente única prata, e seus olhos estavam com um delineado prata.

Seu cabelo estava preso no rabo de cavalo de sempre e parecia de glitter prata.

Caralho. *Caralho.*

Teddy Andersen estava um arraso.

Ela se deleitou com meu exame minucioso, e, quando nossos olhos se encontraram, piscou para mim. E essa piscadela foi direto para o meu pau.

— Você está... — falei. Nem sabia como traduzir meu deslumbre em palavras.

— Eu sei — respondeu Teddy, com um sorriso felino.

Eu nem me importava de Wes e Ada e todo mundo assistir àquela interação. Teddy já tinha contado a Emmy, o que significava que aquilo era real para ela também.

— Parecendo a bola de discoteca mais gata do mundo — declarei, com um sorrisinho.

Teddy revirou os olhos, mas só de forma protocolar.

Wes pigarreou atrás de mim, e o ouvi murmurar "Que porra é essa?".

Quando me virei, Brooks estava deslizando minha cerveja pelo balcão. Ele me lançou um olhar intrigado e então se voltou para Teddy.

— Tequila com soda? — gritou ele, e Teddy devia ter confirmado, porque ele começou a preparar a bebida.

Um dos Cavaleiros do Apocalipse ergueu a mão e falou:

— Teddy está por minha conta.

A minha parte possessiva quis dizer ao homem onde é que ele podia enfiar sua conta, mas o sorriso sedutor que Teddy dava, junto com um "obrigada" educado, me deteve.

Teddy Andersen ia para casa comigo. Eu garantiria que isso acontecesse. Então que diferença fazia se alguém pagava suas bebidas?

Teddy reluzia naquele bar. Disse oi para todo mundo que passava, fazendo-os se sentirem especiais por terem a oportunidade de vislumbrar a sua luz pelo tempinho que falaram com ela.

Se eu queria que o meu lance com Teddy se tornasse algo, não podia esquecer que ela foi feita para brilhar, reluzir e irradiar, e eu não podia exigir esse pedaço só para mim. Ela não irradiava só para mim. Eu recebia uma parte diferente sua — a parte que ficava bastante confortável para apagar o brilho quando estávamos sozinhos, a parte que queria que eu visse além daquilo que ofuscava todo mundo.

Havia partes de Teddy que sempre pertenceriam ao mundo, mas isso não tinha importância, porque também havia as partes dela que eram todas só minhas.

Minhas. A palavra ressoou por mim como um sino da vitória. Merda, eu queria isso.

Teddy pegou a bebida de Brooks e deu um leve aperto no meu braço antes de se virar e sair.

— Ei — chamei.

Teddy olhou para mim, e meu coração parou no peito.

— Essas chaparreiras realmente funcionam em você — afirmei.

— É? — Ela sorriu.

Fiz que sim.

— Estão funcionando em mim também.

Vi Teddy lutar contra um sorriso, e senti que estava flutuando. Ela balançou a cabeça, revirou os olhos e continuou andando, indo dar suas voltas.

Eu a deixei ir, sabendo que era o que ela queria no momento. Eu me virei para Ada, Wes e Dusty, que estavam todos olhando para mim como se uma segunda cabeça tivesse nascido no meu pescoço. Brooks me olhava com preocupação.

Dei de ombros.

— O quê?

— A coisa de babá deu certo mesmo, né? — disse Wes com uma risada hesitante.

Dei de ombros mais uma vez, e nesse momento Emmy apareceu do meu lado.

Ela trepou no balcão do bar e se inclinou para beijar Brooks. Algumas pessoas gritaram quando viram.

— Você está gostosa pra cacete, docinho — comentou Brooks quando os pés dela voltaram para o chão. Eca.

— Você também — respondeu ela. De novo, eca. E então se voltou para o resto de nós. — Oi. — E para mim. — Cadê a Teddy?

— Por aí — respondi. Todo mundo tinha voltado para suas conversas, e Brooks foi para o fim do balcão, então pareceu seguro conversar com Emmy. — Vocês duas estão bem?

— Vamos ficar — garantiu ela.

— Emmy, me desculpa. Não quis...

Emmy ergueu a mão.

— August, eu te amo, mas minha amizade com Teddy é maior do que você. Magoei minha melhor amiga. Estou lidando com isso — respondeu Emmy. — Isso é entre mim e ela, tudo bem?

Fiz que sim.

— Tudo bem.

Depois disso, a noite decolou. O Bota do Diabo ficou mais cheio e mais barulhento. Parecia que a cidade toda estava ali.

Fiquei onde estava, mas muita gente foi dar oi para mim ou Wes, e ainda mais para Emmy. Eu já tinha ouvido Emmy ser chamada de "queridinha de Meadowlark", e achava que fazia sentido. Sobretudo no momento, quando as pessoas pareciam ver seu noivado com Brooks como o casamento real de Meadowlark. De vez em quando, eu vasculhava o espaço atrás de Teddy, mas ela era constantemente engolida pela multidão.

Após um tempo, Brooks desapareceu atrás do bar e reapareceu no palco. O cantor principal da banda de sempre entregou o microfone para ele.

— Oi, pessoal — falou. — Bem-vindos ao Bota do Diabo!

O lugar irrompeu em gritos.

— Hoje é a noite de estreia do segundo andar. — Mais gritos. Olhei para Emmy, que estava com as mãos juntas sob o queixo. Sentia orgulho irradiando dela ao observar Brooks.

— E está finalmente na hora do primeiro passeio de Sue.

Mais gritos irromperam, ainda mais potentes.

— Não sou de falar muito, mas a primeira pessoa a montar na Sue merece uma introduçãozinha, e acho que vocês vão concordar. Ela é incomparável, corajosa e, bem, cheia de personalidade. Teddy Andersen, pessoal!

Os gritos que saíram do bar provavelmente provocaram algum tipo de atividade sísmica por Meadowlark. Uma das pessoas no palco virou o holofote, e segui seu feixe de luz. Ele pousou bem em Teddy, que estava nos fundos do bar, se divertindo em receber toda aquela atenção.

Ela deu seu sorriso de sempre, e meu coração retumbou nos ouvidos.

A banda começou a tocar enquanto ela andava até o cercado do touro. Acho que nunca tinha ouvido a banda do Bota do Diabo tocar alguma coisa sem ser country, mas naquele momento estava tocando "Strutter", do Kiss.

Que era a música perfeita, porque Teddy estava fazendo o que dizia o nome da música, desfilando até o cercado, a luz atingindo o prata da sua roupa e mandando orbes de glitter pelo bar.

Nunca tinha ficado tão óbvio que ela era a filha de uma estrela do rock, mesmo que não cantasse nada.

Todo mundo estava com o olhar fixo nela — inclusive eu. Ela acenou, girou e jogou beijos, dando um show para todo mundo, e caramba, eu poderia ficar ali admirando Teddy a noite toda.

Entre a vibração do baixo, a bateria e os gritos da multidão, havia Teddy para todo mundo. Alguns meses atrás, eu teria dito que era demais, mas agora não parecia o bastante.

Ela chegou perto da área do touro no começo do segundo refrão. Brooks a ajudou a subir, e então ela montou.

Ver suas pernas balançando sobre o touro e depois o pulinho que deu para se acomodar me fez querer que ela montasse outros lugares. Os meus lugares. Boca, pau, mão, tudo. Não me importava.

— Pronta, Ted? — perguntou Brooks pelo microfone, e Teddy soltou um "Pode apostar".

Não tinha dado para ouvir em meio ao barulho da multidão, mas li seus lábios. Olhei para minha irmã, que gritava mais alto do que todo mundo para a melhor amiga.

Teddy ergueu a mão direita e segurou no touro com a esquerda. O solo da guitarra em "Strutter" tinha acabado de começar quando Brooks disse:

— Uma mão, por oito segundos, em três... dois... um!

Sue começou a se mexer, para o lado, para cima, para baixo. Havia um cronômetro no cercado do touro.

Teddy pareceu um pouco instável depois do primeiro solavanco, mas se recuperou. Logo depois disso, mais dois solavancos a atingiram, mas ela continuou. Nunca achei que ficaria tão concentrado em ver alguém montando um touro, mas acho que não estava nem respirando.

Teddy foi jogada para o lado, e todo mundo no lugar berrou alguma versão de "Aguenta", e ela aguentou. Faltando dois segundos, Teddy soltou um "irra", e todo mundo soltou também. Sue deu um solavanco final, e achei que Teddy iria cair, mas nada.

Quando Sue parou, Teddy ainda estava firmemente montada.

A multidão aplaudiu, assobiou e gritou. E Teddy, que não era de desperdiçar um holofote, ficou em pé nas costas de Sue com os braços esticados, o que fez os gritos ficarem mais e mais altos. Ela colocou a mão no ouvido, como se dissesse "Não estou ouvindo", e a multidão foi à loucura, dando tudo de si.

Eu estava sorrindo. Meu rosto na verdade doía de tanto sorrir, o que acho que nunca tinha me acontecido.

Quando Teddy saltou do touro, parti em direção ao cercado. Não fui o único. Havia uma fila de homens esperando para ter uma chance com a mulher que tinha acabado de cavalgar aquele touro.

Que pena para eles que ela era minha, não?

A banda tinha passado para outra música, e a multidão começou a se dispersar. Teddy falava com um dos seus muitos admiradores quando cheguei até ela.

Ao me ver, seu rosto se iluminou ainda mais. Era um milagre que seu sorriso não tenha me cegado.

Coloquei a mão no ombro do homem que falava com ela e soltei um "sai da frente!", então a puxei pelas chaparreiras e colei sua boca na minha. Eu a beijei como se fôssemos as únicas duas pessoas no bar. Ela me beijou de volta com o mesmo fervor, e não me importei nem um pouco com o fato de que todos estavam olhando.

Queria que olhassem. Queria que soubessem que Theodora Andersen era minha.

Quando me afastei do nosso beijo, seus olhos azuis estavam enevoados e entorpecidos.

— Vem pra casa comigo — pedi.

— Claro, por favor. Agora.

Cacete, estava ótimo para mim. Peguei sua mão e a puxei em direção à porta.

Vi que meus irmãos e amigos estavam boquiabertos, à exceção de Ada. Ela deu um tapa no braço de Wes, e não sei se entendi certo, mas acho que a ouvi dizer "Você me deve cinquenta pratas".

Não olhei para mais ninguém a caminho da saída. Eu era um homem focado. E o foco — colocando do jeito mais respeitoso possível — era possuir Teddy Andersen.

Não importava que fosse verão em Meadowlark, sempre ficava frio quando o sol se punha. Então, quando Teddy e eu passamos pela porta do Bota do Diabo, fomos recebidos por uma brisa gelada.

Eu não sabia dizer se era o ar das montanhas que fazia eu me sentir vivo ou a mulher cuja mão eu segurava.

Quando chegamos à minha caminhonete, empurrei Teddy contra ela e pressionei seu corpo contra o meu. Beijei-a de novo. Ela se agarrou ainda mais em mim. Sua boca se moveu sob a minha, e de repente não estava mais tão frio ali.

Meus quadris se mexeram por conta própria, e Teddy arfou. Engoli seu arquejo com outro beijo e, quando senti sua língua na minha boca, meus joelhos fraquejaram. Nunca fui um cara de beijar. Eu gostava, não me entenda mal, só que não entendia toda a expectativa que cercava o momento.

Até beijar Teddy. Depois que a beijei tantos anos atrás, entendi que poderia ser muito bom. Na época, achei que aquela seria minha única chance de beijá-la, mas consegui mais uma vez, muitas outras vezes, e ali estava eu, beijando-a de novo.

Eu podia fazer aquilo a noite toda, mas Teddy tinha outros planos.

— Me leva pra casa, August Ryder — pediu na minha boca.

Suas mãos desceram pelos meus ombros, para o meu peito e então deslizando pelo meu abdômen.

E, naquele momento, eu soube que nunca mais conseguiria dizer não para aquela mulher.

Trinta e cinco

TEDDY

A viagem de volta para a casa de Gus foi quieta e cheia de expectativa. Sua mão direita fazia pequenos círculos na minha coxa, e a esquerda estava no volante. Nossa, como ele era gato.

Aquela noite parecia diferente. Naquela noite, tínhamos escolhido um ao outro na frente da cidade inteira.

Quando a caminhonete de Gus parou na frente da sua casa, permanecemos na cabine. Deixei o silêncio cair sobre mim como um cobertor quente. Olhei para Gus, que me observava atento.

— Você está incrível — afirmou.

Dei uma risada.

— É fã de chaparreiras? — perguntei.

— Sou fã da bunda que está preenchendo elas — respondeu Gus com um sorriso que fez meu coração parar por um segundo. — E um fã da mulher que é dona da bunda também.

— Está amolecendo comigo, August? — brinquei.

Gus olhou para sua virilha e depois de volta para mim.

— Literalmente o oposto, linda.

Linda. O jeito como ele falou aquilo, rindo, e depois o sorriso que deu fizeram eu me derreter toda por dentro.

Ficamos em silêncio de novo.

Depois de um instante, Gus abriu a porta e saiu da caminhonete. Eu estava prestes a segui-lo, mas ele disse:

— Não ouse abrir essa porta, Theodora.

— Sim, senhor — respondi, provocando.

Vi pelo para-brisa Gus balançar a cabeça e cruzar a frente da caminhonete, ainda sorrindo. Eu sabia que ele não poderia esconder aquelas covinhas de mim para sempre.

Quando abriu a porta, estendeu a mão, e a segurei. Andamos até sua porta lentamente, de mãos dadas. Quando chegamos ao degrau do topo, Gus se virou para mim e disse quatro palavras que jamais achei que ouviria dele — "Gosto de você, Teddy" —, depois levou a boca até a minha. Eu o beijei com urgência. Emaranhei as mãos no seu cabelo e pressionei o corpo no seu. Ele me guiou alguns passos até minhas costas atingirem a porta.

Ele gostava de me pressionar nas coisas.

Suas mãos desceram para minha bunda, que ele agarrou e usou para me levantar. Envolvi as pernas na sua cintura e continuei a beijá-lo. Quando ele tirou a boca da minha para destrancar a porta, espalhei beijos por seu pescoço. Lambi e mordisquei sua orelha. Fiz tudo que podia para senti-lo.

Ele estava lutando para enfiar a chave na fechadura.

— Não consegue achar o buraco? — perguntei.

— Não enche o saco, Teddy — respondeu ele, finalmente abrindo a porta e me deixando sem o apoio nas minhas costas.

Gus continuou me segurando com força, e eu fazia o mesmo. Ele nos levou para dentro e tentou me colocar no chão, mas me segurei. Ele chutou os sapatos para fora.

— Balcão da cozinha — falei, depois de lamber seu pescoço de novo.

Ele grunhiu, mas obedeceu, e enfim soltei os braços do seu pescoço.

— Tira a blusa — mandei, observando-o.

Seu cabelo estava bagunçado, os lábios inchados. Nossa, ele era uma obra de arte.

— Alguém está mandona hoje — comentou, mas fez o que pedi.

— E a calça — emendei. Ele não fez isso imediatamente. Me olhava como se quisesse debater, mas falei: — Não posso chupar seu pau na cozinha se você estiver de calça, August.

Vou te contar: nunca vi a calça de um caubói ser retirada tão rápido.

Coloquei as mãos para trás e me reclinei no balcão, absorvendo o lindo homem diante de mim. Seus ombros eram largos, o corpo lapidado e aprimorado depois de anos de trabalho braçal. As veias de seus braços estavam saltadas, porque ele vivia fechando a mão em punhos, como se estivesse tentando se controlar. As tatuagens no seu peito acentuavam os músculos. Um pouquinho de pelo escuro fazia uma trilha até seu pênis.

Que era onde meu foco estava. Olha, eu não costumava pensar muito na aparência dessas coisas, mas, tinha que admitir, o de Gus era bonito. E ele sabia como usá-lo.

Torci para que Gus pudesse sentir a fome no meu olhar. Torci para que pudesse ver quanto eu o queria, mas, só no caso de ele não ver, falei:

— Quero você. Te quero muito e o tempo todo. — Desci do balcão. — Penso em você de noite, enquanto me dou prazer. Penso nas suas mãos, nos seus dedos e na sua boca.

As narinas de Gus se inflaram enquanto eu deslizava um dedo pelo seu peito.

— Penso no seu quarto tão perto do meu e desejo que abra a porta. Ainda mais depois daquela noite na sala — falei.

Os olhos de Gus estavam pegando fogo, e eu sabia que

ele tinha se sentido do mesmo jeito. Devia estar usando toda a força que tinha para não me agarrar, me virar e me comer bem ali.

Gostava que estivesse se comportando. E gostava dos arrepios em sua pele em todo lugar que eu o tocava.

— Caralho, Teddy — falou. — Você está me matando.

Fiquei na ponta dos pés e o beijei ao mesmo tempo que agarrei seu pau. Ele soltou um espasmo e grunhiu na minha boca. Eu amava o gosto dos seus grunhidos. Desci beijos por seu pescoço, peito, abdômen, e me abaixei até ficar de joelhos.

— O que você quer, Gus? — perguntei, olhando para ele.

— Quero fuder essa boquinha travessa — respondeu, agarrando meu rabo de cavalo.

Abri a boca e coloquei de leve a língua para fora, sobre o lábio inferior.

Um convite.

— Assim você me mata — sussurrou.

Gus usou a mão que não estava no meu cabelo para colocar o pau na minha língua. Eu o abocanhei, e sua cabeça tombou para trás, em êxtase. Vê-lo engolir em seco me deixou molhada.

Levei as mãos até seu pau e comecei a movê-las para cima e para baixo enquanto o chupava e acariciava a cabeça do seu pau.

— Porra. Sua boca, sua boca, cacete.

Ele impulsionou o quadril, e seu pau atingiu o fundo da minha garganta, o que adorei pra cacete. Mas então ele parou e o tirou da minha boca, e eu gemi em protesto.

— Desculpa. Eu te machuquei, Teddy?

— Não. Eu quero isso. Fode minha boca, Gus. Por favor — pedi, sabendo quanto aquilo o excitava.

Gus acariciou minha bochecha.

— Você é tão linda, Teddy — elogiou. — Aperta minha perna se estiver demais, tá bom?

— Tá bom — respondi, sabendo que ele não se contentaria só com um aceno de cabeça.

Quando entrou de volta na minha boca, suspirei nele e retomei de onde tinha parado. Não demorou muito para seu quadril se movimentar de novo e para ele começar a meter com força na minha boca. Lágrimas se formaram nos meus olhos, e tudo naquilo era delicioso. Eu me senti sexy e poderosa com seus olhos em mim e seu pênis na minha boca.

— Cacete. Minha garota linda.

Suas investidas ficaram mais velozes e erráticas, e o deixei guiar minha cabeça enquanto ficava cada vez mais próximo do limite. Bem quando achei que gozaria, ele tirou o pau da minha boca. Suas mãos estavam em mim num segundo, me erguendo do chão.

— Dentro de você. Preciso gozar dentro de você.

Aquele homem tinha uma obsessão em me preencher com sua porra, e eu amava isso. Tirei a camisa enquanto Gus me ajudava com as perneiras e a calça jeans. Ele as desceu sem perceber que não tinha tirado as minhas botas.

— Que se danem elas — falou, ao me erguer na bancada. Ele tirou as botas uma por uma e as jogou de lado, depois fez o mesmo com a calça. — Não vou durar muito, Teddy, pelo menos não dessa vez, e preciso que chegue lá. Me diz o que preciso fazer.

Eu já estava bem mais perto do que ele imaginava. Excitá-lo me deixava encharcada.

— Tem um vibrador na minha mesinha de cabeceira — falei.

Ele praguejou entre dentes.

— Bem que eu tinha ouvido um barulho — comentou, e pisquei para ele.

— Talvez tenha sido de propósito — declarei.

— Já volto. Fica se acariciando enquanto vou lá.

Ele disparou até o quarto, tentando não correr, completamente descontrolado. Segui suas ordens, circundando o clitóris com os dedos e, quando ele voltou, estava com meu vibrador roxo.

Ele subiu na bancada também e moveu meu corpo nu para trás, para que ficasse completamente deitado na superfície. A sensação da bancada fria nas minhas costas e seu corpo quente por cima era incrível.

— Preciso entrar em você — afirmou ele, e encaixou o pau na minha entrada. — Você está pronta pra mim?

— Estou pronta — respondi. — Me deixa sentir você.

Ele deslizou para dentro de mim aos poucos, e meu corpo começou a estremecer. Porra, toda vez seria tão bom assim?

— Amo a sensação da sua buceta em volta do meu pau — grunhiu. — Amo.

Eu acho que te amo, pensei, mas afastei o pensamento.

Depois que entrou completamente em mim, ele se equilibrou em uma das mãos perto da minha cabeça e pegou o vibrador. Ele o ligou e o passou uma vez por meu clitóris. Eu me arqueei, e ele xingou.

— Provocador — falei, ofegante.

Ele sorriu para mim ao pousar o vibrador no clitóris de novo e pressioná-lo com delicadeza. Um som que nunca ouvi antes saiu da minha boca.

— Porra, isso é tão bom quando estou dentro de você — vociferou ele.

Com o vibrador no clitóris, ele começou a botar e tirar o pau. Lentamente, como se quisesse deixar algum tipo de marca. Eu me contorci e me empinei sob ele, mas Gus não acelerou. Ele me comia de forma consciente. Não tirou os olhos de mim o tempo todo.

Meu corpo se retraiu, e ondas de prazer me dominaram. Meus gemidos ficaram cada vez mais altos, e, enfim, quando eu estava quase no limite, ele meteu com mais força. E mais força. Só quando minhas costas se arquearam na bancada e meu orgasmo fluiu por mim que ele acelerou, me fodendo na bancada até eu senti-lo me encher com sua porra. Seu corpo ficou rígido, e sua respiração saía irregular.

— Teddy! — disse ele, arfando e gozando intensamente. — Porra, Teddy, nunca mais quero ficar sem você.

— Então fica comigo — murmurei quando seu corpo desabou no meu.

Trinta e seis

TEDDY

Na manhã seguinte, saí para buscar Riley no Casarão. Gus e eu havíamos tido uma noite longa, então eu estava exausta, mas de um jeito bom. Não conversamos sobre toda a coisa do "nunca mais quero ficar sem você". Eu sabia como me sentia em relação ao que ele falara, mas não sabia o que pensar daquilo ainda, então só ficamos deitados juntos na bancada até Gus insistir que fôssemos para o banho, para cuidar de mim.

Então deixei que cuidasse.

Peguei um dos quadriciclos de Gus, sabendo que poderia deixá-lo no Casarão. Assim, eu e Riley iríamos andando para casa juntas e com sorte acharíamos mais algumas plantas. Havia um novo trecho de flores silvestres perto da arena antiga, e eu estava com esperança de conseguir terminar a lista.

Antes de sair da casa de Gus, olhei o projeto de bordados em que vinha trabalhando pelos últimos meses. Precisávamos de mais três flores para preencher os espaços em branco, incluindo o jasmim-das-rochas, a flor que tinha iniciado a coisa toda. Segundo a internet, que presumi ser um pouquinho mais atualizada do que o *Guia de Plantas Nativas das Montanhas Rochosas* de 1998 de Hank, ela era bem comum naquela parte das Montanhas Rochosas, tão comum que já deveríamos tê-la encontrado àquela altura.

Para ser sincera, se não achássemos uma naquela semana, eu ficaria arrasada. Não queria decepcionar Riley, não queria me sentir um fracasso, não se ainda precisava encarar e decidir quais seriam meus próximos passos.

Uma ideia tinha começado a tomar forma na minha mente, algo que envolvia meus planos para o futuro, e fiquei empolgada. Gostava de manter as coisas guardadas enquanto trabalhava nelas, mas também mal podia esperar para contar a Gus, Emmy e meu pai.

Emmy e eu não tínhamos nos falado desde o dia da briga, mas isso ia acontecer em breve, eu tinha certeza. Já havíamos brigado algumas vezes, como no grande desastre do recreio de 2006, quando Emmy escolheu Collin Haynes para ficar no seu time de kickball em vez de mim. Ela alegou que ele conseguia chutar a bola mais longe, e conseguia, mas, no alto dos meus dez anos, fiquei muito brava com aquilo. Hank nos pegou na escola naquele dia, e, quando voltamos para Rebel Blue, saiu da caminhonete e nos trancou nela. Disse que não sairíamos até nos resolvermos.

Funcionou.

Ao longo dos anos, aprendemos a lidar com os conflitos da nossa amizade com um pouquinho mais de maturidade. Às vezes ela precisava de espaço, às vezes era a minha vez, mas sempre nos entendíamos.

Riley e eu andamos de mãos dadas. Era um lindo dia de verão em Rebel Blue. Todo dia ali era bonito, mas eu nunca deixava de ficar impactada.

Tínhamos saído da trilha — cortando caminho em meio aos choupos-negros que nos levariam até a antiga arena um pouquinho mais rápido. Não que eu estivesse com pressa — eu estava aproveitando ao máximo o tempo com Riley, e por mim caminharia por Rebel Blue o dia todo —, mas se havia aprendido uma coisa naquele verão era que crianças de seis anos tinham perninhas curtas e se cansavam, mesmo quando não queriam admitir.

Eu amava choupos-negros. Amava ver a luz se infiltrando pelas folhas como chuva e as folhas farfalhando como um trovão quando ventava. Caminhar em meio a choupos-negros era meu tipo de tempestade favorito.

— O papai comprou um saco de dormir só pra mim, e é rosa — dizia Riley. — E a gente fez s'mores, mas a gente usou pasta de amendoim em vez de chocolate.

— Hum. Que ousado — falei.

Riley parou por um instante.

— Usado?

Não ri, porque não queria que Riley tivesse vergonha de fazer perguntas. Naquele ritmo, ela seria mais esperta do que todos nós aos dez anos.

— Ousado — falei, devagar. — Significa algo muito diferente e corajoso.

— Gosto de coisas ousadas.

— Eu também, Raio de Sol.

Saímos das árvores para um grande trecho de planície que abrigava a antiga arena de treinos de cavalos. A nova era coberta, aquela não. Havia um pequeno rebanho de gado pastando perto da arena, justamente no trecho onde flores silvestres tinham surgido.

Eu amava todos os seres vivos, mas, juro por Deus, se um daqueles filhos da putinha comesse meu jasmim-das-rochas, eu ia surtar.

— A gente vai até lá? — perguntou Riley, apontando para as vacas. Fiz que sim. — A gente pode correr?

— Claro que podemos correr — declarei.

Aumentei o ritmo e puxei Riley comigo. Corremos e

gritamos todo o percurso até as vacas, que, claro, não deram a mínima e só ficaram ali nos observando. Riley devia ter enfiado o pé em algum buraco, porque tropeçou, e nós duas caímos na grama. Fiquei com medo de ela ter machucado o tornozelo, mas Riley estava rindo, então presumi que estava bem. Ficamos deitadas ali um tempinho. Escutei sua risada e sua respiração suave.

Riley e eu vasculhamos o trecho de flores silvestres por um pouquinho mais de uma hora. Achamos uma das três que vínhamos procurando, Riley quem as viu. Seu nome era botão-de-prata — era pequena, curta e branca. O trecho em que estávamos tinha em sua maioria flores amarelas, então eu torci para que achássemos algumas onagras ali também (nada feito), mas me contentei com o botão-de-prata.

Colhemos mais algumas, e Riley as segurou como um buquê pelo restante da caminhada. Ela tinha aprendido sobre buquês com Cam — que estava organizando o próprio casamento —, mas Riley foi categórica ao me informar que não carregaria um buquê no casamento da mãe. Ela jogaria pétalas, porque era a daminha de honra.

Quando estávamos quase em casa, Riley quis correr de novo. Durante o verão, eu tinha notado que, toda vez que ela começava a correr — mesmo que fosse só da sala para a cozinha —, soltava uma risadinha maníaca aguda. Tinha se tornado um dos meus sons preferidos.

Eu ia sentir saudade dela. Saudade de tudo isso.

E saudade dele.

Ia sentir saudade de quem pude ser enquanto estava com ele. Não era como se eu nunca fosse vê-los de novo. Eu os veria o tempo todo, mas não seria a mesma coisa. Eu não teria as manhãs calmas com Riley ou as noites tranquilas com Gus enquanto ele dobrava roupa e eu lia um livro.

Eu não poderia vê-lo descontraído e aberto na sua casa, seu espaço seguro, onde podia não pensar em todas as responsabilidades que carregava no ombro.

Não sabia para onde iríamos a partir dali. Tentaríamos voltar para como as coisas eram? Tratar um ao outro do jeito que todo mundo esperava? Ou veríamos o que brotaria das sementes que tinham sido plantadas naquele verão? Descobriríamos nosso próprio tipo de flor, silvestre, inesperada e nossa? Ou ela murcharia? Eu simplesmente não sabia.

Mas sabia que realmente ia sentir saudade dele. Do *meu* Gus.

Trinta e sete

GUS

Cam viria buscar Riley naquela noite. A mala de Teddy estava na porta, e eu tinha que lutar contra a vontade de chutá-la, ou jogar fora, ou levar de volta para o meu quarto e começar a colocar todos os objetos dela na minha cômoda.

Não queria que ela fosse embora.

Riley e Teddy estavam na sala. Haviam aberto um tecido branco e estavam colocando com cuidado as flores secas que coletaram no verão. Tinham dado sorte naquele dia e encontrado duas das últimas que procuravam — uma amarela perto da antiga arena e uma branca na trilha de volta para casa. Riley estava nas nuvens. Teddy parecia feliz também, mas ainda faltava uma flor, e ela não conseguia deixar isso para lá.

— Pai! Vem ver! — chamou Riley.

Tirei do forno o frango e os legumes que tinha preparado e fui até a sala. Teddy estava sentada de pernas cruzadas na frente do tecido e Riley estava no seu colo. As duas com olhos arregalados e sorridentes.

Minhas garotas, pensei, mas logo afastei o pensamento. Eu e Teddy ainda não tínhamos conversado sobre isso, sobre o que aconteceria quando o verão acabasse. Torcia para que continuássemos seguindo em frente. Torcia para que continuássemos escolhendo um ao outro, porque eu estava me apaixonando de verdade por ela. Só não sabia ainda o que diabos fazer com essa informação.

— Que incrível, Raio de Sol — falei. — Olha pra tudo que você fez esse verão.

— E a Teddy também! — respondeu Riley.

— E a Teddy também — concordei, baixinho.

Teddy sorria, mas seu sorriso não chegava aos olhos. Quando comecei a reparar nesse tipo de coisa?

— Obrigado. Por tudo — falei para ela.

Teddy assentiu e deu um apertozinho em Riley.

— Então, Raio de Sol, vamos limpar isso. Tenho que ir.

Meu coração afundou como uma pedra num lago, e fiquei surpreso por ninguém ouvir o baque.

— Você não vai ficar para o jantar? — perguntei, com a decepção clara na voz.

— Falei para meu pai que estaria em casa — respondeu Teddy, sem olhar para mim.

— Ah. Tá bom.

Ela e Riley começaram a juntar as flores e colocá-las com cuidado de volta nas páginas do livro. Preparei o restante do jantar e tentei afastar o incômodo que tinha se alojado no meu peito com a iminência da partida de Teddy.

— Lava as mãos! — gritei para Riley, misturando a massa e o molho em uma tigela grande.

Quando ouvi os pés de Riley subirem para o banheiro, me virei e vi Teddy apoiada na porta da cozinha.

— Tem certeza de que não quer ficar? — perguntei, dando alguns passos em sua direção.

Teddy assentiu.

— Tenho, obrigada — respondeu, embora não parecesse nem um pouco certa disso.

Seus olhos azuis ficavam alternando entre mim e a porta de entrada, entre ficar e ir.

Por que estava em conflito? Tínhamos algo ali, não tínhamos?

— Só... só quero ficar em casa com meu pai hoje — declarou, se aproximando de mim. — Obrigada... — ela envolveu os braços na minha cintura, e pousei a mão em sua nuca — ... pelo melhor verão da minha vida.

Eu me afastei e olhei para ela.

— Teddy, eu...

Ela se soltou do meu abraço e falou:

— A gente se fala em breve, tá bom?

E então foi embora.

— Mamãe!

O grito de Riley provavelmente pôde ser ouvido no condado ao lado. Ela se jogou nas pernas de Cam, que cambaleou, mas conseguiu se estabilizar.

— Oi, Raio de Sol — disse ela, se abaixando para falar com a filha. — Olha como você está grande — comentou, tirando o cabelo cacheado do rosto de Riley. — Eu senti tanta saudade. — Cam puxou a filha para os braços e a ninou lentamente.

— Que saudade, mamãe. Que saudade. Tanta saudade. — Riley agarrava o pescoço da mãe.

Cam se levantou, erguendo Riley junto e me puxando para um abraço também.

— E aí, poderosa chefona, como você tá? — perguntei.

— Bem. — Cam estava radiante. Ficava olhando para Riley como se não conseguisse acreditar que ela estava ali. — É bom estar em casa. Cadê a Teddy?

Esfreguei a nuca e tentei não deixar tão evidente como estava arrasado.

— Ela acabou de sair — comentei.

— E ela vai voltar? — perguntou Cam, como se talvez Teddy só tivesse ido ao mercado ou algo assim. Quem dera fosse o caso. Dei de ombros.

Cam me dirigiu um olhar cheio de dúvidas, que lançava perguntas que eu não saberia responder.

Ela pôs Riley no chão.

— Raio de Sol — falou, fazendo carinho na cabeça da nossa filha —, por que não vai pegar suas coisas e brincar um pouquinho? Preciso conversar com seu pai.

Riley pareceu desapontada, mas falei:

— Que tal fazer uma pintura pra sua mãe com o kit que Teddy te deu?

Ela adorou a sugestão e voltou para a sala, onde tínhamos desembrulhado as tintas logo depois de Teddy partir.

Cam tirou a jaqueta e entrou na cozinha, o que indicava que aquela era uma conversa para termos sentados. Ótimo.

Ela abriu a geladeira, pegou uma cerveja e uma água com gás, e se sentou numa das banquetas sob a bancada. Sentei ao seu lado, e ela deslizou a cerveja para mim. Eu abri a garrafa e dei um bom gole.

— Então — falou Cam.

— Então — falei, baixo.

— O que está acontecendo entre vocês dois? Você e Teddy? — perguntou, mesmo que eu tivesse bastante certeza de que ela já sabia, o que também significava que não precisava mentir para ela.

— Tivemos um lance.

— E foi só isso? — indagou Cam.

— Sim. — *Não.*

— Mentiroso — acusou Cam, e bufei.

— Tá. Não é só um lance — confessei, irritado.

— Então por que ela não está aqui?

— Não sei.

E não sabia mesmo. Não sabia por que ela tinha ido embora tão rápido. Não sabia por que ela insistira tanto nisso ou por que não me dera um beijo de despedida.

E isso estava me matando.

— Ah — falou Cam, como se minha resposta revelasse algo.

Eu não achava que revelava nada, mas ela deu um suspiro profundo, como se estivesse se preparando para o que diria a seguir.

— Então, vou me casar. — Olhei para ela e assenti. Eu já sabia disso. — E Graham é um ótimo cara, à sua maneira. Ele é bom pra mim, e pra Riley, e não pede mais do que posso dar. — Eu não estava entendendo aonde ela queria chegar. E o nome do noivo dela era Graham? Eu vinha chamando o sujeito de Greg aquele tempo todo. — Nosso noivado, nossa vida, é permeada pela intromissão dos meus pais, pela fusão da empresa dele, e pelo dinheiro — falou Cam, com um tom cansado.

Ela nunca havia mencionado nada daquilo para mim. Nunca tive a impressão de que Cam estava nas nuvens com o noivado, mas pensei que fosse só porque ela era uma pessoa muito reservada que não saía por aí dando detalhes da própria vida. Ela queria mesmo se casar com aquele cara?

— E, por causa disso, sou muito... cuidadosa com a relação que ele construiu com Riley — continuou Cam. — Escolho com cuidado e parcimônia de que áreas da vida dela ele pode fazer parte. Acho que ele a vê mais como uma colega de quarto pequenininha do que como uma criança que ele poderia ajudar a criar — afirmou ela. — Mas fui eu quem quis que as coisas fossem assim, porque nunca tive interesse em criar nossa filha com mais ninguém além de você. — Cam abriu um sorrisinho. — Até agora. Quero que saiba — prosseguiu, com a voz sincera e gentil, colocando a mão no meu braço — que acho que Teddy daria uma baita figura materna extra para Riley, e seria uma honra incluí-la na nossa equipe.

Senti algo alojado na minha garganta que me impedia de engolir, por mais que eu tentasse.

— Acho que te conheço melhor do que a maioria das pessoas — continuou Cam. — Sei como fica quando está feliz, triste ou cansado, o que é impressionante, porque, para alguém de fora, todas as suas caretas parecem as mesmas. Mesmo assim, eu nunca soube como você ficava quando estava apaixonado, mas agora sei. — Parei de respirar. — Não tem problema amá-la, Gus. Tudo bem desejá-la. Tudo bem *desejar*. Você tem tanto amor pra dar, Gus. Vejo isso no modo como ama nossa filha e no modo como cuida da sua família, inclusive de mim, e só quero que você tenha alguém que te ame de volta do mesmo jeito. — Cam estava muito emocionada. — E Teddy, nossa leoa, talvez seja a única pessoa que conheço que ama com a mesma ferocidade que você.

Cam falava com uma parte minha que a maioria das pessoas não sabia que existia, a parte que queria desesperadamente amar e ser amado.

Não respondi nada. Não conseguia. Só fiquei sentado ali, tentando absorver aquelas palavras.

As coisas entre mim e Teddy andavam meio estranhas, mas não porque elas *eram* estranhas. A questão é que o verão acabou, e não conversamos sobre isso antes que ela fosse embora.

Comecei a me perguntar se ela achava que eu a deixara ir com muita facilidade. Tinha dito na noite anterior que nunca mais queria ficar sem ela, e agora temia ter feito isso sem querer, ao deixá-la partir sem conversar. Em geral, eu achava que ações falavam mais do que palavras. Havia feito tudo que podia para mostrar a Teddy como meus sentimentos por ela eram intensos e verdadeiros, e ela havia me mostrado o mesmo, só que, quando se tratava de um futuro juntos, precisávamos conversar também. Eu precisava dizer a ela que a queria por muito mais do que só um verão.

Eu a queria tanto que a ausência dela era como jogar sal numa ferida aberta.

— Acho que você não deveria deixá-la ir embora, Gus — declarou Cam.

— Não vou — garanti, e fui sincero. E eu a traria de volta para mim. — E, Cam, se não quiser se casar, acho que não deveria.

Cam sorriu para mim, mas pareceu triste.

— Vou ficar bem, Gus. Nem todo mundo foi feito para amar como você.

Então, ela saiu da banqueta e chamou Riley, não me dando a chance de entender melhor aquela afirmação.

Trinta e oito

GUS

Tinham se passado alguns dias desde que Teddy foi embora. Eu havia mandado algumas mensagens — checando se estava bem —, mas tentei ao máximo dar espaço a ela, lutando contra a vontade de dirigir até sua casa, bater na porta e pedir que voltasse.

Ela disse que conversaríamos em breve, e Teddy sempre fazia o que dizia. Eu sabia que ela não nos esqueceria, mas entendi que ela tinha algumas coisas para resolver primeiro.

Nos últimos meses, muito havia mudado nas nossas vidas, mas principalmente na de Teddy. Ainda que amasse ficar com Riley, eu sabia que ela sentia falta do emprego. Sabia também que, se as coisas fossem do meu jeito, ela passaria o resto da vida com Riley.

Queria que Teddy tivesse tudo — um emprego que amasse, um propósito, uma família, o que quisesse — e tinha algumas ideias de como poderíamos pelo menos começar a buscar essas coisas quando ela estivesse pronta. Nossa, precisava vê-la. Precisava conversar com ela.

Estava com os olhos fixos no horizonte de Rebel Blue quando meu pai entrou nos estábulos para equipar Cobalt. Eu vinha pensando no projeto de plantas de Riley e Teddy, na flor teimosa que ainda se escondia delas em algum lugar por aí.

— Bom dia — cumprimentou ele, tocando o chapéu.

— Bom dia — respondi, mas minha voz estava distante. Elas não tinham conseguido achar o jasmim-das-rochas. Riley tinha falado tanto disso que era impossível esquecer o que faltava para elas atingirem seu objetivo final. — O que vai fazer hoje? — perguntei, tentando focar no meu pai.

— Pensei em dar uma olhada no gado com você.

Uma mudança de planos de última hora era uma atitude clássica do meu pai. E significava apenas uma coisa: queria conversar sobre algo. Ele não tinha muitas artimanhas, mas as que realmente tinha eram efetivas, sobretudo quando envolviam ficar sozinho numa cavalgada de uma hora a fim de achar a parte da manada que procurávamos.

— Parece uma boa ideia — falei.

Na nossa fazenda de gado, a saúde e o bem-estar do rebanho eram nossa prioridade número um. Era nossa responsabilidade garantir que o gado estava alimentado, abrigado, cuidado, contente, e tivesse água suficiente para beber. Ser fazendeiro podia se resumir a uma palavra: gestão. Gestão dos animais na terra e gestão da própria terra. A terra tomava conta de nós, e era nossa maior responsabilidade tomar conta dela também.

Equipamos os cavalos e montamos juntos, então saímos. Deixei meu pai guiar e determinar o ritmo, que estava mais lento do que eu esperava. Fosse lá sobre o que ele queria conversar, iria demorar.

Quando chegamos às árvores e ficamos rodeados de choupos-negros, ele perguntou como eu estava.

— Bem — respondi, sincero. — As coisas estão bem.

— Obrigado por ter trabalhado tanto nos últimos meses — declarou meu pai com sinceridade. O silêncio recaiu sobre nós. Desde o episódio do começo do verão, eu sentia que meu pai e eu estávamos em um terreno sensível. Bem, eu com certeza estava. Ele estava bem. Firme, como sempre, diferente de mim. — Sei que fui rígido com você naquele dia lá em casa, mas tudo que faço tem um motivo, August.

— Eu sei — respondi, e ele tinha razão.

Seu amor com doses de rigidez tinha me levado até Teddy, e eu era grato por isso. Ainda assim, quando pensava no modo como ele tinha ido pra cima de mim no café da manhã, ficava um pouco irritado.

Não era que ele fosse mais rígido comigo do que com meus irmãos. Não, ele não era — pelo menos não de propósito. Mas era eu quem supostamente o substituiria um dia, aquele com a responsabilidade de garantir que Rebel Blue se adaptaria, sobreviveria e ficaria de pé com o passar do tempo. Seu relacionamento com cada um de nós era único. O meu só era fundamentado em mais responsabilidades e expectativas do que o dos meus irmãos.

— Você se dedica de corpo e alma a tudo que faz, e essa é uma das suas maiores qualidades. Herdou isso da sua mãe — comentou ele.

A menção à minha mãe me fez apertar mais as rédeas e ficar mais atento. Ele tinha começado a falar mais dela nos últimos anos — depois que Emmy voltou para casa —, mas em geral ele só a trazia para a conversa quando havia algo importante a dizer.

— Mas você não pode se dedicar de corpo e alma a tudo o tempo todo quando esse lugar for seu.

Alguns meses antes, aquilo não teria feito sentido para mim, mas naquele momento fez. Teddy tinha me ajudado a enxergar isso: que eu não podia ser tudo para todo mundo ao mesmo tempo.

— Às vezes, Rebel Blue vai precisar de toda a sua atenção.

Algumas vezes ele vai ser a única coisa na sua mente. E então em outras sua família vai precisar mais de você do que o rancho, e em outras você vai precisar de um tempo pra cuidar de si mesmo. Quando isso acontecer, você vai precisar conseguir depender das pessoas ao seu redor, dos seus funcionários e da sua família. Se você depender só de si mesmo para comandar o rancho, vai fracassar.

Ai. Foi difícil ouvir isso, mas sabia que ele estava certo.

— Algo sempre tem que ceder, e não tem problema deixar. — Meu pai suspirou. — Quando assumi Rebel Blue, era só eu. Meu pai tinha falecido, minha mãe não estava bem, e Boone havia partido. — Boone era o irmão mais velho do meu pai. Ele deveria ter herdado Rebel Blue, mas não a quis. Foi embora e deixou tudo pra trás. — Rebel Blue é minha maior parte. É tudo que vou conhecer, tudo que quis conhecer, mas nunca desejaria a responsabilidade única desse rancho para ninguém, muito menos para o meu filho.

— Eu amo Rebel Blue, pai — afirmei. Precisava que ele soubesse.

— Eu sei, e ele tem sorte de ficar com você depois que eu me for. — Minha garganta ficou apertada. — E, se você agir bem, pode ter uma vida que fica mais rica com Rebel Blue, não uma vida que foi consumida por ele.

— Agir bem? — perguntei.

— Se afastar quando precisar. Quero que você tenha dias em que aproveita o fato de morar no lugar mais bonito da Terra. Ou em que talvez passe um tempo extra com uma mulher linda e sua filha amada.

Quando olhei para ele, perplexo, meu pai sorria um pouco. Com certeza sabia de Teddy. A cidade inteira sabia àquela altura; tínhamos, afinal de contas, nos beijado no meio do Bota do Diabo. Mesmo se a cidade não soubesse, com certeza algum dos meus irmãos — ou Brooks — teria contado.

— Sabe... — falou ele, apontando para uma pequena bifurcação na trilha em que estávamos. Eu não tinha familiaridade com ela, não ia para o cume norte com muita frequência — ... se você for naquela direção, pode encontrar muitas flores silvestres cor-de-rosa.

Parei com Scout ao ouvir suas palavras e nos viramos para ficarmos de frente para meu pai, cujos olhos brilhavam.

— Se chama jasmim-das-rochas, acho. No caso de alguém, ou dois alguéns, estarem procurando por elas.

E então piscou para mim.

Olhei a trilha. Precisava ir até lá. Precisava levar Teddy e Riley para lá, hoje. Era isso de que eu precisava: mostrar a Teddy que eu a via, que a queria e que iria apoiá-la em tudo. Mas não tinha como eu checar o gado e limpar a trilha antes de escurecer.

— Posso... — Hesitei por alguns segundos. Nunca tinha pedido isso antes. — Posso tirar o dia de folga? — A pergunta pareceu estranha na minha língua. — É importante.

Quando olhei para meu pai, ele estava radiante, como se estivesse orgulhoso de mim, como se me ouvir pedir folga fosse a melhor coisa que acontecera com ele nos últimos tempos.

Ele assentiu.

— Claro, August — respondeu meu pai, com um sorriso caloroso e perspicaz. — Você merece.

Trinta e nove

TEDDY

Eu estava pintando a garagem de novo. Sinceramente, eu preferia estar costurando, mas ainda não tinha consertado a máquina de costura — não tive tempo de levar para alguém dar uma olhada ou mandar para a assistência técnica, e não estava mais nem fazendo meus esboços de peças, já que não poderia trazê-los à vida. Vinha refletindo sobre mim mesma desde que voltei da casa de Gus alguns dias antes.

Admito que era minha culpa que a máquina de costura não estivesse funcionando ainda ou, se ela não tivesse conserto, que não tivesse comprado outra. Isso não esteve no topo da minha lista de prioridades nas últimas semanas. Meu cérebro todo estava focado na recuperação do meu pai e em aproveitar cada segundo com Gus e Riley. Mas meu trabalho como babá temporária havia acabado.

E eu tinha um plano.

Mais ou menos.

Tinha o começo do que potencialmente poderia se tornar um plano decente, o que era bom o bastante para mim àquela altura. Só que precisava de alguns dias antes de dar o próximo passo — antes de conversar com Gus e contar que desejava dar àquela coisa que tínhamos uma chance. Que queria tudo com ele. E com Riley.

Só torcia para conseguir realmente pronunciar as palavras daquela vez.

Quando ele me pediu para ficar para o jantar, para ficar e ver Cam, surtei. Senti que a fundação sobre a qual Gus e eu construímos nossa relação estava desmoronando, e me vi em queda livre. Fiquei com medo de talvez, sem a dinâmica que tínhamos estabelecido — babá de meio período ajudando um pai atribulado —, não conseguíssemos continuar juntos.

Primeiro precisava me estabilizar *sozinha*.

Ouvi a porta lateral se abrir e olhei ao redor pela primeira vez. Eu estava ali desde o café da manhã, e já devia ter passado do almoço. E lá estava Hank, com um sanduíche de peru, Cheetos de queijo e jalapeño e uma Coca-Cola zero.

— Oi, filha. Faz uma pausa. Senta comigo.

Fui até ele e peguei o prato que trouxe para mim. Depois o ajudei a se acomodar em uma das cadeiras de plástico que eu tinha colocado ali.

— Isso está bonito, Ted. Lindo.

— Valeu, pai. Não sei bem o que é ainda — falei, olhando a paisagem que tinha começado a aparecer.

— Sério? Não consegue ver?

— Como assim? — perguntei, confusa.

— Esquece. — Hank sorria, um sorriso perspicaz e malandro que me fez sorrir também, porque ele só sorria assim quando estava se sentindo bem. — Você podia fazer isso, sabe. Pintar.

— Agradeço sua fé em mim, mas acho que é uma das coisas que preferiria manter como um hobby, entende?

— Entendo — respondeu com um aceno de cabeça, e mordi o sanduíche. — Então, Ursinha, o que vem a seguir? Você tem estado quieta demais nos últimos dias. Focada. Aggie me contou que Betty te viu no banco.

— Merda de cidade pequena — murmurei.

— Merda de cidade pequena — concordou Hank com uma risada.

— Eu só estava considerando quais eram as minhas opções, mas minha ideia inicial não funcionou — respondi. — Só que fiquei pensando... Posso transformar parte da garagem num espaço de trabalho? Se você não se importar de eu mover alguns instrumentos de volta pra dentro. A gente podia ajeitar o quarto de hóspedes para abrigar todos eles. Pode ser mais fácil pra você tocar assim.

— Você pode fazer o que quiser, Teddy. Para que é o espaço de trabalho? — Meu pai sorria. Eu amava seu sorriso.

— Minhas roupas.

— Suas roupas — repetiu meu pai, acenando com a cabeça para eu continuar falando.

— Para as roupas que pretendo fazer — falei. — Amo roupas, pai. Quero criá-las, quero enviar minhas criações para o mundo todo, com meu nome nelas. Eu costumava vender em uma plataforma, mas parei quando Cloma começou a me deixar expor as roupas na loja e no site da butique. Ficou difícil de manter, com todo o resto acontecendo. Mas agora... quero fazer de novo. Não sei se vai sair alguma coisa disso, mas acho que devo a mim mesma tentar.

Os olhos do meu pai estavam marejados. Nossas cadeiras estavam perto, então ele pôs a mão no meu pescoço.

— Se alguém pode fazer isso, é você, Theodora Andersen. Não tenho dúvida.

— Você é obrigado a acreditar em mim — falei, revirando os olhos para manter tudo que eu estava sentindo sob controle. — Você é meu pai.

— E um pai muito orgulhoso.

— Você está ficando mole na velhice.

— Talvez. — Ele se recostou na cadeira de novo. — Quero conversar com você sobre uma coisa. Algumas coisas, na verdade.

— Vai em frente.

— Primeiro, quero que saiba que estou bem, que sou o homem mais sortudo do mundo por ter uma filha como você, que fez tanto sacrifícios para garantir que eu estivesse sendo bem cuidado. Mas preciso que saiba... que não espero que fique aqui pra sempre. Estou com medo de ter te deixado fazer coisa demais por mim, a ponto de você esquecer de cuidar de si mesma. E, se for esse o caso, eu nunca conseguiria me perdoar.

— Pai, não...

— Deixa eu terminar. O que estou tentando dizer é: se você quiser se mudar, ou ir pra algum lugar novo, vou ficar bem. Nós vamos ficar bem.

As palavras do meu pai me atingiram como um coice. Não sabia dizer se de um jeito bom ou ruim, talvez os dois.

— Você está me botando pra fora? — perguntei, com uma risadinha. Foi a única coisa que consegui pensar em dizer.

— Nunca. — Hank riu. — Mas se sua vida te levar pra lugares fora das paredes dessa casinha vermelha, vou ficar bem. Preciso que saiba disso. Deixar essa casinha não significa que está me deixando. Só significa que você está alçando novos voos e tem alguma coisa de que vale a pena ir atrás. Ou alguém.

Assenti, tentando absorver o que ele dizia. Aquela estrela do rock idosa não perdia um compasso, nem mesmo as batidas de hesitação que eu ainda não tinha escutado dentro de mim.

— E segundo — continuou meu pai. — Acho que está na hora de você admitir pra si mesma e pra todo mundo que está apaixonada por Gus. Vocês dois se olhando quando ele e Riley vieram aqui quase me fez vomitar.

— Meu Deus, pai. Já ouviu a expressão "pegar leve"?

Coloquei a cabeça nas mãos. Eu era mesmo tão transparente?

— Não. E acho que nem ela.

Ela? Ergui o olhar.

Emmy tinha acabado de estacionar na nossa entrada e saía da caminhonete. Ela sempre sabia a hora certa das coisas. Hank se levantou.

— Vou dar um tempinho pra vocês — avisou ele, e disparou para a casa.

Quando ele e Emmy se cruzaram, deram um abraço e trocaram algumas palavras antes de ela vir até mim.

— Oi — cumprimentou Emmy.

— Oi — respondi.

Coloquei o prato na grama e me levantei. Emmy e eu nos encaramos, então andamos uma até a outra e colidimos num abraço. Nos seguramos do modo que sempre fizemos.

— Desculpa, Teddy — pediu Emmy no meu ouvido.

— Tudo bem.

— Não — falou, se afastando. — Deixa eu falar. — Emmy respirou fundo. — Acho você uma bênção, Teddy. Acho que sua existência, o jeito como cuida, luta, ama e vive é um milagre. Não tem mais ninguém como você, e eu lamento demais ter feito você sentir que eu não sabia disso, que não via isso. Sei que tem sentimentos profundos, que faria qualquer coisa pelas pessoas de que gosta, que ama com força. — Emmy me abraçou de novo. — E me sinto a pior melhor amiga do mundo por não ver que você estava magoada. O que você sentiu em relação à nossa amizade faz muito sentido. Só não reparei porque eu ainda era sua prioridade, mas também era a de

Luke. E, quando vi por esse lado, percebi que você deveria ter isso também. Quando me contou de você e Gus, não fiquei brava por estarem...

— De rala e rola?

— Nossa, Teddy. — Ela riu. — Claro. Não fiquei nem um pouco brava por isso. Não tinha nada com que ficar brava. As duas pessoas que sempre me protegeram e lutaram por mim estarem juntas? É um sonho se tornando realidade. Só não foi bom pensar que você vinha escondendo algo de mim, ou que talvez estivesse tentando seguir em frente sem mim. Sinceramente, queria que tivesse me contado antes. Fiquei brava por não ter contado, e então me senti culpada e senti que precisava consertar a situação toda. Acho que só quis tentar proteger vocês dois, e fui péssima nisso. Admito que você e meu irmão "de rala e rola" — ela colocou a expressão entre aspas — era a última coisa que pensei que aconteceria. — Uma risada chorosa saiu de mim. — Mas, quando sentei e refleti, fez muito sentido, porque vocês dois amam e vivem do mesmo jeito, com todo o coração. Luke é meu noivo, meu parceiro, meu tudo. Mas você é minha alma gêmea, Teddy Andersen, e sou a mulher mais sortuda do mundo por causa disso.

Observei Emmy de olhos arregalados. Hank estava certo. Ela não pegava leve também, mas, caramba, era a melhor pessoa que eu conhecia.

— E você merece ter outra pessoa que te ame também. Você tem muito a oferecer.

— Você é minha alma gêmea também — declarei. — Só que, meu Deus, pode, por favor, parar de falar antes de eu precisar ser sedada de tanto chorar?

— Eu te amo, Ted — terminou ela, e então me abraçou de novo.

— Então essa desculpa épica significa que você não vai

ficar brava se eu te contar que estou apaixonada por seu irmão? — falei no seu ombro.

— Não — respondeu Emmy rapidamente —, mas vou ficar puta se você não contar pra ele. Se bem que está na cara. Por qual outro motivo você pintaria na garagem a vista da varanda dos fundos dele?

Na mesma hora me afastei e me virei para observar a pintura. Merda. Ela tinha razão. As montanhas se inclinando no canto e o pedaço de floresta parecido com ondas do mar... eram a vista de Gus.

Bem naquele momento, meu celular começou a vibrar no bolso. Eu o peguei. *Falando no diabo*. Emmy olhou para minha tela e sorriu.

Passei o dedo na tela.

— Alô?

— Linda — respondeu Gus. Ele parecia estar sorrindo. — Em quanto tempo você consegue chegar nos estábulos?

Quarenta

GUS

Riley e eu estávamos esperando Teddy do lado de fora dos estábulos da família. Eu já tinha equipado Scout, Maverick e Moonshine para Riley.

— Aonde a gente vai hoje, pai? — perguntou Riley.

— É uma surpresa — respondi. — Pra você e Teddy.

Eu tinha passado a manhã toda trabalhando naquilo; fui até o cume norte, e ainda bem que fui. Havia uma boa quantidade de árvores caídas que precisei retirar. Quando eram grandes demais para eu mover de uma vez só, usei a motosserra.

Depois que a trilha ficou limpa e eu sabia para onde íamos, liguei para Cam e perguntei se Riley podia passar algumas horas comigo na fazenda.

— Depende — respondeu Cam. — Tem a ver com a Teddy?

— Tem — confirmei sem pensar duas vezes.

— Ótimo. Riley e eu saímos em alguns minutos.

Como se tivesse sido convocada, avistei o cabelo ruivo de Teddy se aproximar pelo caminho. Estava solto, livre. Quando nos viu, acenou e começou a andar mais rápido.

— Posso correr até Teddy, pai? — pediu Riley.

— Vai lá, Raio de Sol — falei, e Riley disparou. Sua risadinha ecoou atrás dela, e a senti no peito.

Vi minha filha colidir com a mulher que eu amava, e vi a mulher que eu amava pegá-la no colo. Eu as observei rirem e sorrirem uma para a outra, e depois as observei darem as mãos e andarem até mim, o homem mais sortudo do mundo.

— Oi, Guszinho — falou Teddy quando se aproximaram.

— Theodora — respondi com um sorriso. — Considere seu banimento eterno de Rebel Blue revogado.

— Qual a ocasião?

— Você vai ver. Está a fim de uma cavalgada?

— Sempre — afirmou, com uma piscadela, e, porra, quis muito beijá-la, mas ainda não. Hoje eu tinha um plano.

— Bom. Então vamos lá. — Teddy sorriu e, quando passou por mim para chegar até Maverick, que estava preso em uma das estacas, segurei seu braço. — Obrigado por vir.

— Obrigada por ligar. — Senti o peso das suas palavras. — Para de sorrir pra mim assim.

— Assim como? — perguntei, rindo. Como um *grande idiota bobo apaixonado* era o que ela provavelmente queria dizer.

— Assim — repetiu.

— Por quê?

— Sei lá, está me deixando confusa!

Riley pegou minha outra mão, e fui ajudá-la a montar em Moonshine. Coloquei um capacete nela também. Fiquei de olho em Teddy e no jeito como interagia com Maverick. Que cavalo sortudo por ser amado por ela.

Ela montou com facilidade, e terminei de acomodar Riley em Moonshine. Tinha acabado de ajustar seus estribos — ela devia ter crescido no verão — e estávamos prontos. Amarrei as rédeas e as entreguei para ela. Depois fui até Scout e montei.

— Tá bom, Raio de Sol — falei. — Você vai ficar atrás de mim, e Teddy vai ficar na traseira, tá bom?

Riley assentiu com empolgação.

— Amo uma boa traseira! — gritou Teddy.

E, então, saímos. Agora que a trilha estava liberada, era bem fácil cavalgar, mas tivemos que passar por algumas inclinações e atravessar o rio em dois pontos diferentes.

— Deixa as rédeas soltas, Raio de Sol — afirmei quando chegamos à primeira subida. — Deixa a Moonshine usar os ombros.

— Eu sei, pai — respondeu Riley.

— Sim, pai, ela sabe — gritou Teddy, e balancei a cabeça. Eu estava encrencado com essas duas, não estava?

Não se precipite, August.

Fiquei escutando Riley e Teddy enquanto cavalgávamos. Riley contou a Teddy de todos os vestidos que usaria no casamento de Cam, de como Emmy disse que ela conseguiria montar Água-doce logo, que Brooks a levaria para pescar de novo — praticamente tudo que tinha acontecido com ela ou próximo a ela nos últimos dias.

E Teddy escutou tudo. Ela respondia, fazia perguntas, deixava Riley falar pelos cotovelos. Era paciente e atenta. Seu tom nunca ficava entediado ou cansado. Ela sempre interagia com o que Riley estava dizendo. Eu ouviria as duas conversando o dia todo.

Puxei as rédeas de Scout para guiá-lo em direção a outra trilha. Estávamos chegando. Olhei para trás para garantir que Moonshine seguia — claro que seguia. Era uma égua perfeita.

Estar tão no alto de Rebel Blue era uma das minhas coisas favoritas. Havia menos choupos-negros e mais pinheiros. Havia até uma parte da paisagem que estava coberta por uma camada de neve nos trechos que tinham resistido ao calor do verão. Estava feliz por meu pai ter me contado desse lugar.

Conforme nos aproximávamos, eu começava a ficar nervoso com a surpresa. Nunca tinha feito algo assim. Nunca tive motivo para fazer. Só que agora tinha.

— Cinco minutos! — gritei para Teddy e Riley, que não estavam prestando nenhuma atenção a mim.

Naqueles cinco minutos, me deixei imaginar o futuro. Se iríamos conseguir fazer isso em cinco, dez, vinte anos: cavalgar por Rebel Blue juntos. Eu queria isso, e torcia para saber em breve se Teddy queria também. Era por isto que querer algo era tão assustador: não havia qualquer garantia.

Era um desejo, e desejos são feitos de esperança... no melhor dos casos.

Quando saímos das árvores, Teddy e Riley pararam de falar. Acho que não tinham visto ainda — as flores. Havia apenas algumas, mas eu sabia onde estavam. Assim que as localizei, um peso saiu dos meus ombros. Flores silvestres podiam ser instáveis, estar ali num dia e sumir no outro.

Por isso não tinha ligado para Teddy antes, e por isso não fui até sua casa assim que Riley voltou para a casa de Cam.

Queria fazer aquilo por ela. E por Riley. Queria que conseguissem terminar o que tinham começado no verão, e queria fazer parte disso. Queria apoiar as duas — mostrar que estava presente de corpo e alma. Para sempre.

Quando chegamos perto das flores, parei Scout. Foi Teddy quem as viu primeiro.

— Calma. — Eu a ouvi dizer. — Isso é...? Riley, olha!

E então Riley gritou tão alto que toda a cidade devia ter ouvido.

— É a porra do jasmim-das-rochas!

E eu só tinha como culpar a mim mesmo por seu uso impecável do palavrão.

Quarenta e um

TEDDY

Gus e eu estávamos sentados no topo da escada da sua varanda, assim como fizemos na noite em que busquei Riley no futebol. Agora, a cabeça de Gus não estava pousada entre as mãos, ele não estava se martirizando por ser um péssimo pai (o que, claro, não era). Ficamos sentados lado a lado, confortáveis, observando o céu noturno.

Não havia nenhum céu noturno como o de Wyoming. Era vasto, cintilante e lindo. As estrelas surgiam o tempo todo com uma luz potente, a lua era efervescente e enorme, e tinha tantas cores quanto um pôr do sol. Em vez de vermelho e laranja, ele era cheio de azul, roxo e até esmeralda.

— Hoje foi perfeito — comentei, ainda olhando para o céu. Depois que achamos a "porra do jasmim-das-rochas", ficamos naquela pequena clareira por um tempinho.

Gus tinha levado alguns sanduíches e maçãs nas bolsas das selas, então comemos e ficamos sentados sob o sol. Bem, Riley e eu ficamos sentadas sob o sol. Gus preferiu a sombra. Ele trabalhava no sol o dia todo, então sua escolha até que fez sentido. Eu dei o caroço da minha maçã para Mav e enviei uma foto dele nas colinas de Rebel Blue para o meu pai. Torci para que ele ficasse feliz em ver seu cavalo assim.

— Foi mesmo. Eu estava determinado pra cacete a achar aquelas flores ontem. Me desculpe não ter ligado antes.

— Você ligou no momento perfeito — respondi, deitando a cabeça no seu ombro. — Eu precisava... resolver algumas coisas primeiro. Falei com Emmy hoje.

— Como foi? — perguntou ele, em um tom gentil.

— Foi tudo bem. Estamos bem.

— Sabe, você duas têm mesmo sorte por terem uma à outra. Sempre soube disso — declarou. — Mas agora que já vi como são as outras facetas dessa amizade, parece ainda mais grandiosa.

— Clementine Ryder e Theodora Andersen estão escritas nas estrelas — afirmei com uma risada. — Isso, sim, é um negócio sobrenatural.

Ele ficou quieto depois disso. Escutei os sons dos grilos ecoando ao redor. Nunca tive nada assim, em que eu sentisse que podia apenas existir em silêncio. Eu costumava me sentir pressionada a preencher todos os silêncios, entreter, mas não ali, não com Gus.

Estremeci um pouco. Não tinha me planejado para uma noite em Wyoming, só para um dia de verão. Gus percebeu na hora.

— Fique aqui. Já volto.

Assenti, feliz por ele não perguntar se eu queria entrar. Queria aproveitar a noite um pouquinho mais.

Sempre fui uma pessoa matinal — gostava de acordar e viver —, só que, ultimamente, tinha começado realmente a gostar da noite. Eu pude conhecer Gus durante as noites. Tínhamos sentado juntos na sala, coexistindo calmamente na órbita um do outro pela primeira vez na vida, durante aquela época. Conversamos. Rimos. Implicamos um com o outro.

Começamos a ver partes do outro de que gostávamos, e

as partes de que não gostávamos à luz do dia eram abrandadas pela noite. E os nossos temperamentos também.

A porta se abriu, e ele jogou algo pesado nos meus ombros antes de se sentar ao meu lado de novo. Reconheci o peso nos meus ombros. Parecia familiar. Como ele tinha...?

Abaixei o olhar e vi o tecido caramelo — camurça, vintage e com franjas.

— Como conseguiu isso? — perguntei.

Minha mão foi na hora para o lado onde estava o buraco, só que, quando o procurei, não achei. Arranquei a jaqueta dos ombros, sem me importar mais com o frio, e analisei o interior da jaqueta.

Havia uma linha de costura limpa e pequena que eu não teria notado se não estivesse procurando por ela.

— Peguei com seu pai semana passada. Lembrei de você dizer que estava rasgada, e que era meio minha culpa.

Sorri.

— *Foi* sua culpa.

— Não acho que tenha sido, mas tomara que isso resolva mesmo assim — respondeu Gus.

Ele levou a mão até a lateral do meu pescoço e colocou meu cabelo para trás.

— Como fez isso? Essa costura está muito bem-feita — declarei, erguendo a lateral da jaqueta para ele analisar. — Viu como está limpo? E como não tem nenhuma tensão no tecido?

Gus examinou a costura por um instante antes de responder:

— Cloma consertou. Aggie me ajudou a entrar em contato com ela. Tive sorte de ela estar em Meadowlark na semana passada para resolver umas pendências. Ficou feliz em fazer isso. Ela te adora, Teddy.

— A maioria das pessoas adora — afirmei.

Joguei a jaqueta sobre os ombros e deslizei os braços nas mangas. Tinha a sensação perfeita: de lar.

— E eu estava pensando que a gente podia, quem sabe, fazer uma viagem até Jackson nesse fim de semana. Riley vai estar com Cam, e podemos tentar consertar sua máquina de costura. Presumo que você vai precisar dela, já que tem um espaço de trabalho agora.

— Como você sabe? — perguntei, pasma.

— Cidade pequena, linda.

Ele me beijou com delicadeza e lentidão, como se tivéssemos todo o tempo do mundo, e tomara que tivéssemos.

— Teddy — falou ao se afastar. Estava sério agora, sincero. — Quero ficar com você. Quero que a gente fique juntos. Esse verão foi incrível. Amei cada segundo dele, mas não quero que acabe. Quero que seja o nosso começo. Não tenho muito a oferecer — continuou, baixo. — Só uma vida calma com um homem rabugento de uma cidade pequena, mas posso prometer te amar todo dia.

— Você me ama? — perguntei.

Não chore, Teddy.

— Amo. E quero mostrar pra você quanto te amo todo santo dia. Quero fazer tudo com você. Quero que faça parte da vida da minha filha. Quero você em todo jogo de futebol, competição de três tambores e exposição de arte. Quero você lá quando ela se enfiar na minha cama de manhã... — Ele beijou minha bochecha. — Quero me casar com você. Quero ter bebês com você, demoniozinhos de cabelo ruivo correndo e causando destruição... — Um beijo na outra bochecha. — Quero me sentar nessa varanda com você daqui a trinta anos, olhar o céu e me perguntar o que fiz pra merecer uma vida tão boa.

"Querer coisas costumava me assustar tanto porque eu achava que não tinha direito de querer nada mais do que já tinha. Só que querer um futuro com você é a coisa mais fácil do mundo. E quero tudo, com você."

Um beijo na testa.

Tá, talvez eu chore um pouquinho.

Gus capturou uma das minhas lágrimas com o polegar.

— O que você me diz, linda? Quer viver essa vida comigo?

Assenti com avidez, mas nenhuma palavra saiu.

Gus riu.

— Eu finalmente descobri como fazer você calar a boca? Só tenho que dizer que estou loucamente apaixonado por você e ganho um pouquinho de paz?

— Irritante como sempre — falei, ofegante. — Eu te amo.

Os olhos esmeralda de Gus cintilaram, e fui dominada pelo sentimento avassalador daquele momento, só que de um jeito simples. Éramos só nós, o céu e os grilos.

Nosso começo.

Epílogo

GUS

O anel no dedo de Teddy reluzia no espelho do banheiro enquanto ela colocava o brinco. Nós o tínhamos encontrado numa pequena joalheria vintage quando fomos para Jackson em agosto consertar a máquina de costura. Era simples, só um aro dourado com uma esmeralda entre dois pequenos diamantes. Entramos na joalheria por acaso. Eu nem sabia o que era até entrarmos, e, quando Teddy viu o anel escondido no fundo de uma vitrine, pediu para experimentar.

Ela tentou colocar no dedo do meio primeiro, mas não entrou. Depois de tentar o indicador, peguei o anel dela, me ajoelhei e a pedi em casamento bem ali.

Quando se tem certeza, sempre é a hora certa.

O anel entrou no dedo anelar perfeitamente, e tem estado ali desde então — tirando quando contamos para Riley. Conversei com ela primeiro sozinho, contei que amava Teddy e perguntei se para ela tinha problema Teddy fazer parte da nossa família.

Minha filha de seis anos me olhou como se eu fosse o homem mais tonto da face da Terra e respondeu um "ela já faz" com total segurança. Eu disse que ela tinha razão. Depois Teddy se juntou a nós. Ela tinha transformado a peça de bordado na qual trabalhou durante o verão todo — no momento completa com "a porra do jasmim-das-rochas" — num travesseiro e o deu para Riley, que soltou um gritinho animada.

Então nos sentamos na varanda como uma família de três pela primeira vez e assistimos ao sol se pôr.

Depois daquilo, eu perguntei se Teddy queria algo maior ou mais novo — eu daria qualquer anel que quisesse. Ela disse que aquele era perfeito porque combinava com meus olhos.

Teddy encontrou meu olhar no espelho.

— Você está linda — afirmei.

Cam ia se casar naquele dia, primeiro de dezembro. Por que alguém iria querer se casar no inverno de Wyoming, eu não sabia, mas Cam queria. Teddy usava um vestido verde-esmeralda. Tinha mangas compridas e se ajustava em seu corpo perfeito até terminar no meio das panturrilhas.

O cabelo ruivo estava solto, e ela tinha passado a manhã com bobes no cabelo para fazê-lo cair em ondas grandes e soltas.

— Você também não está mal — respondeu, com meu sorriso felino favorito. — Esse terno fica bem em você.

— É? E fica bem em você também?

— Com certeza — declarou, colocando o outro brinco.

Eu me aproximei, nossos corpos quase se tocando, e movi seu cabelo para o lado. Eu gostava de ter acesso ao seu pescoço — como aqueles vampiros idiotas dos livros que ela lia o tempo todo.

Ainda via uma das marcas sutis que tinha deixado na noite passada, e orgulho floresceu no meu peito. Eu a beijei e depois subi por seu pescoço. Envolvi os braços na sua cintura e a pressionei contra mim. Meu pau já estava duro, e eu sabia que ela sentia, porque soltou um daqueles barulhinhos que eu amava.

— August. — Acho que ela tentou soar severa, mas sua voz estava ofegante.

— Theodora — rebati, e então mordi seu pescoço.

— Temos que estar na capela em trinta minutos. Não podemos atrasar — avisou ela.

Subi as mãos por seu torso e depois desci, colocando-as na sua barriga. Teddy não tomava mais anticoncepcional, e eu estava determinado a engravidá-la o mais rápido possível, e ela estava de acordo. Conversamos muito sobre isso. Quando pensava nela tendo nosso bebê — uma pessoinha metade eu e metade ela, um irmão ou irmã para Riley —, eu ficava igual a um homem possuído. Não conseguia parar. Não queria parar. Tudo que queria era ela.

— Por favor — grunhi, acariciando sua barriga com uma mão e começando a levantar seu vestido com a outra. — Quero que você esteja cheia de mim enquanto usa esse vestido. — Rolei os quadris, e Teddy pressionou a bunda no meu pau. Malandrinha. — Quero que cada homem no lugar consiga sentir meu cheiro em você.

— Que possesivo! — exclamou, com uma risada.

Coloquei as mãos na sua cintura e a girei para ficar de frente para mim. Quando desci a boca para encontrar a dela, Teddy arfou de novo. Eu a curvei sob a bancada do banheiro e pressionei os quadris nos dela.

— Como você quer que eu te coma, linda? — perguntei.

— Bem aqui — respondeu na minha boca. — Quero você bem aqui. — Suas mãos foram para meu cinto.

Ela o desafivelou em velocidade máxima e desceu a calça junto com a cueca nas minhas coxas. Ergui o vestido até a cintura — não o amassei, dobrei, Teddy era cuidadosa com as roupas — e desci a calcinha branca pelas pernas.

Meus dedos deslizaram para dentro dela com facilidade.

— Você está sempre pronta pra mim, não é? — falei no seu pescoço antes de mordiscá-lo de novo.

— Anda logo. Tenho um compromisso.

Eu a ergui na bancada do banheiro. A altura dela era perfeita para aquilo, e eu não sabia por que não tínhamos notado antes.

— Você é tão mandona — grunhi, colocando meu pau na sua entrada.

— Você ama isso — respondeu, ofegante.

— Eu amo *você* — declarei, entrando nela.

Nós dois gememos quando cheguei ao fundo, e descansei a cabeça na dela por um minuto. Tínhamos que ser rápidos, mas não precisava ser tanto.

Ela jogou a cabeça para trás. Eu a segurei pelos quadris e comecei a meter, garantindo que ela não escorregasse pela bancada.

— Se masturba, Teddy — instruí. — Se toca enquanto te como e te encho de porra.

Ela levou a mão até o clitóris, e aumentei o ritmo.

— Mais forte, Gus. Faz doer. Quero te sentir o dia inteiro.

Caralho, caralho, caralho.

Não importava quantas vezes fizéssemos aquilo, sempre ficava chocado com o quanto era certo. Eu estava convencido de que Teddy Andersen tinha sido feita só pra mim.

No início, fiquei furioso por ter demorado tanto para ver. Fiquei irritado comigo mesmo por ela estar tão perto de mim aquele tempo todo e eu nunca ter percebido que ela sempre foi a pessoa certa. Fiquei bravo porque poderia ter tido mais tempo com ela se só parasse de ser um babaca. Mas então percebi que tudo aconteceu exatamente do jeito que deveria. Tínhamos o resto da vida e seja lá o que mais estivesse reservado para o futuro.

— Nossa, Gus — gemeu Teddy. — Você é tão gostoso. Gostoso pra cacete.

Eu me movi para a frente e para trás dentro dela. Não conseguia mais nem achar palavras. Regredi para grunhidos, gemidos e palavrões curtos. Quando ela apertou ainda mais o meu pau, eu a beijei, com força, engolindo seus gemidos e a fodendo no meio do seu orgasmo. Não demorou muito para eu chegar lá também.

Havia um brilho de suor no seu peito ofegante. Eu a lambi e então subi com a língua pela linha do seu pescoço.

— Eu te amo, Teddy — declarei no seu ouvido.

— Eu também te amo — falou. Beijei sua testa antes de descansar a minha ali, observando-a. Eu nunca me cansaria daquilo, dela. — Ei, o que é isso?

Abaixei o olhar, e Teddy deu um peteleco no meu nariz.

Eu ainda caía. Toda maldita vez.

Parei a caminhonete no estacionamento da capela bem na hora. Teddy e eu andamos de mãos dadas até as grandes portas de madeira. Quando entramos, localizei minha família: Emmy e Brooks, Wes e Ada. Aggie e Hank estavam ali também.

Não havia nenhum sinal de Dusty. O que não era uma surpresa.

— Cadê o pai? — perguntei a Emmy quando sentamos.

Brooks estava ao seu lado, Teddy do outro lado, e eu do lado de Teddy.

— Riley veio buscá-lo há alguns minutos — respondeu Emmy. Riley tinha ficado com Cam nos últimos dias. Fizemos chamada de vídeo naquela manhã para ela poder mostrar a mim e a Teddy o vestido. Estava adorável. — Disse que a mãe estava chamando ele.

Inicialmente, Cam tinha pedido ao meu pai para levá-la

ao altar, mas aquilo não pegou bem com os pais de Cam. Será que ela ia fazer acontecer mesmo assim?

Eu me certifiquei de falar com Aggie e Hank antes de tudo começar. Hank estava se saindo bem sozinho, mas Teddy passava lá algumas vezes na semana. Acabamos alugando um espaço de trabalho para ela na cidade depois de algumas semanas. Eu sabia que ela queria isso, então providenciamos tudo. Eu ia com ela até a casa de Hank sempre que podia. Além disso, ele estava ensinando Riley a tocar bateria, e eu estava muito grato por isso, não só porque a deixava muito feliz, mas também porque significava que eu não precisava ter uma bateria na *minha* casa.

Senti uma mão no ombro. Eu me virei e vi meu pai. Ele estava calmo, mas vi seu nariz enrugar. Riley estava com ele.

— Oi, Raio de Sol. Você está linda — falei.

— Eu sei — respondeu ela com um sorriso.

— Posso te roubar por um segundo, August? — perguntou meu pai.

Assenti. Teddy pegou Riley, e eu me certifiquei de dar um beijo nas minhas duas garotas antes de ir atrás dele. Meu pai e eu caminhamos até os fundos da capela e saímos para o saguão. Ele me levou até uma pequena alcova, e paramos numa porta com uma placa prata escrito NOIVA.

Ele ergueu a mão para bater, e ouvi Cam dizer "entra".

Quando meu pai empurrou a porta, Cam estava no meio da sala com um longo vestido de noiva. Ela estava com um pedaço de papel na mão, e seus olhos se encheram de lágrimas quando me viu.

— Ele não vem — afirmou. Eu não soube o que ela quis dizer. Estava triste por Dusty não estar ali? Para ser sincero, provavelmente era melhor, mas então completou: — Graham não vem. Ele cancelou.

Agradecimentos

— Por que não fica mais fácil? — falei para mim mesma enquanto escrevia este livro. Achei que, quando meu terceiro livro chegasse, eu ficaria melhor nisso: melhor em escrever livros, melhor em ser mais legal comigo, simplesmente melhor. Gus e Teddy chegaram com bastante bagagem pessoal, que foi construída ao longo dos dois primeiros livros de Rebel Blue. Nunca tinha sentido esse tipo de pressão — a pressão de fazer direito a história de dois personagens já amados. Sinceramente, ainda não sei se consegui, mas sei, sim, que estou profundamente orgulhosa do que este livro se tornou. Ele nunca teria chegado aqui sem o apoio das pessoas incríveis que tenho muita sorte de ter ao meu redor.

Mãe e pai, obrigada pelo apoio incondicional a mim e aos meus sonhos. Vocês são o motivo de eu acreditar em histórias de amor. Acho que sou a garota mais sortuda do mundo por muitas razões, mas a maior é poder ser filha de vocês.

Lexie, só posso torcer para um dia acreditar em mim do mesmo jeito que você acredita. Obrigada por escalar todas as montanhas comigo — elas parecem menores com você por perto.

Sydney, obrigada por gostar tão profundamente de mim a ponto de escolher passar bastante do seu tempo garantindo que a Lylalândia esteja funcionando bem. Você é meu pilar. Sem você, eu desabaria.

Stella, minha garota, obrigada por me manter humilde.

Emma, foi realmente uma honra trabalhar neste livro com você. A empolgação e o cuidado com que você faz seu trabalho me espanta todo dia. Muito do que Gus e Teddy se tornaram é por causa de você. Obrigada por me impulsionar, fazer todas as perguntas certas e compreender por que era tão importante para mim fazer este livro com cuidado.

Jess, não tem defensora melhor para meus livros do que você. Obrigada por tudo.

Muito obrigada à equipe da The Dial Press — Whitney, Debbie, Corina, Avideh, Michelle, Talia, Maria e Rachel. Vocês subiram na sela comigo e nunca titubearam. Obrigada por tudo que fazem para lançar meus livros. É uma alegria e uma honra trabalhar com todos vocês.

Austin, a capa de *Só pra mim* que você fez é a favorita até agora. Chega a ser irritante como ela é boa. Muito obrigada por compartilhar seu talento com minhas histórias.

Angie, obrigada por estar aqui desde o primeiro dia. Por causa de você, eu nunca desisto.

Obrigada aos meus irmãos, que me protegeram e me defenderam a vida toda. Vocês são os melhores irmãos do planeta, e me deixa imensamente feliz vocês terem orgulho de mim. (Só estou sendo fofinha assim porque sei que nunca vão ler isso, mas, se lerem, ainda acho que vocês são chatos demais.)

Também sinto necessidade de mandar um abraço para a Coca-Cola zero, para a pasta de amendoim da Reese's e para a franquia de filmes *Jogos Vorazes*. Este livro não existiria sem nenhuma dessas coisas (estou falando sério). Obrigada por me fazerem continuar.

Já que estamos nessa, obrigada a Bruce Springsteen, Chris Stapleton, The Cure, Conway Twitty e Pearl Jam.

Obrigada a ES, por me falar que alguns livros são unicórnios e outros cavalos de passeio, e que ambos são necessários para se ter uma carreira significativa e resistente. Penso nisso todo santo dia.

Obrigada a todos que fizeram resenhas, aos influencers literários do Instagram e do Tiktok, aos blogueiros que amam tanto meus livros que fazem muita gente querer dar uma olhada.

O "obrigada" mais importante, claro, vai para meus leitores. Obrigada por me apoiarem várias e várias vezes. De verdade, não tem ninguém como vocês. Tenho muita sorte por me amarem. Penso em vocês sempre. Torço para deixá-los orgulhosos. Amo vocês!

Perdida, enlaçada e na estrada

As pessoas que amo ou que me marcaram sempre encontram um modo de entrar nos meus livros — geralmente de formas pequenas, mas significativas. Amos e Gus têm tatuagens de andorinhas por causa de um tatuador que conheci na faculdade; a comida preferida de Ada é *spanakopita* porque a que a minha mãe faz é divina; e o cavalo do Hank se chama Maverick porque foi o nome do cavalo da minha melhor amiga, e ela o amava com todo o coração. Amo que pedacinhos da minha vida consigam existir no Rancho Rebel Blue, e, de vez em quando, grandes pedaços de verdade da minha vida passam a fazer parte do livro também, e foi isso que aconteceu em *Só pra mim*.

Só pra mim veio com o peso das expectativas de muitas pessoas. E essas expectativas eram *grandes*. Quando me sentei para começar a escrevê-lo, tudo em que conseguia pensar era no quanto estava morrendo de medo de decepcionar as pessoas — os leitores, a editora e a mim mesma. Não sabia como equilibrar as minhas expectativas e as expectativas que as outras pessoas tinham para os personagens que já amavam.

Entreguei o primeiro rascunho deste livro numa sexta-feira. Naquele domingo, fui à casa dos meus pais. Meu pai perguntou como eu me sentia em relação ao livro, e falei que estava bem — não ótima, mas bem. Contei que não sabia muito ainda onde estava o coração deste livro. Ele disse que eu descobriria e depois me deu um abraço apertado. A crença do meu pai em mim é resoluta e leal, assim como ele.

O nome do meu pai é Lane. Ele consegue consertar quase qualquer coisa. Pode ser que quebre mais um pouquinho enquanto conserta, mas vai voltar a funcionar, de uma forma ou de outra. Se precisa de algo, ele provavelmente terá na garagem (para o pavor da minha mãe), e, quando conversa com alguém, muitas vezes é difícil dizer se a pessoa é um amigo de longa data ou alguém que ele acabou de conhecer.

Ele gosta dos programas *Pawn Stars*, *Deadlist Catch* e daquele sobre solda. Fala alto, rápido e não consegue ficar sentado. Suas coisas preferidas são torta de nozes, montanhas e, acima de tudo, sua família.

Mais ou menos uma semana antes de eu completar dezesseis anos, meu pai parou na entrada de casa com o carro mais feio que já tinha visto e um sorriso enorme. Ele dirigia um Nissan Sentra 1992. Mesmo que a maior parte do carro fosse branca, duas portas eram pretas e se destacavam do resto, como se não pertencessem a ele. O carro tinha aros que não combinavam, um para-choque de plástico preto e uma antena que, juro, só sintonizava em estações de rádio de Plutão.

As janelas estavam abaixadas — porque o carro não tinha ar-condicionado — e eu ouvia o Pearl Jam berrando dos alto-falantes, que já eram desregulados mesmo.

Odiei aquele carro na hora. Odiei mais quando descobri que era de câmbio manual, que as portas não trancavam e que não tinha direção hidráulica. Odiei saber que era meu.

Só que meu pai amava aquele carro, da mesma maneira que me amava: do jeitinho que era e por causa de tudo que achava que ele poderia se tornar.

Ele estava empolgado para consertá-lo — limpar, pintar as portas, comprar aros novos (de plástico, do Wal-Mart, decisão que achei bem careta no início, mas depois que bati num meio-fio e um desses aros saltou para fora, ela se mostrou acertada). Ele estava ansioso para me ensinar a dirigir com marcha, mesmo que eu tivesse quase matado nós dois — várias vezes.

Lane me ensinou como verificar o óleo e trocar um pneu. Quando sem querer entrei com o carro no quintal da minha tia e atingi um hidrante, ele não gritou comigo (mas consertou meu para-choque com fita adesiva e abraçadeiras como punição). Também comprou a capa de volante de felpudo roxa mais feia do mundo (porque roxo era minha cor preferida) quando reclamei que o volante ficava muito quente.

Ele mostra o amor por mim de formas pequenas, mas significativas, como ao comprar três pães de uma marca específica que eu disse gostar uma vez há alguns anos. Ele é protetor, gentil e nunca me passou a impressão de que havia algo que eu não pudesse fazer. Lane nunca perdeu uma oportunidade de dizer a qualquer um que sua filha é uma escritora, até mesmo antes de eu entrar na lista de mais vendidos.

Ele é meu coração.

Então claro que pedacinhos do meu pai estão em Rebel Blue também. Ele está nos apelidos que Gus, Amos e Hank usam para as filhas, porque não sei se Lane um dia já me chamou pelo nome completo alguma vez. Acho que não quero que chame nunca. Ele está nas brisas da montanha e no grande céu azul. Esses pedaços sempre estiveram ali, mas, enquanto escrevia *Só pra mim*, assumiram um significado novo.

Não foi de propósito ou parte do meu plano inicial. Só que, enquanto escrevia e editava este livro, houve um momento bem real e bem petrificante em que achei que não teria mais um pai.

Meu pai foi hospitalizado alguns dias depois de eu receber as revisões de *Só pra mim*. E só teve alta depois que as devolvi para editora. Quase toda revisão e edição que fiz foi feita numa cadeira ao lado da sua cama num quarto de hospital, e eu só conseguia pensar em meu pai.

Perceber que meu pai não era indestrutível foi a coisa mais aterrorizante que já vivenciei. Não entendia como aquele homem — aquele homem firme, forte e durável — podia estar numa cama de hospital. Ele não parecia nada com meu pai — como se fosse uma versão falsificada. Sua voz estava vazia, e ele parecia uma foto cuja saturação tinha sido quase toda retirada. Meu coração se partiu por minha mãe, meus irmãos e eu.

Odiei.

Mas não tinha o que fazer. Tudo que dava para fazer naquele momento era sentar naquela cadeira, torcer e refletir.

Pensei em como meu pai sempre atendeu a todas as minhas ligações, como conseguia consertar tudo que estava quebrado. E, de novo, de novo e de novo, por algum motivo, pensei naquele carro idiota.

Só que não era só um carro idiota. Meu pai o tinha transformado em algo grande, resistente e maravilhoso, um lembrete físico do quanto me amava.

Logo, enquanto estava sentada ao seu lado num quarto de hospital, com o laptop aberto e a mente girando, testemunhando seu corpo se esforçar ao máximo para se curar, acabei construindo meu próprio lembrete tangível do quanto eu o amava.

E está no livro que você está segurando.

Em algum lugar entre o primeiro e o segundo rascunhos de *Só pra mim*, um tributo ao meu pai foi inserido na história de amor de Gus e Teddy. A história se transformou em mais do que só uma história de amor entre duas pessoas. Ela se tornou maior: um testamento a pais e seus filhos. O que significa amar as pessoas da nossa vida profunda e verdadeiramente — mesmo quando é difícil, assustador e petrificante. Fala de cuidar de sua comunidade dando tudo de si e de como ela cuida da gente em troca. Fala de expectativas grandes, escolhas difíceis e esperança. Fala de como seu coração pode estar partido e completo ao mesmo tempo, e como, mesmo que o tempo passe a as coisas mudem, o amor não muda.

Este livro agora está gravado bem fundo no meu coração. Se antes eu tratava o livro com certa apatia, passei a amá-lo com ferocidade, paixão e loucura. Onde um dia senti medo do peso da expectativa me esmagar, agora acolho o que escrevi e estou aberta e empolgadamente orgulhosa disso.

Porque é uma carta de amor para meu pai. Só que está num livro que ele não tem permissão de ler nunca, então tive que escrever algo que pudesse ler.

Isto.

Então, pai, você tinha razão, descobri o coração deste livro: é você. É todo você, papi.

Te amo.

(E, se eu não era a filha predileta antes — e era —, com certeza sou agora.)

TIPOLOGIA Adriane por Marconi Lima
DIAGRAMAÇÃO Vanessa Lima
PAPEL Pólen Natural, Suzano S.A.
IMPRESSÃO Corprint, julho de 2025

A marca FSC® é a garantia de que a madeira utilizada na fabricação do papel deste livro provém de florestas que foram gerenciadas de maneira ambientalmente correta, socialmente justa e economicamente viável, além de outras fontes de origem controlada.